나를
돌려줘

REALITY BOY

나를
돌려줘

A. S. 킹 지음◎박찬석 옮김

미래인

나를 돌려줘

1판 1쇄 발행 2015년 6월 15일
1판 4쇄 발행 2017년 4월 10일

지은이 A. S. 킹 **옮긴이** 박찬석 **펴낸이** 박혜숙 **펴낸곳** 미래M&B
책임편집 황인석 **디자인** 이정하
전략기획 김민지 **영업관리** 장동환, 김하연
등록 1993년 1월 8일(제10-772호) **주소** 서울시 마포구 서교동 464-41 미진빌딩 2층
전화 02-562-1800(대표) **팩스** 02-562-1885(대표)
전자우편 mirae@miraemnb.com **홈페이지** www.miraeinbooks.com

ISBN 978-89-8394-782-6 03840

값 11,000원

*잘못 만들어진 책은 구입처에서 바꾸어 드립니다.
*미래인은 미래M&B가 만든 단행본 브랜드입니다.

모두가 허풍쟁이다.
-제인스 어디션(미국 록밴드)

(0)

나는 리얼리티 보이다.

리얼리티 텔레비전 쇼에 나왔던 그 아이가 나다.

게임기를 압수당했다고 참나무 식탁 위에 똥을 싼 괴상한 꼬마 기억나? 카메라가 영리하게도 식탁 가운데 있던 반짝거리는 데이지와 해바라기 조화 장식으로 교묘히 그 녀석 중요 부위를 가렸던 것도 기억할까?

그 아이가 바로 나다. 제럴드. 가장 어리고 유일하게 남자애였던, 통제 불능의 아이 말이다.

한번은 쇼핑몰 피팅룸에서 그런 적도 있다. 시어즈 백화점이었던 것 같다. 엄마가 어떤 바지를 나한테 입히려고 했는데 안 맞는 사이즈의 바지를 가져왔다.

"거기 가만히 있어. 맞는 사이즈 가지고 올게." 엄마가 말했다.

기다리는 거랑 바지를 입어봐야 하는 거랑 그런 엄마를 둔, 그 모든 것에 반항하고 싶어서 나는 고리버들 의자와 엄마 지갑이 놓인 스툴 사이, 바로 딱 거기에다 똥을 쌌다.

그래, 변명의 여지가 없다. 난 아기도 아니었다. 다섯 살이었다. 난 단지 메시지를 전하려고 그랬던 거다.

세 명의 카메라맨이 서로 다른 앵글로 거실에 있는 티 테이블 위에서, 그것도 크랜베리 향이 나는 크리스마스 초 장식 바로 옆에서 똥을 쥐어짜고 있는 나를 잡을 때, 모두들 나를 지켜보며 숨을 훅 들이마시고는 눈을 가리기도 했다. 두 사람은 붐 마이크를 잡고 있었다. 그들은 똑바로 지켜보려 했지만 쉽지 않았다. 개중 한 명이 말했다.

"힘내, 꼬마야!"

자기도 모르게 그런 말을 하고 말았던 거다. 난 너무 재미있었는데 말이다.

정말?

내가 즐거워하지 않았다고?

막 자란 버릇없는 제럴드. 석고보드 벽에 구멍을 내고는 거기다 대고 소리를 빽 질러 이웃이 경찰을 부르게 한, 폭력적이고 버럭화를 잘 내는 제럴드. 〈우리 아이가 달라졌어요〉의 훈육과 성공 3단계가 필요했던 엉망진창 꼬마 괴물 제럴드.

지금 나는 고등학교 2학년이다. 우리 반 아이들은 내가 어릴 때 다양한 장소에서 똥을 싼 것을 40개의 다른 앵글로 지켜봤던 아이들이다. 아이들은 나를 똥싸개라고 부른다. 중학교 때 어른들한테 내 과거에 대해 투덜거렸을 때 어른들은 이렇게 말했다.

"유명세가 안 좋은 점도 있지."

유명세라고? 그때 난 겨우 다섯 살이었다.

겨우 다섯 살인 내가 제발 〈우리 아이가 달라졌어요〉 팀이 와서 부모님의 호화로운 집 벽에 구멍을 내는 걸 그만두게끔 도와달라는 편지를 PD에게 쓸 수 있었을까? 아니. 난 그럴 능력이 없었다. 그런 편지도 쓰지 않았고, 보모가 오는 걸 원하지도 않았다.

그러나 어쨌든 그녀가 왔다.

그래서 나를 더 미치게 했다.

WWE 스맥다운 경기가 있는 밤이었다. 헤비급 레슬링을 한 번도 본 적이 없는 교양 있는 사람들을 위해 말하자면, WWE는 월드 레슬링 엔터테인먼트의 약자다. 나는 레슬링을 싫어한다. 하지만 PEC 센터 아르바이트는 썩 괜찮은 돈벌이다.

PEC 센터의 정식 명칭은 펜 엔터테인먼트 & 컨벤션 센터다. 바로 내가 일하는 곳.

나는 구내매점에서 기름기 전 셔츠를 입고, 나초를 사려는 손님들에게 "살사, 치즈, 칠리, 할라피뇨 중에 뭘 드릴까요?" 하고 심드렁하니 묻는다. 게으른 점원들이 아무도 하지 않는 얼음통을 채우는 일을 하고, "죄송합니다, 손님. 프레첼은 다 떨어졌네요."라고 말한다.

원래 열여덟 살이 되기 전에는 여기서 일하면 안 된다. 주류 판매에 관한 교육 프로그램을 이수해야 하고 시험을 쳐서 자격증도 따야 한다. 나는 곧 열일곱 살이 되지만, 매니저 베스가 나를 맘에 들어 해서 여기서 일하게 해줬다. 우리는 모종의 약속을 했다. 나는 사람들에게 신분증을 요구한다. 그리고 큰 소리로 떠든다든지, 몸짓이 부자연스럽다든지, 표정이나 발음이 이상하지 않은지를 보고 손님이 취했는지를 확인한다. 모든 게 괜찮으면 나는 베스를 부르고 베스가 맥주를 뽑아준다. 미친 듯이 바쁠 땐 베스가 나더러 맥주를 뽑아주라고 하기도 한다.

"어이, 똥싸개!"

줄 맨 뒤쪽에서 누군가 소리쳤다.

"사람들 앞에서 똥 싸면 20달러 줄게!"

니콜스였다. 녀석은 항상 이 줄에 선다. 내가 맥주를 준다는 걸 알고 있기 때문이다. 니콜스는 토드 켐프와 같이 왔다. 토드는 말수가 적고 늘 니콜스 주변에 있는 걸 부끄러워하는 것처럼 보인다. 니콜스는 그렇고 그런 녀석이니까.

니콜스와 토드 앞에 세 가족이 있었다. 곧이어 차례가 되자 녀석들은 아주 조그만 소리로 주문을 했다. 토드가 10달러를 건넸다. 맥주 두 잔. 내가 살며시 맥주를 따르는 동안, 니콜스는 긴장하면서도 엄청나게 주절거렸다. 나는 분노 조절 상담선생님이 가르쳐준 대로 했다. 아무 소리도 듣지 않았다. 숨을 고르면서 열을 셌다. 관중들의 응원 소리에 집중했다. 컵 위 거품에 온 신경을 모았다. 얼마나 나 자신을 사랑하는지에 집중했다. *넌 스스로 화를 조절할 수 있어.*

하지만 분노 조절 수업을 얼마나 받았든지 간에, 만일 나한테 총이 있었다면 맥주 컵을 들고 돌아서는 니콜스 녀석의 뒤통수를 쐈을 거다. 그건 살인이고 그게 뭘 의미하는지도 잘 안다. 감옥에 간다는 거다. 나이가 들면 들수록 내가 감옥에서 살지 모른다는 생각이 든다. 감옥에는 나처럼 화를 잘 내는 사람들이 엄청나게 많다. 이 나라에 있는 모든 감옥에 그런 사람들을 다 집어넣는다면 그들만으로 한 주(州)를 만들 수 있을 거다. 주의 이름은 '몹시 화남 주'. 우편용 약자는 '몹화', 우편번호는 '00000'이 될 거다.

배고프고 목마른 WWE 관중들 속에서 잠시 쉬는 동안 나는 카운터를 닦고 컵 뚜껑을 다시 쌓는다. 온장고에 핫도그가 몇 개가 있는지 확인하고 프레첼이 다 떨어졌으면 베스한테 알린다.

다음 칸에 핫도그가 몇 개 있는지 확인하고 일어섰을 때, 사람들 사이에서 그녀가 걸어오는 게 보였다. 큰누나 타샤. 타샤 누나는 남자친구 대니와 함께 있었다. 대니는 우리보다 급이 한참 낮다. 우리는 외부인 출입제한 주택단지에 살지만, 대니는 1970년대식 1인용 트레일러를 세내서 산다. 심지어 포장도로도 없는 곳에 산다. 전혀 과장이 아니다. 변두리 빈민가 같은 곳이다.

내가 신경 쓸 일은 아니다. 타샤는 내가 끔찍이 싫어하는 못된 누나다. 대니가 얼른 누나를 임신시켜서 결혼했으면 좋겠다. 그래서 레슬링을 좋아하는 핼쑥한 촌뜨기 애들을 엄청 낳으면 좋겠다. 어쨌든 타샤 누나를 쏘지는 않을 거다. 그저 누나가 엄청 고생하는 걸 보고 싶을 뿐이다. '대학에서 낙제하고 네안데르탈인과 데이트를 하는 타샤' 수프를 매일 삼켜야 하는 엄마를 보는 게 내가 나한테 해줄 수 있는 최선이다.

어쩌면 내가 감옥에 가지 않게 하는 유일한 방법일지 모른다.

2

나는 PEC 센터에서 16킬로미터 정도 떨어진, '푸른 습지'라고 불리는 마을에 산다. 파랗지도 않고 습지도 아니고 진짜 마을도 아니다. 그저 쇼핑몰과 연계된 개발지구일 뿐이다.

열 시쯤 집에 도착했는데 안이 캄캄했다. 엄마는 벌써 잠들었을 거다. 엄청 일찍 일어나 산책을 하고 신기하고 놀라운 아침 스무디를 개발하기 때문이다. 아빠는 아직 안 들어왔다. 아마 부동산 업계 친구들과 시가를 피우거나 독주를 마시며 요즘 시장 상황이 얼마나 안 좋은지에 대해 이야기하고 있을 거다.

부엌 복도 가까이에서 타샤 누나가 촌뜨기 대니한테 붙어먹고 있는 친숙한 소리가 들렸다.

내가 여자친구를 집에 데려와 그런 소리를 낸다면 엄마아빠는 당장 나를 내쫓아버릴 거다. 그런데 큰누나가 그런다면? 우리 모두 아무 일도 없는 것처럼 행동해야 한다. 한번은 엄마랑 리지 누나랑 같이 저녁을 먹고 있는데 지하실에서 타샤 누나랑 대니가 헐떡거리는 소리를 냈다. 리지 누나가 집에 있을 때니까 작년이었다. 엄마는 그 소리를 막기 위해 쉬지 않고 떠들었다. 불가사의하게도 우리 셋은 아무것도 안 들리는 척했다.

"이번주 보스코브 백화점에서 세일 하는 거 아니? 깔개랑 수건 좀 사면 좋겠더라. 토요일 아침에 가봐야겠어. 늘 아침 일찍 괜찮은 상품들이 나오잖아. 이층 욕실에 잘 어울리는 파란색 깔개가 있으면 좋겠다. 지난번엔 빨간색밖에 없었거든. 내가 좋아하긴 거긴 하지만, 너무 투박해 보였어. 보통 이맘때쯤이면 괜찮은 플란넬 천으로 된 게 나오지. 겨울엔 플란넬이 있어야 해…."

나는 잘 구워진 소고기와 으깬 감자를 먹고 있었다. 일곱 번쯤 먹었을 때 더 이상 참을 수가 없었다. 나는 지하실로 가서 문을 열고 소리쳤다.

"내가 밥 먹는 동안 누나랑 이상한 짓 관두지 않으면 내려가서 네놈 거시기를 차버릴 거야. 빌어먹을 배려심 좀 가지라구!"

그러고는 문을 쾅 닫았다.

엄마는 수건이랑 깔개 이야기를 더 이상 하지 않았다. 엄마는 내가 기억하는 한, 다른 사람들한테 받았던 그 표정으로 나를 봤다. 그 표정은 '타샤는 어쩔 수 없어. 우린 타샤가 하는 걸 막을 수 없어.'라고 말하고 있었다.

리지 누나는 이렇게 말했다. "언니는 지금 통제 불능이야. 그래도 엄마는 괜찮은가 봐. 왜 그런지 모르겠어. 신경 안 쓸래. 최대한 빨리, 난 이 집을 떠나고 말 거야."

리지 누나는 정말 그렇게 했다. 리지 누나는 스코틀랜드 글래스고로 떠났고, 거기서 문학과 심리학, 환경과학을 한꺼번에 공부하고 있다. 웨이트리스로 돈을 벌면서. 그동안 리지 누나는 한 번도 전화하지 않았다. 단 한 번, 잘 지낸다는 메일을 엄마한테 보냈을 뿐이다. 전화도 없이, 3개월이나 지났다.

엄마는 타샤 누나를 '기폭장치'라고 불렀다. 사실 타샤 누나는 나를 폭발하게 하는 가장 강력한 기폭장치다. 그건 분노 조절 상담선생님이 내가 왜 화가 났는지를 묘사할 때 쓰는 용어이기도 하다. 그걸 규정하는 데 4년이 걸렸다. 그게 바로 타샤 누나였다.

우리가 잘 구워진 소고기를 먹던, 리지 누나가 아직 집에 있던 그날 밤, 나는 식사를 하면서 거실 벽난로를 뚫어져라 쳐다봤다. 그리고 쇠로 된 불쏘시개로 사람 머리를 찌르면 어떤 상처가 날지 궁금했다. 수박이 터지는 걸 머릿속에 그려봤다.

분노 조절 상담선생님은 "지금 상태를 유지해, 제럴드."라고 말하곤 한다. 하지만 아무것도 변하는 게 없을 때는 그게 너무 힘이 든다. 열여섯 살, 11개월하고 두 주가 되었고, 나는 물속으로 가라앉고 있었다.

● ● ●

아빠가 도착했다. 차에서 내리면 아빠도 곧 저 소리를 듣게 될 거다. 지하실에서 나는 소리는 차고에서 제일 먼저 들린다.

또각또각 아빠의 구두 소리가 들렸다. 그리고 문이 열렸다…. 아빠는 어둠 속에 유령처럼 가만히 서 있는 나를 보고 숨을 들이마셨다.

15

"깜짝이야. 늙은이 한 방에 보내겠다." 아빠가 말했다.

나는 거실을 지나 문 쪽으로 걸어가 현관 등을 켰다.

"죄송해요. 저도 막 들어왔어요. 정신이 좀 사나워서요. 저 소리
요."

아빠가 한숨을 쉬었다.

"누나가 이사 나갔으면 좋겠어요."

"타샤가 살 만한 데가 없을 거다."

"집에서 나가면 누나도 일자리 구하는 법을 배울 거예요. 그럼
엄마아빠한테 더 이상 빌붙어 살지 않겠죠."

나도 내가 왜 이러고 있는지 모르겠다. 혈압만 올릴 뿐인데.

"누나는 스물한 살이라구요."

"엄마가 어떤지 너도 잘 알잖니." 아빠가 말했다.

리지 누나가 나간 뒤로 아빠의 기본 방침은 늘 이랬다. 엄마가
어떤지 너도 잘 알잖니….

우리는 방음장치가 되어 있는 거실로 갔다. 아빠가 마실 술을
섞으면서 나한테도 한잔하겠냐고 물었다. 항상 나는 아니라고 대
답했는데 오늘 밤엔 마시겠다고 했다.

"한잔할래요. 바쁜 저녁이었어요."

"아이스하키 경기였니?"

"레슬링요. 거기 사람들은 쉬지 않고 먹어요."

"아…."

"리지 누나는 크리스마스에 올까요?"

16

아빠가 말없이 고개를 내저었다. 그래서 내가 덧붙였다.

"타샤 누나가 집에 있는 한 안 오겠죠."

아빠는 나한테 칵테일을 한 잔 건네고 소파에 털썩 주저앉았다. 아침에 입고 나간 정장을 그대로 입은 채였다. 오늘은 토요일이다. 부동산 모임에 가기 전까지 최소 12시간 이상 일했을 거다.

술을 한 모금 마시고 아빠가 말했다.

"그 둘은 절대 잘 지낼 수 없어."

말도 안 돼. 큰누나는 리지 누나뿐 아니라 어느 누구와도 잘 지낼 수 없다. 거기엔 일정 정도 아빠의 책임이 있다. 그러니까 지금 변명을 하는 거다. 엄마가 어떤지 너도 잘 알잖니… 그 둘은 절대 잘 지낼 수 없어….

"생일 선물로 뭘 받고 싶은지 생각해봤니?" 아빠가 물었다.

"아뇨."

거짓말이 아니다. 생일에 대해 전혀 생각해보지 않았다. 생일이 2주 뒤로 다가왔는데도 말이다.

"아직 시간이 좀 있으니까."

"네."

우리는 잠시 서로를 쳐다봤다. 아빠는 미소를 지으려 애썼다.

"그럼 내년 계획은 세웠니? 리지처럼 집을 떠날 거니?"

"선택할 게 별로 없죠."

아빠가 고개를 끄덕였다.

"늘 감옥이 있어요."

나는 몇 초 동안 쉬었다 다시 말했다.

"로저 선생님은 저를 그렇게 판단하고 계세요."

로저 선생님은 나의 분노 조절 상담선생님이다.

아빠는 처음엔 엄청 놀라는 것 같았지만 이내 웃음을 터뜨렸다.

"휴우~ 아주 잠깐, 네가 거기에 대해 너무 진지하다고 생각했다."

"누가 감옥에 가고 싶겠어요?"

바로 그때 촌뜨기 대니가 지하실 문을 열고 부엌으로 살금살금 걸어 들어왔다. 찬장에서 커다란 토르티야 칩 봉지를 집더니 냉장고로 가서는 아이스티 통을 집어 들었다. 냉장고 불빛에 대니의 알몸이 드러났다.

"다음엔 내 것도 훔쳐 가겠구나, 얘야. 옷 좀 입고 다녀라."

아빠가 말했다. 대니는 생쥐처럼 후다닥 되돌아갔다.

바로 그거다. 우리 집 지하실에는 생쥐들이 산다. 빌어먹을 빈대 생쥐들은 음식을 훔쳐 가기만 하고 내놓지 않는다.

나는 아빠한테 반문했던 것을 생각해봤다. *누가 감옥에 가고 싶겠어요?* 한때 미쳐서 정신병원에 감금되는 걸 생각해본 적이 있었다. 우리 집에서 불과 몇 십 킬로미터 떨어진 곳에도 정신병원이 있다. 로저 선생님 말에 따르면 요즘 정신병원은 옛날 방식으로 운영하지 않는다고 한다. 영화 〈뻐꾸기 둥지 위로 날아간 새〉에서처럼 추장과 농구하는 일 따윈 더 이상 없단다.

"그럼 어디로 갈 거니, 제럴드?"

아빠가 검지로 술잔을 빙빙 돌리며 물었다.

뭐라고 말해야 할지 모르겠다. 딱히 하고 싶은 것도 없다. 난 그저 새로 시작하고 싶고 진짜 삶을 살고 싶다. 전국에 방송되는 '괴물 쇼' 같은 걸로 망치는 인생 말고.

3
에피소드 1, 장면 1, 테이크 3

그래, 에피소드 1이었다. 그들은 똥싸개 쇼 그 이상을 만들어냈다. 나는 문제를 가득 싸안고 있는 온 나라의 부모들에게 큰 반향을 일으켰다. 사람들은 불쌍한 꼬마 제럴드가 말도 안 되는 장소에서 쭈그리고 앉아 똥 싸는 모습을 더 보길 원했다. 보통 수준의 칭얼대는 아이들을 가진 부모들은 "적어도 우리 아이는 거실 테이블 위에다 똥을 싸진 않아." 같은 말을 하며 안도했다.

사실이다. 진짜 사실이다.

하지만 그들이 몰랐던 사실이 있다. 우리 집 벽에 방송국 카메라가 설치되기 전까지 난 똥싸개가 아니었다. 처음 보는 사람들이 아주 작은 소리까지 잡아내기 위해 마이크 테스트를 하기 전까지, 내가 유명인이 되기 전까지는 말이다. 그전까지 나는 주로 석고보드 벽이나 타샤 누나를 치고는 절망하거나 혼란스러워하는 꼬마였을 뿐이다.

어렸을 때 우리 집의 우편용 약자를 짓는다면 '불공'이 될 거다. 내가 화를 잘 냈던 건 사실이다. 씩씩거렸고 버럭거렸고 성질을 부렸다. 하지만 그건 모든 게 불공평해서였다. 그래서 우편 약자가 '불공'인 거다. 그럼 우편번호는????(불공에 맞는 우편번호는 5초마다 바뀔 테니, 부여해봤자 쓸데없는 짓이다.)

혼란스럽고 무의식적인 절망 때문에 내 주위에 있는 것이면 뭐든 패고 싶었다. 안 그랬던 때는 기억조차 나지 않는다. 하지만 엄마아빠와 리지 누나는 한 번도 때리지 않았다. 리지 누나와 엄마아빠만 빼고, 벽이나 가구나 문이 나더러 때려달라고 사정했다. 타샤 누나도 그랬다.

〈우리 아이가 달라졌어요〉의 보모를 처음 만났을 때, 나는 그녀가 진짜 보모가 아니라고 생각했다. 보모처럼 안 보였고, 보모인 척하는 것 같았다. 레드 카펫을 걷는 신인 여배우 같은 헤어스타일을 하고 있었고 무지 마른 데다 예쁘기까지 했다. 옷도 결혼식에 참석하는 사람처럼 차려입었다. 그녀는 웃지 않았고 따뜻함이라곤 찾아볼 수가 없었다. 그녀는 정말이지… 연기를 하는 것 같았다.

내가 좀 더 자랄 때까지 진짜인지 아닌지 잘 몰랐다. 그런데 정말 가짜였다. 보모는 자기 이름이 레이니 처치라고 했다. 하지만 다섯 살 때부터 할리우드에서의 성공을 꿈꿨다는, 영국 남부의 작은 마을에서 온 그녀의 진짜 이름은 엘리자베스 해리엇 스몰피스였다. 그녀의 첫 번째 연기는 날씨에 대해 쥐뿔도 모르면서 잘 아는 척하는 가짜 기상학자 중 한 명으로 광고에 출연한 거였다. 그런 그녀에게 〈우리 아이가 달라졌어요〉의 보모 역은 새로운 돌파구였다.

우리의 가짜 보모는 진짜 보모로 촬영할 준비가 덜 되어 있었다. 그녀는 우리와 별로 소통하지 않았는데 가끔 나한테 윙크를 보내긴 했다. 이런 방식 때문에 난 화가 났다. 그 사람들이 준비하는 걸 지켜보면서 과연 내가 어떻게 해야 내 삶이 얼마나 잘못되었는지 보여줄 수 있을까 궁금해했던 게 기억난다.

30분이나 분장 담당자와 미팅을 한 후, 가짜 보모가 의상을 갖춰 입고 연기를 하면서 우리 가족이 앉아 있는 거실로 들어왔다. 그녀는 손뼉을 치면서 세 아이를 바라봤다. 난 다섯 살이었고, 리지 누나는 일곱 살, 타샤 누나는 열한 살이었다.

그녀는 나만 빤히 보면서 말했다.

"너희 가족한테 도움이 필요하다고 부모님이 연락을 해오셨어."

그녀는 멈춰 서서 텔레비전 스크린에 비치는 자기 모습을 확인했다.

"어머니 말씀으로 넌 언제나 싸운다고 하던데, 그건 용납할 수 없는 행동이란다."

그때의 보모를 제대로 그려보자면, 그녀는 영국 억양으로 말했다. 그녀는 '행동'을 '횡동'이라고 발음했다.

"아무래도 너에겐 성공을 위한 세 가지 단계가 필요할 것 같구나. 그리고 우리는 고전 스타일의 훈련을 시작할 거란다. 제럴드, 무슨 뜻인지 알겠니?"

감독이 나한테 고개를 저으라고 말했다. 그래서 난 그렇게 했다. 이 한 장면을 찍는 데 벌써 세 번째 촬영이라서 난 카메라를 보지 않으려고 애썼다. 그런데 다섯 살짜리 꼬마가 자기 코앞에 있는 카메라를 어떻게 안 볼 수 있겠는가?

"그건 말이야, 새로운 삶을 시작할 거라는 뜻이야. 그리고 완전히 새로운 가족이 된다는 것이고. 식은 죽 먹기지."

●●●

보모는 겨우 하루 정도 머물렀다. 그녀는 카메라맨들이 우리 남매가 서로 치고 박는 걸 찍게끔 두고 떠났다. 그리고 2주쯤 뒤에 다시 돌아왔다. 찍은 장면을 토대로 누가 맞고 누가 틀렸는지, 누구에게 적절한 벌이 필요한지, 누가 책임감에 대해 더 배워야 하는지를 결정했다. 그리고 엄마아빠한테 '반성 의자'에 대해 가르쳐 줬다. 또 어떻게 하면 컴퓨터나 텔레비전 보는 시간을 줄일 수 있는지 알려줬다. 그들은 가로세로 줄과 스티커로 직접 표를 만들었다.(누나들은 고양이 스티커를, 나는 강아지 스티커를 하기로 했다.)

사실 보모는 표 만드는 걸 돕지 않았다. 자기 손톱이 아주 민감하다면서 표 만들기는 계약서에 없는 조항이라고 주장했다.

"아무튼, 이 아이들한테 부모 노릇을 하는 건 제 일이 아니에요. 두 분의 몫이죠." 그녀는 엄마아빠한테 이렇게 말했다.

카메라가 찍지 못한 것들도 있었다. 서로 투닥투닥 때리는 일은 주로 닫힌 문 뒤에서, 또는 마이크가 닿지 않는 데서 일어났다. 그래서 보모는 아주 일부분만 봤을 뿐이다. 주로 나나 리지 누나가 타샤 누나를 쫓아가서 누나를 해치려는 장면 같은 것들만.

부엌 식탁 위에 쭈그리고 앉았던 그날, 그 프로그램에서 동시 간대 유튜브 최다 시청 기록을 세웠던 그날, 실은 성질을 부렸다고 보모한테 게임기를 빼앗긴 뒤였다. 그날 난 처음 똥을 쌌다. 최초로.

하루 종일 나를 방에 가둔 뒤 그녀가 물었다. "화장실 아닌 데서 똥을 싸는 건 아주 더러운 행동이야. 안 그래?"

나는 고개를 끄덕였다. 하지만 '더럽다'는 말이 머릿속에서 메아리쳤다. 세 살 때 나도 모르게 욕조에다 똥을 쌌을 때 엄마가 나한테 한 말이었다. "왜 그랬니? 넌 왜 그리 더럽냐?"

너무 어려서 다른 건 잘 기억이 나지 않지만 바로 그 직전의 일은 기억이 났다. 타샤 누나가 내 머리를 감겨주겠다고 했지만 머리를 감겨준 게 아니었다.

"화장실이 아닌 데서 똥을 누면 네가 깨끗이 청소해야 하고, 그날은 하루 종일 네 방에서 지내야 한다. 공정하지?" 보모가 말했다.

나는 어깨를 으쓱했다.

"공정하지?" 그녀가 한 번 더 말했다.

나는 물어보고 싶다. 카메라에 둘러싸인 다섯 살짜리 아이를 상상해보라. 그 아이는 불공정한 세계에 살고 있다. 카메라 바로 앞 부엌 식탁 위에 똥을 싸면서 관심을 끌게 된 아이를 생각해보라. 그 아이에게 이 질문을 한다면 어떨까? 아이는 어떻게 대답해야 할지 모를 거다.

그래서 나는 자제력을 잃었다.

나는 아주 오래, 아주 크게 소리를 질렀다. 멈췄을 때 내 목에서 피가 나는 게 아닌가 싶을 정도였다. 그때 보모가 나한테 다가와 앉더니 내 머리카락을 헝클었다. 그녀를 봐온 2주 동안 가장 보모스러운 연기였다. 그녀는 왜 그렇게 화가 났냐고 물었다. 하지만 내가 대답하자 그녀는 크게 웃고 말았다.

"누나가 너를 죽일 거라니, 과장이 심하구나."

4

분노 조절 수업에서 내가 제일 처음 들은 이야기는 일상적인 운동을 해야 한다는 거였다. 지하실에 아빠의 운동기구들이 있으니 그걸로 하면 되겠다 싶었다. 그런데 그때 꼴통 대학을 중퇴하고 돌아온 누군가가 집으로 들어왔다. 그래서 우리는 러닝머신과 헬스 기구랑 탁구대를 모두 싸서 차고 귀퉁이로 옮겨야 했다.

집 안에서 운동할 수 있는 그 공간이 지금은 내 첫 번째 기폭장치의 방이 되었다고 설명하니, 분노 조절 상담선생님은 진짜 헬스클럽에 가는 게 좋겠다고 제안했다. 초반에는 엄마아빠가 일주일에 몇 번씩 헬스클럽에 데려다주곤 했다. 그러다 헬스클럽 안의 권투도장을 보고 말았다. 거길 다녀야겠다고 결심했다. 알다시피 나는 뭐든 치는 걸 좋아하니까. 상담선생님에게 말하고 권투도장에 등록했다. 상담선생님은 한숨을 쉬었지만 마침내 허락해줬다. 단, 조건이 있었다. 진짜 권투는 안 하는 걸로. 다른 사람을 치는 건 안 된다는 거다. 그때 난 열세 살이었다. 이미 충분히 많은 사람을 쳤다. 그래서 그 조건이 괜찮았다.

권투도장 사람들은 다 좋은 사람들인 것 같았다. 그런데 새로운 애가 한 명 들어왔다. 녀석에 대해선 말들이 많다. 나처럼 '몹화 주' 사람이었다. 녀석은 가끔 나한테 기분을 잡치게 하는 웃음을 보낸다. 나도 잘 그러기 때문에 그게 무슨 뜻인지 잘 안다.

녀석의 이름은 재코다. 진짜 이름이 뭔지는 잘 모르겠다. 자메이카 출신이라고 하는데 진짜는 아니다. 억양이 어설펐다. 재코네 가족은 녀석이 세 살 때 '푸른 습지'로 이사 왔다고 한다. 녀석은 중산층 집안이지만 부모가 엄청 가난해서 어촌에서 양철지붕 판잣집에 산다는 둥의 이야기를 지어내 사람들의 관심을 끌고 싶어한다. 단언컨대 녀석은 그래서 싸운다. 중산층으로 사는 건 끔찍하게 지루한 일이니까.

아무튼 왜 다들 내가 권투도장에 나가는 걸 괜찮아했는지는 잘 모르겠다. 역설적이게도, 이전에는 누군가를 혼내주지 못했다면 지금은 충분히 혼내줄 자신이 생겼다. 도장에서 매 순간 생각하는 거라곤 혼쭐을 내주는 것뿐이다. 박-살-내-기.

내 마음 한구석에선 재코를 박살내주고 싶어 한다. 잡혀 가도 상관없다. 감옥에서 나보다 힘센 사람이 나를 죽일 때까지 난 더 많은 놈들을 박살낼 수 있을 거다. 다른 사람들은 모두 나한테 이런 점을 기대한다. 안 그런가? 감옥 아니면 죽음. 추측컨대 감옥 아니면 죽음이다.

나는 샌드백을 두들겼다. 손가락에 감각이 없을 때까지 두들겼다. 오늘처럼 햇살 좋은 일요일 아침, 부종이 찢어지고 터져버렸다. 하지만 신경 껐다. 15분 동안 줄넘기를 하고 내가 좋아하는 스피드백을 쳤다. 스피드백은 리듬이 있고 순간 무아지경에 빠지게 해주기 때문에 좋다.

무아지경 상태가 좋다. 나를 풀어지게 해주니까. 15분 동안 난 평생 나를 꽁꽁 싸맸던 겹겹의 비닐 랩을 푼다. 훨씬 잘 보이고, 냄새도 잘 나고, 소리도 잘 들린다. 그야말로 느낄 수 있는 것이다. 때때로 스피드백을 치다 보면 울고 싶어진다. 나쁘지 않다. 물론 울지는 않는다. 단지 리듬이 깨지면서 다시 머리부터 발끝까지 랩으로 꽁꽁 싸맬 뿐.

주차장으로 가기 전에 바로 옆문을 열고 들어갔다. 한때 우편 주문 관련 회사가 있던 빈 창고다. 내가 처음 이곳에 왔을 때는 회사가 있었다. 지금은 다 떠나고 사무실을 나누는 칸막이와 선반만 남아 있다.

안은 캄캄했다.

나는 어떤 칸막이 벽 쪽으로 빠르게 걸어갔다. 유일하게 석고보드로 된 벽체였다. 주먹으로 세게 쳤다. 하지만 충분하지 않았다. 그래서 좀 더 아래에 다른 구멍을 쳤다. 공간이 이제 거의 없었다. 손이 따끔거리고 손마디에서 피가 났다. 하지만 기분은 좋았다. 뒤로 물러서서 구멍을 세어보니 42개였다.

● ● ●

권투 아닌 권투를 하고 집에 가니, 아빠는 일요일 오픈하우스 때문에 진작 나가고 없고 엄마는 늘 하는 일요일 아침 두 시간 산

책 후 샤워를 하고 부엌에서 일하고 있었다. 엄마는 부엌일을 좋아한다. 엄마는 자기 맘대로 해도 좋다면 아마 부엌에서 살 거다. 그게 제일 행복할 거다. 기분 안 좋은 일이 있을 때 어떤 음식을 후딱 만들어내고 나면 기분이 나아지곤 했다. 그게 아니면 좀 더 길게 산책을 했다. 둘 중 하나다.

샤워를 하고 나서 식탁에 앉으니 엄마가 내 앞에 아침 접시를 내려놓았다. 스크램블 에그, 터키 베이컨, 물 한 잔. 엄마는 식탁 중앙 장식을 새로 바꿨다. 그걸 보니 보모가 떠올랐다. 이 식탁에서 한 열 번쯤 똥을 싼 것 같다. 어쩌면 그보다 더 많을지도.

"운동 잘 했니?" 엄마가 물었다.

"네. 스피드백 치는 게 정말 빨라졌어요. 너무 재밌어요."

"잘됐구나."

"네."

"도장을 찾아서 정말 다행이다. 난 거기에 도장이 있는 줄 전혀 몰랐거든."

엄마가 접시 끝에 포크를 올려놓고는 이상한 알약을 한 움큼 내려놓았다. 식품 보조제와 비타민 영양제. 파워워킹 하는 사람이 먹기만 하면 만성질환이 봄눈 녹듯 사라지게 해준다는 그런 알약들이었다. 엄마는 157센티미터에 45킬로그램도 안 될 거다.

"좀 이른 크리스마스 쇼핑을 나갈까 해. 아빠는 네 시쯤 오실 거야. 된다면 저녁 같이 먹을까?"

대답을 하려는 순간, 지하에서 음악 소리가 나기 시작했다. 쿠쾅쿵쾅 쿠쾅….

엄마는 자동적으로 일어나 싱크대 물을 최대한 틀었다. 그리고 다급히 그릇을 넣더니 식기세척기를 켰다. 아직 반도 차지 않았는데 말이다.

"아뇨. 오늘 두 타임 뛰어야 해요. 아이스하키 경기 끝날 때까지 집에 못 올 거예요. 거기서 대충 저녁을 때울게요."

시계를 보니 10시 30분이었다. 11시까지 PEC 센터에 가야 한다.

"젠장, 지금 가야겠어요."

몇 년 전에는 엄마 앞에서 '젠장'이란 말을 아무렇지 않게 하면 엄마한테 항상 꾸중을 들었다. 지금은 아무 말도 하지 않는다. 식기세척기 소리와 쿵쾅쿵쾅하는 음악 소리 때문에 내 말을 들었는지도 잘 모르겠다.

"네 그릇은 그냥 둬라. 내가 치울게. 오늘 하루도 잘 보내."

"고마워요. 엄마도요!"

다정하지 않은가? 보모가 우리한테 했던 것도 다정한 건가? 7년 전 엄마는 이 식탁에 있는 내 똥을 치우고 청소했다. 지금은 내 그릇을 치워주겠다고 한다. 내가 제때 일하러 가야 한다는 걸 알기 때문이다. 우리는 얼마나 예의 바르고 사려 깊은가! 이 얼마나 용납할 만한 '횡동'인가!

5

여자애가 있다.

그녀는 1번 계산대에서 일한다. 난 그래서 좋다. 난 멀리 떨어진 7번 계산대에서 일하니까 어린이 도시락이나 사탕을 가지러 그녀 옆을 지나면서 긴장하지 않아도 되기 때문이다.

낮 공연 동안, 그녀는 4번 계산대에서 일한다. 낮에는 창구를 반만 열어놓기 때문이다. 물건을 가지러 그녀 옆을 두 번쯤 지나가야 했는데, 그녀한테서 좋은 향이 났고 머릿결은 부드러워 보였다. 물론 언젠가 내가 감옥에 갇힐 것을 생각하면 이 상황이 말도 안 된다는 걸 잘 안다.

그녀는 몇 주 동안 여기서 일하고 있다. 나처럼 정해진 시간에만 일하는데 내가 일할 때 항상 있지는 않았다. 그녀는 일하는 틈틈이 주머니에 늘 넣고 다니는 작은 노트에 뭔가를 열심히 썼다. 때때로 나를 힐끔 쳐다봤는데, 두 번은 내가 훔쳐보는 걸 들키기도 했다. 그녀에겐 뭔가가 있었다. 헤어스타일이나, 베스가 입고 다니지 말라고 했는데도 군복 바지만 입는다든가 노트에 글을 쓰는 것 등등. 그녀는 예뻤다. 자기가 어떻게 보일지 늘 신경 쓰던 보모와는 정반대였다. 어떻게 해야 자기가 더 예뻐 보이는지 전혀 신경 쓰지 않았다. 내가 평범한 아이라면, 벌써 데이트 신청을 했을지도 모른다.

로저 선생님은 데이트와 분노 조절 관리는 서로 같이 가기 어렵다고 말했다. 로저 선생님은 여자애들은 화를 잘 낸다고 했다. *그리고 항상 많은 걸 궁금해한다고 했다. 일단 관계를 맺으면 넌 충분히 그럴 자격이 있다는 생각이 들게 될 거야, 제럴드. 그렇게 생각하다 보면 가끔 억울해질 때가 생겨. 여자애들은 네가 자기를 위해 당연히 봉사해야 한다고 생각해. 규칙은 불분명하지. 넌 지금 잘하고 있는 거야.*

PEC 센터의 낮 공연은 아이들을 위한 합창단 공연이다. 우리가 매점 문을 열면 꼬마들이 우르르 몰려와 프레첼이나 물, 사탕을 산다. 그것도 느릿느릿. 대부분의 부모들은 아주 잘 차려입고 자기 아이한테 감사 인사를 시킨다. 예를 들면 이렇다.

"친절한 분에게 뭐라고 해야 하지?"

"감사합니다."

내가 잔돈을 건네주자 꼬마가 이렇게 대답했다.

"더 예쁘게 말해야지, 조던." 아이 엄마가 말했다.

"감사합니다."

하지만 꼬마의 말투는 이전과 별반 다르지 않다.

내가 프레첼을 아이 아빠한테 건네주자 그는 나를 센터 구내매점 말고는 변변한 일자리를 못 구하는 한심한 청춘인 양 바라봤다. 나는 겉모습으로 사람을 판단하는 그런 부모들이 너무 싫다.

당신 애가 당신이 아끼는 소파나 BMW에 똥을 싸지 않는 걸 다행인 줄 아세요,라고 말해주고 싶었다.

분주한 사전 공연이 끝난 뒤, 나는 무대를 훔쳐봤다. 네 명의 남자가 각자 다른 의상을 입고 있었다. 카우보이, 철도 엔지니어, 정장, 추장 차림을 한 네 남자는 끊임없이 같은 화음으로 노래하고 있었다. 추장 복장을 한 사람은 요리 도구로 드럼을 치고 카우보이는 컨트리 음악의 반복적인 음절을 지루하게 흉내 냈다.

"엉망진창이네. 누가 저걸 재밌다고 생각하겠어?" 1번 계산대의 여자애가 말했다.

"그러게."

그녀가 거부할 수 없을 만큼 매력적이라 나는 이렇게 말하고 얼른 자리를 떴다. 나는 그녀를 거부해야 하는 미션을 수행 중이다.

냉장고에 생수와 다이어트 소다를 채워 넣고 화장실에 갔다 오니 그녀가 안 보였다. 아마 작은 노트에 글을 쓰러 갔을 거다. 똥싸개와 말해보려 했지만 휙 가버렸다는 이야기를 쓰고 있을지도 모른다.

6

"제럴드?"

매니저 베스였다. 나는 그녀를 쳐다봤다.

"너 지금, 거기 서서 5분이나 먼 산만 보고 있어."

나는 시계를 봤다. 잘 차려입은 부모들이 흥분한 아이들을 데리고 카우보이, 엔지니어, 추장 의상과 연, 컵, 티셔츠 같은 걸 파는 기념품 창구에 서 있었다. 남은 재고량을 확인하고 아이스하키 관중을 위해 물품을 새롭게 바꿔야 하기 때문에 우리 창구는 문을 닫았다. 나는 벌써 내 몫의 재고량을 세어두었다. 언제 그랬는지 기억이 안 나지만 이미 끝냈다. 베스의 걱정스러운 표정이 보였다. 그녀는 아주 느긋하고 흔들리지 않는 편이다. 그런데 지금, 그녀는 걱정스러워 보였다.

"죄송합니다."

"원하면 잠시 쉬어도 돼. 문 열고 여태 일했잖아. 점심은 먹었니?" 베스가 말했다.

베스가 엄마였으면 좋겠다. 그녀라면 타샤 누나가 지하에서 쥐새끼 같은 남자친구와 뒹구는 걸 허락하지 않을 것 같다.

"먹고 싶으면 저기 닭튀김이랑 감자튀김 있어."

베스가 팔리지 않은 튀김들이 가득 담긴 적외선등 아래 스테인리스스틸 쟁반을 가리켰다.

그쪽으로 갔다가 1번 계산대 여자애와 마주쳤다. 우리는 팔목이 서로 부딪혔다. 나는 그녀를 보며 살짝 웃었다. 그녀도 미소를 짓더니 내가 먼저 집으라는 듯 손을 거두었다. 나도 똑같이 그랬다. 베스가 끼어들어 각자의 종이 접시에 닭튀김과 감자튀김을 나눠줬다. 베스한테 고맙다고 말하고 나는 7번 계산대로 돌아와서 먹었고, 1번 계산대 여자애는 1번 계산대 뒤 싱크대 옆으로 갔다.

나는 다른 세계에 가 있었다. 베스가 나를 깨우기 전까지 나는 머릿속에 나만 아는 곳에 가 있었다. 기폭장치가 없는 곳. 내가 어렸을 때 그 세계를 만들었다. 보모에게 감사한다. 나는 그걸 '제럴드데이'라고 부른다. 무슨무슨 날처럼 운율이 있다. 일주일 중에서 아무도 모르게 내가 집어넣은 특별한 날. 월요일이나 화요일, 수요일처럼 일반적인 날의 일부분을 거기서 보낸다. 일주일에 7일을 보내는 보통 사람이라면 내가 멍 때리고 있다고 생각할 거다. 아니면 초등학교 3학년 때 개떡 같은 담임선생님이 자주 쓰던 표현대로라면 '꿈나라에 가 있다'고 여길 거다. 사실 난 정말로 당신들보다 하루를 더 산다. 아주 멋진 날을.

제럴드데이는 언제나 멋진 날이다.

우편 약자는 '제데'. 제럴드데이이니까. 그리고 우편번호는 ☺☺☺☺☺.

'몹화 00000'이나 '불공 ?????'의 한 주를 보내는 동안 '제데'를 하루쯤 보낸다면 나는 누구보다 더 오래 살 거다. 1년에 특별한 52일이 덤이니까.

좀 더 설명해보겠다.

보통의 열여섯 살짜리(열일곱 살이 다 되어가는) 아이는 6191일을 살았다. 나, '똥싸개' 제럴드 파우스트는 6815일을 살았다. 나랑 동갑인 다른 애들보다 624일이나 더 산 거다. 날짜대로 계산한다면 난 열아홉 살이나 다름없다.

7
에피소드 1, 장면 12, 테이크 2

"제럴드, 너만의 세계에 빠져 있어선 안 돼! 정신 차리고 내가 하는 말을 잘 들어야 해. 알아듣겠니?" 보모가 말했다.

나는 고개를 끄덕였다. 감독이 그러라고 했기 때문이다. 하지만 난 여전히 제럴드데이에 가 있었고, 딸기 아이스크림을 먹으면서 때려주고 싶은 아이들이 하나도 없는 행복한 동네를 걷고 있었다.

보모는 눈치를 챈 게 분명했다. 내 팔을 꽉 잡고 얼굴을 가까이 대더니 이렇게 말했다.

"제럴드! 정신 차려! 내 말 잘 들어. 안 그럼 반성 의자에 앉게 될 거야."

"반성 의자에 앉게 해주세요."

나는 이렇게 말하고 의자로 걸어가 앉았다. 그리고 다시 제럴드데이로 돌아가 아이스크림을 먹었다. 한 아이는 나한테 발야구 팀에 들어오라고 했고, 다른 아이는 같이 자전거를 타러 가자고 했다. 보조바퀴가 있는 내 자전거에 대해선 상관 안 하는 것 같았다. 아이스크림을 하나 더 먹고 싶었는데, 그때 리지 누나가 무지갯빛 토핑이 뿌려져 있는 바닐라 아이스크림콘을 내밀었다. 리지 누나는 초콜릿이 잔뜩 뿌려진 아이스크림을 먹었다. 우리는 같이 집으로 갔다.

집에 들어가자 엄마가 우리를 안아주고는 부엌에서 아이스크림을 마저 먹으라고 말했다. 리지 누나와 나는 부엌 식탁에 앉았다. 엄마는 오늘 하루 어땠는지 물었고 우리는 아주 멋진 날이었다고 대답했다. 우리가 아이스크림을 다 먹자, 엄마는 깜짝 선물이 있다며 우리를 복도로 데려가 벽에 걸린 액자를 보여줬다. 액자에는 새로운 학교에서 찍은 사진이 있었다. 리지 누나는 아역 영화배우처럼 보였다. 나도 세상에서 제일 귀여운 다섯 살짜리 꼬마처럼 보였다. 엄마아빠가 살짝 어색해하면서 포즈를 취하고 있는 사진도 있었다. 엄마는 아빠 턱 쪽으로 고개를 살짝 기대고 있었다. 행복해 보였다. 나는 약간 뒤로 물러나 사진을 보면서 행복의 눈물을 흘렸다.

여기까지가 제럴드데이에서 일어난 일이다. 행복의 눈물. 아이스크림. 거기서는 타샤 누나 때문에 안달복달하느라 바빠서 엄마가 리지 누나랑 나한테 무신경하지 않았다. 제럴드데이에는 타샤 누나가 없었다. 타샤 누나가 리지 누나 머리에 비닐봉지를 씌우지도 않고 나더러 '저능아 게이'라고 부르지도 않았다. 타샤 누나는 존재하지 않기 때문에 어떤 것도 할 수 없었다.

"내 말 듣고 있니?" 보모가 말했다.

"뭐라고요?"

"시간 다 됐다. 3분 전에 끝났어. 넌 내내 딴 세상에 가 있더구

나. 웃어보렴."

나는 웃음이 나오지 않았다.

"죄송해요."

"제럴드, 난 지금 아주 진지하게 '횡동'을 바로잡으려고 애쓰고 있어. 네가 도와주지 않으면 나 혼자선 어찌 해볼 수가 없어."

"알겠어요."

내가 고개를 끄덕이는 게 클로즈업되었다. 카메라 렌즈가 내 얼굴 가까이로 빙빙 돌면서 다가오는 게 보였다.

긴 막대에 붙은 카메라가 왼편에서 보모가 나를 안는 걸 찍었다. 가짜로 껴안은 거였다. 마치 우리가 무대 위에 있는 것처럼. 보모의 갈비뼈가 나를 찔렀다.

"난 네가 하는 걸 도와줄 수 있어. 하지만 너를 위해 대신 해줄 순 없어. 이해하겠니?"

나는 고개를 끄덕였다. 감독이 그러라고 했기 때문이다.

"좋아. 가서 네 방 정리하고 저녁 먹을 준비 하자. 네가 좋아하는 요리일 거야. 미트볼 스파게티거든."

● ● ●

30분 뒤, 나는 플라스틱 광선검을 들고 타샤 누나를 쫓아 위층 복도를 뛰어갔다. 누나를 잡고 세게 때렸더니 광선검이 부러지고 말았다. 날카로운 플라스틱 조각이 누나 팔에 아주 약간의 상처를 냈다. 피가 날 정도는 아니었다. 그런데 엄마가 그걸 보고는 타샤 누나를 팔로 감싸 안으면서 마치 내가 도끼 살인마라도 되는 듯 소리를 질렀다. 나는 다시 복도로 뛰어가 계단을 내려갔다. 막 문을 열고 나가려 하는데 보모가 나를 꽉 붙들었다.

보모는 부엌에 있는 행동표 쪽으로 나를 끌고 갔다. 그날의 내 스티커는 다 떼어지고 검은 점으로 대체되었다. 보모는 미트볼 스파게티 없이 침대로 가게 될 거라고 말했다. 타샤 누나가 거기 서서 나를 보고 있었다. 타샤 누나는 우는 척했다. 그 척하는 소리가 나를 돌게 만들었다.

"네가 무슨 짓을 했는지 알겠니? 몇 분 만에 네가 좋아하는 저녁이 날아갔어. 누나한테 못되게 굴어서 네가 다 망쳤어. 도저히 이해가 안 되는구나, 제럴드."

카메라가 울고 있는 나를 잡는 동안, 보모는 오븐 문짝에 비친 자기 머리 모양과 화장을 확인했다. 그러고는 반짝거리는 분홍색 립스틱을 발랐다.

"컷!" 감독이 소리쳤다.

담당 팀원 및 진짜 보모와 의논한 뒤 감독은 가짜 보모를 불렀다. 그러더니 엄마와 타샤 누나한테 와서 말했다.

"저기, 광선검으로 싸우는 장면을 잡지 못했거든요. 괜찮으시다면, 새것을 사오게 해서 제럴드랑 타샤가 싸우는 장면을 다시 찍고 싶습니다."

엄마는 감독을 미친 사람 보듯 쳐다봤다.

"지금 방송을 위해 우리 딸이 또 맞아야 한다는 거예요?"

"그저 재연만 하는 거예요. 괜찮으시다면, 저희 팀원이 금방 사 올 겁니다. 요 앞에 장난감 가게가 있더라고요. 사러 나간 사이 제가 제럴드랑 타샤한테 어떻게 해야 하는지 설명할게요. 진짜 때리는 게 아니에요."

진짜 보모는 표정이 좋지 않았다. 팔짱을 끼고 가짜 보모에게 뭐라고 말했는데, 가짜 보모는 그저 어깨만 올렸다 내릴 뿐이었다.

엄마는 눈물을 머금고 애지중지하는 큰딸 타샤를 감독에게 넘겼다. 나는 좋았다. 진짜로 타샤 누나를 죽일 수 있는 절호의 기회니까. 카메라가 돌아가는 동안에 말이다.

감독은 팀원이 광선검을 사올 동안 우리보고 좀 쉬라고 했다. 나는 곧장 엄마의 벽장으로 가서 쭈그리고 앉아 엄마가 아끼는 신발 두 짝에다 따끈따끈한 똥을 눴다.

●●●

싸우는 장면을 재연하는 건 진짜 싸움에 비하면 시시했다. 타샤 누나는 가만히 서서 울기만 했다. 소리도 지르지 않았고, 좀 전처럼 나를 때리지도 않았다. 게다가 광선검도 부러지지 않았다. 그래서 나는 누나의 눈이나 머리 쪽으로 날카로운 끝부분을 마구 휘두를 수 없었다.

보모가 저녁밥 없이 침실로 가라고 말하는 장면을 찍기 위해 카메라맨이 다시 일층으로 내려갔다.

그때 엄마아빠 방에서 비명이 들렸다. 카메라맨이 소동을 찍으러 뛰어갔다. 카메라맨은 엄마의 옷장과 하이힐에서부터 운동화까지 엄마의 인상적인 신발 수집품들을 와이드 샷으로 찍어댔다. 그리고 카메라 줌을 당겨서 엄마의 페니로퍼 신발과 내 똥을 찍었다.

타샤 누나와 엄마가 깜짝 놀라는 표정이 찍히는 동안 나는 부엌으로 도망갔다. 그리고 쌀로 만든 시리얼을 몰래 챙긴 뒤 다른 아이스크림을 사먹으려고 제럴드데이로 돌아갔다. 제럴드데이에는 어디에나 아이스크림이 있었다. 방에 뛰어 들어와 무릎으로 내 배를 찍어 눌러서 광선검을 들고 쫓아가게 만드는 사람은 아무도 없었다. 물속으로 가라앉는 사람도 없었다.

8

"똥싸개!"

니콜스였다. 니콜스가 우리 창구를 지나가면서 손가락을 높이 들어올렸다. 줄 서 있는 사람들 머리 위로 아주 잘 보였다. 낮 공연 뒤 짧은 휴식시간에 닭튀김과 감자튀김을 후딱 먹고 5시 하키 경기를 준비할 때였다. 우리 앞에 70여 명이 기다리고 있었다.

경기 시작 전 한 시간 동안은 콜라, 맥주, 프레첼, 감자튀김, 핫도그, 나초 등을 파느라 정신이 하나도 없다. 하지만 그런 와중에도 나는 제럴드데이에서 아이스크림을 먹고 있었다. 난 양쪽 세상에서 동시에 살 수 있기 때문이다.

니콜스가 가운뎃손가락을 들어 보이며 내 쪽으로 다가왔다.

"야 똥장군, 맥주 좀 줘라."

녀석이 5달러짜리 지폐를 던졌다.

나는 녀석을 가만히 바라봤다. 카운터 너머에 있는 녀석을 잡아당겨 튀김 조리대로 끌고 가서 녀석 머리를 처박으면 어떨지 상상해봤다. 얼마나 재미있을까.

"이봐, 내 말 들었어?" 녀석이 소리쳤다.

창구 저쪽에 있는 베스가 신경 쓰는 걸 느낄 수 있었다. 베스가 눈치채면 녀석이 맥주를 먹는 건 불가능하다.

"들었습니다. 죄송해요. 맥주는 아직 준비가 덜 됐어요."

"방금 전에 저 여자가 따르는 거 봤다구!"

녀석이 6번 계산대 여자를 가리켰다.

나는 니콜스 쪽으로 손을 약간 뻗었다. 녀석이 그걸 보고는 말투를 바꿨다. 무서웠는지 화가 났는지 잘 모르겠지만 난 갑자기 맥박이 미친 듯이 뛰었다. 막 한 대 칠 태세였다. 머릿속이 온통 고요해졌다.

"무슨 문제가 있나요?" 베스가 물었다.

니콜스가 미소 지었다.

"아뇨, 아무 문제 없어요. 이 친구한테 맥주 한 잔 달라고 했을 뿐이에요."

녀석은 여태도 바보 같았지만 더더욱 바보 멍청이 같았다.

"신분증 좀 볼 수 있을까요?" 베스가 물었다.

그러자 녀석은 겁먹은 벌레처럼 허둥지둥 도망쳤다. 그런 녀석을 보니 통쾌했다.

"아는 사람이니?" 베스가 물었다.

아니라고 했지만 베스는 거짓말이라는 걸 알아챘을 거다.

베스는 매직펜을 들고 2번 계산대로 갔다. 베스가 걸어가는 모습을 보다가 나도 모르게 1번 계산대 여자애가 일하는 걸 뚫어져라 봤다. 그녀는 일하는 모습도 예뻤다.

나는 다음 손님을 맞았다.

"무엇을 드릴까요?"

"프레첼 있어요?"

"그럼요. 4달러입니다."

꼬마는 25센트짜리 동전을 한 움큼 꺼내더니 열여섯 개를 나한테 건넸다.

니콜스가 다시 내 창구 옆에 나타났다. 토드랑 함께였다.

"야, 똥싸개! 지금은 맥주 되냐?"

"저기요, 우린 벌써 5분이나 기다렸어요."

내 앞에 있던 아줌마가 니콜스한테 말했다. 그녀는 머리부터 발끝까지 하키 팬 차림을 하고 있었다. 올해 나온 새 셔츠에 물 빠진 청바지에 크고 무거운 부츠를 신고 있었다.

"아, 나도 기다렸어요. 아까 왔다가 다시 온 거라구요."

니콜스가 내 얼굴 쪽으로 기대면서 말했다.

나도 녀석의 숨결이 느껴질 만큼 가까이 몸을 기울였다. 약한 애들을 괴롭히는 녀석을 어떻게 엿 먹이면 좋을까. 오른팔이 긴장하는 게 느껴졌다. 손가락이 따끔거렸다. 아드레날린은 진작 치솟아 올랐고, 주먹도 폭발하기 직전이었다. 셋, 둘, 하나….

그때 하키 팬 아줌마가 니콜스의 옷깃을 잡더니 "이 꼬맹이 사기꾼아!" 하면서 줄 맨 끝으로 끌고 갔다. 그리고 나서 돌아와 나한테 미소를 보냈다.

"감사합니다."

나는 오른 주먹의 힘을 풀었다. 갑자기 치밀어 오른 감정 때문에 살짝 멍했다.

"별일 아냐. 저런 애들은 하키 팬을 건드리면 안 된다는 걸 알아야 해. 트집 잡으면 우린 가만있지 않거든." 그녀가 말했다.

순간 하키 팬이 되고 싶다는 생각이 들었다. 가만있지 않을 거라는 말이 맘에 들었다.

하키 팬 아줌마는 이것저것 많이 주문했고 버펄로윙이 나올 때까지 기다리는 동안 뒷사람을 위해 살짝 옆으로 자리를 옮겼다. 내가 다음 사람의 리필 음료를 따르는 동안 따뜻한 쟁반에 버펄로윙이 나왔다. 그걸 챙겨서 아줌마한테 건네주려는데 니콜스가 뒤쪽 사람들 사이에서 튀어나왔다.

"저 녀석이 아줌마 버펄로윙에다 똥을 쌌을지도 몰라요! 똥싸개가 제일 잘하는 거거든요."

아줌마가 나를 봤다. 나를 알아본 게 분명했다. 나는 눈이 마주치는 걸 피했다. 그런데 아줌마는 가지 않았다. 다시 봤을 때 그녀는 어떤 표정을 짓고 있었다. 그 표정을 뭐라고 설명해야 할지 모르겠다.

아줌마가 여전히 나를 뚫어져라 봤지만 나는 무시하고 내 앞 손님에게 소다수를 건넸다. 다음 남자에게 줄 나초를 만들 때 아이들 중 하나가 다가와서 그녀한테 말했다.

"엄마, 안 가요?"

그녀는 아이와 함께 자리를 떠났다.

1피리어드가 진행되는 동안 우리는 계산대를 청소하고 양념통을 채운다. 내가 힘이 세기 때문에 커다란 케첩병이나 머스터드병을 들고 양념통을 채우는 일은 주로 내가 한다. 그 일은 같이 일하는 동료에 대해 알고 싶고 말하고 싶어 하는 여섯 명의 계산원들로부터 거리를 두게 해주기도 한다. 그들은 텔레비전 쇼에 대해 이야기하길 좋아한다.

나는 텔레비전을 안 본다.

전혀.

두 번째 케첩통을 채우려고 할 때 크고 무거운 부츠를 신은 하키 팬 아줌마가 내 쪽으로 오더니 내 어깨에 손을 올렸다.

"너, 제럴드 맞지?"

나는 멈춰 서서 그녀를 바라봤다. 내 얼굴색이 확 변하는 게 느껴졌다. 나는 고개를 끄덕였다.

그녀 눈에 눈물이 그렁그렁했다.

"정말이니?"

나는 다시 고개를 끄덕였다.

그녀가 내 팔을 꽉 잡고 말했다.

"그 사람들이 너한테 한 짓, 정말 부끄러워."

나는 꼼짝할 수 없었다. 첫 방송이 나간 지 10년이 넘었다. 나는 로저 선생님이 말한 대로 다른 사람의 어린 시절이라고 생각하려 애썼고, 흘려보내려고 노력했다. 텔레비전을 안 보면서 〈우리 아이가 달라졌어요〉를 잊으려 애썼고, 내가 느낀 것을 보모에게 말하는 가짜 편지를 써보기도 했다. 나는 그 모든 걸 다 했다. 하지만 하나도 흘려보내지 못했다. 그런데 이 하키 팬 아줌마는 뭔가 새로웠다. 그녀는 그저 한 마디 말을 건넸을 뿐인데 나는 움직일 수도, 말을 할 수도 없었다.

"너, 괜찮니? 그래, 내가 상관할 일이 아니라는 거 알아. 하지만 나도 어쩔 수 없었어." 그녀가 말했다.

내가 할 수 있는 거라곤 고개를 끄덕이는 것뿐이었다.

"언제나 너를 만나고 싶었어. 만나면 내 두 팔로 꼭 안아주고 싶었단다. 안쓰러운 녀석."

나는 또 고개를 끄덕였다. 케첩병 쪽으로 가려고 했지만 눈동자가 흐릿해지면서 앞이 잘 안 보였다. 모든 것이 흐릿했다.

"괜찮다면 널 안아봐도 되겠니?" 그녀가 물었다.

나는 괜찮다는 의미로 머리를 끄덕였다.

그녀가 나를 안자 정말 이상한 일이 일어났다. 나도 모르는 사이 내가 울고 있었다. 진짜 눈물이었다. 마치 누군가가 수도꼭지를 튼 것 같았다. 나는 케첩병 쪽으로 서 있었다. 그래서 창구에 있는 사람 중 누구도 나를 볼 수 없었다. 내가 더 격하게 울자 그녀가 나를 더 꼭 그리고 부드럽게 안아줬다. 울면 울수록 무슨 일이 일어났는지 분명히 깨달을 수 있었다.

누군가 나를 껴안아준 것이다. 10년 동안 〈우리 아이가 달라졌어요〉의 시청자 수백만 명 중 일부가 나를 알아봤고, 내 얼굴을 뚫어져라 봤고, 분석하고 비난하고 위협했다. 안아주는 이는 아무도 없었다.

우는 동안 나는 아무 소리도 내지 않았다. 나를 안고 있는 그녀도 마찬가지였다. 잠시 뒤 그녀가 내 뒤쪽으로 가더니 냅킨을 몇 장 가져와서 나한테 줬다.

베스가 와서 괜찮냐고 물었다. 내가 우는 걸 보고 베스는 내 등을 토닥여주면서 오늘 남은 시간 동안 자기가 7번 계산대를 맡아주겠다고 했다.

"아녜요. 괜찮아요."

나는 양념통이 있는 벽 쪽으로 서서 코를 풀고 얼굴을 닦았다. 베스는 자리로 돌아갔고 나는 숨을 몇 번 들이마셨다.

하키 팬 아줌마가 다시 내 팔을 잡고 말했다.

"또 보자."

그러고는 자리를 떴다.

나는 잠시 가만히 서 있었다. 그리고 투명 랩으로 온몸을 다시 꽁꽁 싸맸다. 그건 빌어먹을 세상으로부터 나를 보호해주는 갑옷이다. 폴리에틸렌 랩이 눈물을 삼키게 해줬다.

문 쪽으로 가는데 1번 계산대 여자애가 나를 쳐다봤다. 자기도 울고 싶은 표정이었다. 나는 무시하고 7번 계산대로 돌아왔다. 그리고 앞으로는 누구에게도 안기지 않겠다고 다짐했다.

9

집에 와서도 나는 새로 산 하키 티셔츠를 입고 있었다. 나를 안 아준 하키 팬 아줌마처럼 나도 누가 트집 잡으면 가만있지 않을 거다. 앞으로는 케첩만 보면 그 아줌마가 생각날 것 같다.

저녁식사는 이미 끝났지만 온 집 안에 구운 닭과 엄마가 만든 그레이비소스 냄새가 진동했다. 아빠는 작업실에 있었다. 아빠는 뭘 하든 그 안에서 한다. 아마 술을 마시고 있을 거다. 타샤 누나는 쥐새끼 같은 남자친구랑 지하실에서 컨트리 음악을 크게 틀어놓고 따라 부르고 있었다.

엄마는 부엌 식탁에 앉은 채 바닥에 남은 수분 크림을 쓰려고 전기칼로 통을 자르고 있었다. 펌프식 통이라 남은 양이 퍼올려지지 않는 모양이었다. 엄마가 신경 쓰는 것은 주로 쓸데없는 것이다. 엄마가 신경 쓰는 항목에 진짜 보모가 아이들에게 공평하고 평등하게 대해야 한다고 한 말 같은 건 없다. 스물한 살이나 먹은 큰딸이 지하실에서 남자랑 붙어먹으면서 날이 갈수록 의존적으로 되어가는 것도 당연히 없다.

엄마가 손을 흔들었다. 나도 손을 흔들어 보이고는 보이는 것을 외면할 수 있는 유일한 곳, 위층 내 방으로 갔다.

50

'제럴드의 행복한 방'. 내 방문에 붙어 있는 팻말의 문구다. 열세 살 때부터 붙어 있는. 싸워서 처음으로 정학을 당했을 때였다. 어떤 애의 얼굴에 상처를 입혔다. 탐 거시기라는 애였는데, 녀석은 당해도 쌌다.

그때 탸샤 누나는 대학교를 다니는 척하느라 늘 없었다. 리지 누나는 고등학생이었고 나는 중학생이었다. 아무도 하루 종일 똥 싸개라고 부르는 나쁜 놈들로부터 나를 보호해주지 않았다.

그래서 탐 거시기의 얼굴을 꽉 물어버렸다. 다시는 덤비지 못하게끔. 거칠고 미친 전사처럼 녀석의 얼굴에 상처를 냈다.

너무 심하게 상처를 입혀서 나는 바로 분노 조절 상담선생님한테 보내졌다. 첫날에 로저 선생님은 어디에 있을 때 가장 행복하냐고 물었다. 나는 제럴드데이에 대해서는 아무 말도 않은 채 이렇게만 말했다.

"내 방요."

그래서 우리는 같이 팻말을 만들었고 내 방문에 걸었다.

예전보다 내 방이 훨씬 맘에 든다. 나 혼자 쓰는 욕실도 있다. 크게 틀어도 괜찮은 오디오도 있고 컴퓨터도 있다. 인터넷도 연결되어 있다. 다른 사람들과 떨어져 지내도 손색없을 만큼 필요한 것들이 다 있다.

예외 사항: 탸샤 누나가 여전히 지하실에 산다는 것. 엄마는 수분 크림 통 바닥에 남아 있는 크림 양만큼도 나를 원치 않는다는 것.

10

내가 월요일 아침을 감당하는 방법은 이렇다. 나는 헤드폰을 끼고 미국 원주민 집회에서 연주된 원시적인 드럼 소리가 돋보이는 곡들을 듣는다. 리지 누나가 작년에 베이스기타리스트인 남자친구와 같이 원주민 집회에 갔다가 나를 위해 챙겨 온 것이다.

나는 가방을 싸면서부터 학교 주차장에 주차할 때까지 음악을 듣는다. 일찍 도착하면 차에 앉아서 음악이 끝날 때까지 듣는다. 그러고는 상상으로 인디언들이 전투에 나갈 때 하는 칠을 얼굴에 한다. 눈 아래로 빨간 줄을 세 줄 긋는다. 검은색 줄무늬 하나는 얼굴 전체를 가로질러 긋는다. 팔에도 얼굴처럼 빨간 줄을 세 줄 그린다. 빨간 줄 하나는 아랫입술에서 턱까지 칠한다. 내가 이 빌어먹을 학교를 졸업한다면 졸업식 때는 진짜로 칠을 할 것이다.

학교로 들어가면서 나는 전사가 된다. 나는 고결하고 공정하다. 나는 나만의 부족의 추장이다. 머리 가죽을 벗길 수도 있다. 난 아주 위험해질 수도 있다. 하지만 난 그러지 않기로 선택했다. 내가 추장이니까.

작년까지는 이러지 않았다. 나는 어떤 것도 선택하지 않았다. 여전히 통제 불능이었다.

탐만 공격했던 게 아니다. 어떤 애의 팔을 부러뜨렸고 어떤 애의 코를 깨뜨렸고 작년엔 어떤 애의 목을 으스러뜨리려고 했다. 나는 교장선생님 방의 벽을 기억한다. 정학 받을 때 처분을 기다리던 방도 샅샅이 기억한다. 선생님들이 늘 '한 번의 기회'를 더 주겠다고 한 말도 기억한다. 이미 다섯 번째 기회가 지나갔다.

하지만 지금은 그렇지 않다. 지금은 나의 기폭장치가 뭔지 잘 알고 어떻게 그걸 막아내는지도 알기 때문이다. 나는 전투 분장을 하고 깃털을 붙이고 학교로 걸어 들어간다. 그리고 추장 역을 연기한다.

"야, 제럴드. 어제 우리 팀이 이겼다는 소식 들었어."

내 바로 옆 사물함을 쓰는 친구다. 재즈 밴드에서 연주를 하는 아주 멋진 녀석이다.

"3 대 1이었어."

"셔츠 멋진데!" 친구가 말했다.

셔츠를 내려다보니 하키 팬 아줌마가 떠올랐다. 누가 트집 잡으면 가만있지 않겠다는 의미의 셔츠. 오늘은 추장 분장을 두 겹이나 한 것과 같다.

"고마워."

친구가 고개를 끄덕이더니 자기 교실로 갔다. 나는 내 책들을 챙겨 플레처 선생님 교실로 갔다. 다른 아이들에겐 장애아 특별반으로 통한다.

"안녕, 제럴드!"

"안녕, 제럴드!"

나는 손을 흔들어주고는 바닥을 내려다봤다.

"셔츠 멋지다, 제럴드!"

장애아 특별반이 얼간이들로 가득 차 있다고 생각한다면 그건 오산이다. 얼마나 나쁜 놈인지, 얼마나 멍청한지, 아니면 얼마나 말을 더듬는지, 얼마나 제대로 된 생각을 못 하는지에 신경 쓰는 사람이 아무도 없기 때문에 이 교실은 학교에서 최고의 교실이다. 초등학교 1학년이 되기도 전에 '똥싸개'라는 별명이 생겼기 때문에, 대부분의 어린 시절을 침실에서 울면서 보냈기 때문에 나에게 이 교실은 최고의 교실이다.

무슨 옷을 입는지, 어떤 브랜드의 신발을 신는지, 가족이 얼마나 부자인지, 아이패드에 얼마나 많은 노래를 갖고 있는지에 대해 어느 누구도 신경 쓰지 않는다. 아무도 내 차에 관심이 없다. 외부인 출입제한 주택단지에 사는 것에도, 나의 지난 과거에도 전혀 관심이 없다. 장담하건대 이 아이들은 누가 언급하지 않아서 그렇지 다 알고 있다. 내 생각에 플레처 선생님이 누가 말하기 전에 먼저 아이들의 입을 막은 것 같다.

플레처 선생님은 진정한 추장이다. 선생님과 비교하면 나는 훈련 중인 추장이라고 할 수 있다. 선생님은 이 교실에 있을 필요가 없는, 나 같은 폭력적인 꼬맹이를 대하는 데 엄청난 인내심을 발휘한다. 나라면 절대 그렇게 못 할 거다. 게다가 선생님은 뇌성마비인 데드리나 가끔 발작을 일으키는 제니도 잘 보살펴준다.

"제럴드, 아직도 그 체육관에서 운동하니? 넌 볼 때마다 점점 커지는 거 같아." 제니가 물었다.

"맞아. 너, 완전 몸짱이야!" 카렌이 말했다.

"너희들 그만 좀 해!"

켈리였다. 켈리는 이름과 다르게 남자애다. 출생 후 발육이 너무 부진하다고 생각해서 부모님이 이름을 막 지었다고 한다. 정말로. 아무리 성장이 더딘 아이가 있더라도 남자한테 여자 이름은 절대 지어주지 말아야 한다.

"그래, 그만들 해." 내가 말했다.

데드리가 전동 휠체어를 움직여 나한테 오더니 내 팔을 꽉 잡았다.

"조만간 넌 우리 같은 저능아들한테 엄청 화가 날 거야."

그러고는 웃었다.

가끔 데드리는 웃을 때 침을 튀기곤 한다. 하지만 아무도 그걸로 비웃지 않는다. 우리는 가족이니까. 학교 생활지도 상담선생님은 이런 점을 이해하지 못했다.

"장애아 특별반에서 나올 기회가 생긴다면 넌 어떡할래?"

지난달, 한 달에 한 번씩 있는 상담시간 때 선생님이 물었다.

"싫어요. 전 이 친구들이 좋아요."

"그 친구들 말고, 너 말이야. 넌 그 수업을 들을 필요가 없잖니, 안 그래?"

"모르겠어요. '필요'가 어떤 의미인지에 따라 다르겠죠."

나는 매사에 가드를 올리지 않아도 되고, 나한테 욕하는 사람이 없고, 살아남기 위한 전투 분장이 필요 없는 곳이 '필요'하다. 그곳이 바로 장애아 특별반이다. 전투 분장은 사실 내가 차에서부터 장애아 특별반에 올 때까지, 그리고 일반 학생들과 함께하는 점심시간과 체육시간에나 필요로 하는 것이다.

플레처 선생님이 말했다.

"좋아. 수학책을 꺼내라. 금요일 전까지 너희들은 1차방정식 계산을 끝내야 한다. 안 그럼 난 해고돼서 길거리로 나앉고 말 거야."

나는 이미 3년 전에 1차방정식을 다 뗐다. 하지만 책을 펴고 얌전히 설명을 들었다. 멍청한 척하는 게 아니다. 나에겐 여기가 안전하다. 또는 내가 여기 있기 때문에 다른 애들이 안전한지도 모른다. 아님 말고.

●●●

그 녀석들이 점심시간에 탐을 보냈다. 녀석들은 실수했다. 내가 탐의 얼굴을 물어뜯은 뒤로 탐이 바라는 건 오직 나를 죽이는 것뿐이다. 탐은 나를 보면 항상 '몹화' 표정을 보낸다. 나는 그저 '보낸 이에게 반송'에 도장을 찍고 조용히 밥을 먹었다. 하지만 언젠가 그 녀석은 끝장을 볼 거다. 난 알 수 있다. 졸업하기 전에 녀석이 몰래 다가와 나를 두들겨 팰 거다. 그럼 난 방어를 해야 할 것이고 결국 난 감옥에 가는 걸로 끝을 맺을 거다.

그런 면에서 전투 분장이 썩 맘에 든다. 전투 분장을 했기 때문에 나는 그저 누운 채로 때리면 다 맞을 거다.

녀석이 내 얼굴을 물어뜯더라도.

녀석이 나를 죽일지라도.

나는 그냥 받아들일 거다.

나는 모카신을 신고 깃털을 붙이고 제럴드데이로 도망갈 거다. 내가 마침내 자유로워질 때까지 야성적으로 울부짖고 거친 춤을 추고 인디언 아이스크림을 먹을 거다. 난 탐이 진작 그러기를 바랐다. 그럼 모두가 좀 더 행복할 거라고 확신한다.

장애아 특별반 밖에서는 아무도 나한테 말을 걸지 않는다. 선생님들도 마찬가지다. 점심 급식 교사도 마찬가지다. 언젠가 로저 선생님에게 이렇게 말한 적이 있다. 아무래도 그들은 내가 금방이라도 식탁 위로 뛰어올라 똥을 쌀 거라고 생각하는 것 같다고.

"설마. 넌 꼬마 때 말고는 그런 적이 없잖아, 안 그래?" 로저 선생님이 말했다.

"네. 하지만 전 알 수 있어요. 그들이 그걸 원한다는 걸요."

"흠⋯."

내 말이 맞다. 모두들 내가 똥을 싸길 원한다. 내가 어렸을 때 그랬듯이 사람들을 다시 즐겁게 해주길 바란다. 쑥덕거릴 건수가 생기기 때문이다. 서로 문자메시지를 주고받겠지. *대박! 서프라이즈! 젠장, 이게 뭥미? 저리 꺼져!*

생활지도 선생님은 나한테 친구가 없는 유일한 이유는 내가 벽을 치기 때문이라고 말하곤 했다. 첫째, 그 선생님은 멍청하다. 둘째, 그들이 나라면 벽을 안 치고 배길 수 있을까? 나는 내 벽에도 전투 분장을 칠했다. 텔레비전 테두리 안의 무시무시한 괴물 그림.

11

에피소드 1, 장면 20-29

나는 1-2-3단계 프로그램 중 2단계, 행동표에서 집안일표까지 끝마쳤다. 진짜 보모는 방관자적 입장이라 그런가 항상 나한테 웃음을 잃지 않았다. 하지만 가짜 보모는 더 엄해졌다. 그녀는 내가 똥 싼 일로 의욕을 잃었다. 내가 똥 싼 이유가 바로 그거였다. 그런데 한 달에 한 번씩 벽을 때리는 건 하지 않았다. 보모가 그 문제를 해결한 셈이다.

"제럴드, 이게 네가 해야 할 집안일표야. 엄마아빠가 말씀하신 대로 잘한다면, 그래서 매일 이 표에 스티커를 붙인다면 넌 원하던 서커스를 보러 갈 수 있을 거다." 보모가 말했다.

리지 누나와 나는 시내에서 서커스 포스터를 본 뒤로 엄마아빠한테 서커스에 데려가달라고 조르던 중이었다.

표를 봤다. 서커스에 가기 위해 매일 해야 하는 세 가지 일이 그림과 작은 칸에 표시되어 있었다. 일은 쉬운 거였다. 침대 그림과 장난감 상자 그림이 있었다. 침대와 놀이방의 장난감 상자를 정리하라는 거였다. 그런데 마지막 것이 이상했다.

"이게 뭐예요?" 내가 물었다.

잘 차려진 식탁 그림이었다. 나는 한 번도 식탁을 차려본 적이 없었다. 그런 일은 할 필요가 없다고 생각했다. 난 남자애니까. 이 말이 성차별주의자 같다는 걸 잘 안다. 하지만 난 겨우 다섯 살이었다. 그 정도면 봐줘야 하는 거 아닌가.

"새로운 일이야. 하지만 이 일은 네가 가족의 한 사람이라는 걸 느끼게 도와줄 거야. 최고의 한 팀이 될 수 있어. 다른 두 가지 일은 단지 너를 위한 일이잖아. 근데 이건 완전히 새로운 방식으로 가족 일에 참여하는 거지. 넌 이제 다 큰 애니까 말이야."

나는 눈을 가늘게 뜨며 그림을 바라봤다.

"저더러 식탁을 차리라는 건가요?"

"아주 잘 맞혔어. 그래. 저녁만 하면 돼." 보모가 대답했다.

"그릇이나 숟가락이 어디에 있는지도 잘 모르는걸요."

"그건 괜찮아. 처음 며칠은 우리가 도와줄 거야."

그렇게 미션이 시작되었다. 보모는 접시가 어디에 있는지 알려 줬고, 엄마는 '조심해'라는 말을 백 번도 더 했다. 하지만 나는 한 개도 깨뜨리지 않았다. 주 중반쯤 되자, 나는 아침에 일어나자마 자 침대를 정리했고, 정확히 네 시에 도착해서 식탁을 차렸다. 누 구도 부엌에 오기 전에 말이다. 그래야 타샤 누나의 접시를 변기 물에 담갔다 빼서 둘 수 있기 때문이었다. 2주 동안 매일같이 그 렇게 했다. 침대를 정리하고 장난감을 깨끗이 치우고, 식탁도 차 리고, 접시도 변기 물에 적시고.

다른 가족을 참견하러 떠났던 보모가 2주 뒤 촬영팀과 함께 돌 아왔다. 보모는 표에 완벽하게 스티커가 붙어 있는 걸 확인했고,

내가 화장실 말고 다른 데 똥을 누지 않았다는 것도 알게 되었다.

보모와 나는 하이파이브를 했다.

"네가 해낼 줄 알았다. 아이고, 착한 녀석!"

우리가 하이파이브를 하고 있을 때, 진짜 보모가 엄지손가락을 들어올리는 게 보였다. 보모는 여전히 괴상한 여배우였지만 그럭저럭 진짜 보모의 모습을 갖춰가고 있었다. 자신의 역할을 충실히 연기해내고 있었다.

보모가 리지 누나의 표 쪽으로 갔다. 리지 누나는 방 청소와 설거지를 며칠 빼먹었다.

"리지, 넌 더 잘할 수 있잖아." 보모가 말했다.

리지 누나가 고개를 끄덕였다. 감독이 그러라고 했기 때문이다.

타샤 누나의 일은 좀 더 복잡했다. 누나가 제일 나이 많으니까. 토요일에 욕실 청소를 하고 자기 방이랑 이층 복도를 청소해야 했다. 그런데 어떤 것도 하지 않았다. 단 한 번도. 보모가 스티커 붙이는 걸 까먹었냐고 묻자 타샤 누나는 아니라고 머리를 흔들면서 히죽히죽 웃었다.

"열 살짜리 애가 하기엔 일이 너무 과해요. 특히 화장실은요." 엄마가 말했다.

"화장실 청소가 뭐 그리 큰일이에요? 타샤는 이제 거의 열한 살이에요. 자기 스스로 하는 걸 배워야 한다고요." 보모가 말했다.

보모는 자기 말에 확신을 얻으려는 듯 진짜 보모를 건너다봤다. 진짜 보모가 엄지손가락을 들어 보였다.

엄마는 고개를 끄덕이는 감독을 무시하고 계속 말했다.

"난 동의할 수 없어요. 화장실 청소는 다 큰 애들이나 하는 거예요. 게다가 화장실 청소용 세제는 독하잖아요?"

보모가 카메라를 곁눈질했다.

"다 같이 표를 만들어서 나한테 줬잖아요. 타샤는 이 일에 동의했고요."

"내가 하지 말라고 했어요." 엄마가 팔짱을 끼며 말했다.

그러자 타샤 누나가 말했다.

"쟤 잘못이에요."

그리고는 나를 가리켰다.

나는 온몸의 감각이 둔해지는 걸 느꼈다. 기억난다. 온몸의 감각이 없는 것 같은 그 느낌을 생생히 기억한다. 누나가 뭐라고 말하든, 서커스 구경의 꿈은 다 깨졌다는 생각이 들었기 때문이다.

"뭐? 그게 무슨 말이니?"

보모가 허리춤에 손을 올리고 벌을 줄 자세로 말했다. 카메라 한 대가 줌인 해서 들어갔다.

"화장실 냄새가 너무 싫어요. 학교에서도 누가 똥을 누고 있으면 화장실에 못 가겠어요. 저 녀석이 떠오르거든요. 쟤가 내 생활을 다 망쳐놨어요."

누나가 가짜 눈물을 터뜨렸다.

보모가 머리를 오른쪽으로 꼿꼿이 쳐들었다.

"똥 냄새가 싫어서 화장실 청소를 할 수 없었다, 이거지?"

타샤 누나가 고개를 끄덕였다. 엄마가 고개를 끄덕였기 때문이다. 진짜 보모가 타샤 누나를 쏘아봤다.

"그럼 타샤가 이 이야기를 언제 했나요?" 보모가 물었다.

"오늘 아침에요. 불쌍한 것." 엄마가 말했다.

보모가 타샤 누나를 돌아봤다. 그리고 여전히 쏘아보고 있는 진짜 보모를 봤다.

가짜 보모는 손뼉을 치더니 머리를 쌩 소리가 나게 흔들었다. 마치 샴푸 모델처럼.

"리지, 넌 이번 주 텔레비전 볼 시간 중에서 두 시간을 잃었어. 그래서 일주일에 다섯 시간이다, 알겠니? 다음 주에 노력하면 일곱 시간 다 볼 수 있어."

리지 누나가 웃으며 고개를 끄덕였다.

이유는 잘 모르겠지만, 일주일에 일곱 시간만 텔레비전을 볼 수 있다는 건 말도 안 되는 규칙이다. 보모 말로는 우리가 식구들과 서로 대화를 하게끔 하기 위해서라나.

보모가 나를 봤다.

"제럴드, 넌 이제 네 작은 컴퓨터를 돌려받을 거야."

내 게임기다. 한 달 동안 구경도 못 했던.

"두 주 동안 넌 해야 할 일을 모두 했으니까, 리지랑 같이 서커스에 갈 수 있어. 그리고 포상 상자에 있는 걸 받을 자격이 있어. 가서 가져오렴."

나는 포상 상자로 달려갔다. 상자에서 종이를 한 장 꺼내 보니,

내가 아이스크림이라고 휘갈겨 쓴 것이었다. 나는 그 종이를 보모에게 건넸다.

"아! 아이스크림이네! 나도 아이스크림 무지 좋아한단다. 넌 어떤 맛을 제일 좋아하니?"

"딸기 맛요."

"좋아. 내가 누나랑 협상하는 동안 넌 가서 소파에 앉아 있어라."

보모는 타샤 누나를 바라보면서 입술을 꽉 다물었다. 엄마는 여차하면 타샤 누나를 붙들고 흐느낄 수 있도록 가까이에 서 있었다.

"타샤, 네가 똥냄새에 대해 새롭게 깨달은 두려움에 대해선 안타깝게 생각한다. 하지만 표에 있는 일을 단 하나도 하지 않았다는 걸 지적할 수밖에 없구나. 화장실 청소 말고도 하나도 하지 않았잖니. 그러니 넌 일주일 동안 텔레비전, 컴퓨터, 비디오게임 그 어느 것도 해선 안 된다." 보모가 말했다.

그러자 타샤 누나는 누가 자기를 치기라도 한 듯 엄마한테 매달렸다.

"제럴드가 아무 데나 똥을 싼 것 때문에 왜 내가 벌을 받아야 하죠?"

타샤 누나는 그러면서 흐느꼈다.

보모가 엄마 쪽으로 돌아봤다.

"제럴드가 또 똥을 싼 적이 있나요?"

64

"내 구…두에 싼 뒤로는 그런 적 없어요." 엄마가 대답했다.

그렇다. 나는 벽에 구멍도 내지 않았다. 누가 그것도 말해주면 좋을 텐데.

보모는 다시 타샤 누나를 보며 말을 이었다.

"새로운 표에 너한테 맞는 다른 일을 적어 넣을 거야. 이번엔 그 일이 널 불안하게 한다면 미리 말해야 한다. 알겠니?"

타샤 누나가 나를 째려보더니 겁먹은 듯한 엄마한테 물었다.

"이게 공정한 거예요?"

"공정하지. 가족으로서 넌 일하는 걸 배워야 해." 보모가 말했다.

"바보 같은 표예요." 타샤 누나가 말했다.

"바보 같다는 말 하지 마. 누나는 그런 말 할 자격도 없어." 내가 소리쳤다.

"야, 닥쳐, 꼬맹이 똥싸개야! 아이스크림 먹다가 목이나 막혀버려라!"

그렇게 소리치고 타샤 누나는 자기 방으로 달려가 문을 잠갔다.

촬영팀이 떠난 뒤, 엄마는 아빠한테 나를 데리고 가서 아이스크림을 사주라고 말했다. 아빠와 나는 동네 아이스크림 가게에 갔다. 내가 커다란 딸기 맛 아이스크림콘을 먹는 동안 아빠는 휴대폰으로 반지하가 있는 이층집을 살 고객과 통화했다. 그러고 나서 내 아이스크림을 같이 먹었다. 나 혼자 다 먹기엔 양이 너무 많았기 때문이다.

"네가 자랑스럽다, 아들아." 아빠가 말했다.

"고마워요."

우리는 집으로 돌아왔다. 타샤 누나가 소파에 앉아 아이스크림을 먹으며 텔레비전을 보고 있었다.

"저기, 누나는 저러면 안 되잖아요." 내가 말했다.

부엌에서 저녁을 준비하던 엄마가 뭔가 말하려고 했다. 하지만 타샤 누나가 먼저 말해버렸다.

"닥쳐, 꼬맹이 괴물아. 문제는 너야. 내가 아니고."

그래서 나는 이층으로 올라가 두 가지 일을 했다.

분홍색 시트가 깔려 있는 타샤 누나 침대에 똥을 쌌다. 누나가 누우면 발이 딱 닿을 바로 그 자리에다 쌌다. 그러고 나서 이불을 덮고 그 위에 앉았다. 어마어마하게 끔찍하고 냄새나는 개판을 만들고 말았다.

리지 누나와 나는 서커스에 가지 못했다.

12

자, 이제 이것도 까야겠다. 리지 누나는 집에 전화하지 않는다. 엄마가 대학을 그만두라고 말할 게 뻔하기 때문이다. 뭐랄까, 둘째 아이를 신경 쓰지 않는 엄마만의 방식이다. 엄마는 리지 누나한테 대학 카탈로그를 보라고 충고하지도, 입시 준비 교재를 가져다주지도 않았다. 어느 날 생활지도 상담선생님이 엄마한테 전화해서 왜 리지 누나가 대학 입학 계획서를 만들지 않느냐고 물을 정도였다. 상담선생님은 엄마랑 통화하면서 엄마가 전혀 관심이 없다는 걸 알아차린 게 분명하다. 엄마랑 통화 후 상담선생님이 리지 누나의 원서와 인터뷰 준비를 해줬기 때문이다.

리지 누나가 대학 입학 허가를 받기 시작하자 엄마는 딱 두 마디 말을 했다.

"대학이란 적응하기 무척 어려운 데야." 그리고 "네 언니를 봐라. 어떻게 됐는지."

리지 누나는 내가 자기랑 간절히 얘기하고 싶어 한다는 걸 알면서도 집으로 전화하지 않았다.

리지 누나는 나를 신경 쓰기엔 너무 확고했다.

엄마가 틀렸다는 걸 증명했고 대학에 갔다.

나도 리지 누나가 앞서 간 길을 따라가고 싶다. 지옥 같은 집을 벗어나 대학에 가고 싶다. 하지만 장애아 특별반과 내가 여태 일으킨 문제들을 고려한다면 엄청 어려운 일이다. 엄마아빠는 나를 도와줄 수 있었다. 하지만 그대신 엄마는 학교 관계자를 만나면 예전에 보모에게 보여줬던 '이 애를 위해 뭘 해야 하죠?' 같은 표정을 짓기만 했다.

나는 첫 관심과 보살핌을 준 이들을 만났다. 최소한의 관심과 보살핌을 주는 그들에게 감사한다.

장애아 특별반이 내 엄마다.

●●●

체육 수업이 끝나고 교실에 가니 데드리가 나보고 섹시하게 땀을 흘린다고 말했다.

"아이고 데드리, 날 웃겨 죽일 속셈이구나."

그녀는 휠체어를 돌리면서 특유의 일그러진 미소를 지어 보였다.

"그래서 네가 날 원하지만 가질 수 없는 거야."

나는 미소로 응답했다. 데드리의 오른발이 발판에서 떨어진 게 보여서 몸을 숙여 그녀 발을 올려줬다.

"위에서 보니 넌 어깨가 참…."

내가 일어서자 데드리가 말했다. 내 얼굴이 빨갛게 변했다.

"제럴드 얼굴 빨개진 것 좀 봐." 카렌이 말했다.

"야, 앞으론 헐렁한 옷을 입어야겠다. 여자애들이 너한테 반했나 봐." 켈리가 말했다.

플레처 선생님이 말했다.

"좋아, 얘들아. 제럴드의 어깨근육에 집중된 관심을 잠시 접고, 1차방정식으로 돌아가볼까?"

"개똥 같은 1차방정식." 켈리가 말했다.

"그래, 1차방정식 개똥 같은 거 맞다. 근데 너희들은 1차방정식을 익혀야 해. 안 그럼 졸업을 못 하잖니. 너희들, 졸업하고 싶지 않아? 안 그래?"

나는 주위를 둘러봤다. 제니는 창문 밖을 뚫어져라 바라보고 있었다. 데드리와 카렌은 여전히 내 팔을 보며 키득거리고 있었다. 켈리 역시 1차방정식을 이해하기엔 너무 먼 데 있었다. 1차방정식에 가까이 가려면 낙타를 타고 몇 날 며칠을 가야 할 거다. 교실의 나머지 아이들도 산만하긴 마찬가지였다. 다들 정신을 딴 데 팔고 있었다.

"졸업 같은 거 신경 안 써요." 누군가 말했다.

"나도 그래. 위대한 일을 해낸 사람들 중에 고등학교 졸업 안 한 경우도 많아." 카렌이 말했다.

"난 하고 싶어. 그래서 빌어먹을 경사로를 만든 사람들한테 내가 거길 올라갔다 내려오는 데 5분이나 걸리는 걸 지켜보게 하고 싶어. 그제야 그 사람들은 내가 이 빌어먹을 학교에 다녔다는 걸 처음 깨달을 거야."

데드리가 말하면서 침을 엄청 흘렸다. 길게 말할 때면 그녀는 늘 그렇다.

"얘들아, 고운 말!" 플레처 선생님이 말했다.

나는 추장 분장을 하고 단상 위에 올라가 졸업장을 받는 모습을 떠올려봤다. 리지 누나 졸업식 때가 생각났다. 아빠와 나 둘뿐이었다. 우리가 출발하기 30분 전에 타샤 누나의 '손목이 부러졌기' 때문이다. 부러지기는커녕 부어오르지도 않았는데 말이다. 어쨌든 엄마는 타샤 누나를 병원에 데려가 엑스레이를 찍었다.

내가 졸업에 대해 신경을 쓰는지 어떤지 잘 모르겠다. 아무리 생각해도 졸업을 할 수 있을 것 같지 않다. 나나 다른 사람들에게 그게 중요한 것 같지는 않다. 내 생각에, 모두가 진짜 신경 쓰는 건 내가 감옥에 가지 않는 것이리라. 내가 가장 신경 쓰는 건 여기를 벗어나는 것이고. 아무튼 내가 대학에 갈 수 있다고는 생각하지 않는다.

교실에 가벼운 수다가 넘쳐흘렀다. 선생님은 아이들이 수다 떠는 걸 1분 정도 가만히 내버려두었다. 그러고 나서 두 손가락으로 휘파람을 불었다. 귀가 좀 아팠다.

"자, 좋은 생각이 있다. 이번 주말까지 1차방정식을 다 배우는 거야. 너희들 모두 할 수 있어."

선생님이 래리를 가리켰다.

"래리는 이미 방정식을 풀 수 있어. 1년 동안 해온 거니까. 그렇지?"

래리가 고개를 끄덕였다.

선생님이 나를 봤다. 선생님은 내가 중학생 때부터 방정식을 풀 줄 안다는 걸 알고 있었다. 하지만 그에 대해서는 한 마디도 하지 않았다. 대신 선생님은 이렇게 말했다.

"자, 래리가 할 수 있다면 너희들도 할 수 있어. 잘 모르는 애들은 확실히 가르쳐줄 생각이다. 자, 일어나자."

우리는 그냥 앉아 있었다.

"일어나라고 말했다."

선생님이 데드리 쪽으로 몸을 돌리고 교실 반대편을 가리켰다.

"데드리, 넌 휠체어를 움직여 저리로 가라."

데드리가 그렇게 하자, 우리 모두 일어나 책상 앞에 섰다.

"자, 분위기를 좀 바꿔볼까! 정답을 말했을 때만 앉을 수 있다."

"지랄, 말도 안 돼요!" 카렌이 말했다.

"고운 말 쓰기. 그리고 말이 된다. 10분 안에 너희들 모두 자리에 앉을 것을 보장한다. 자, 봐!"

선생님이 내 쪽을 봤다.

"제럴드, 5 더하기 6은 x야. 그럼 x값은 뭘까?"

"11요." 내가 말했다.

"앉아도 된다."

선생님이 카렌 쪽으로 몸을 돌렸다.

"x 더하기 3은 12야. 그럼 x값은 뭘까?"

"9요." 카렌이 말했다.

"너도 앉아도 돼."

이번에는 테일러 차례였다.

"m은 10이라고 해. m 곱하기 4는 x다. 이 방정식에서 x는 뭘까?"

"x는 40이에요."

"너도 앉아."

플레처 선생님을 가만히 보니, 정말 가르치는 일을 좋아하는 것 같았다. 장애아 특별반에서 우리를 가르치는 걸 행복해하는 것 같았다. 플레처 선생님처럼 행복해하는 어른을 본 적이 없다. 대부분의 어른들은 항상 그런 척만 한다.

마지막 친구가 자리에 앉자 선생님이 말했다.

"자, 별로 안 어렵지? 안 그래? 내일 와서 조금 더 할 거다. 이제 다들 집에 갈 준비를 하려무나."

장애아 특별반은 수업을 끝내는 데 시간이 걸린다. 주의력결핍 장애인 테일러는 코트와 책가방을 챙길 때 까먹으면 안 되는 것들을 다섯 번씩이나 떠올려야 한다. 데드리는 겉옷을 입을 때 도움이 필요하다. 발판에서 발이 또 떨어졌다. 그래서 플레처 선생님이 다시 올려줬다. 애정 어린 손길로 아무리 꼼지락거려도 딱 붙어 있게 해줬다.

잭 니콜슨이 나오는 영화 〈뻐꾸기 둥지 위로 날아간 새〉를 본 적 있나? 장애아 특별반은 그 영화를 떠올리게 한다. 우리는 미치지도 않았고 정신병동에서 가학적인 간호사에게 학대를 당하지도 않는다. 우리는 그저 우연히 가족이 되었다. 그들이 그랬던 것처럼. 여기서 몇 킬로미터 떨어진 곳에 정신병원이 있다는 걸 안다. 거기를 지나가는 사람들은 안에 갇힌 이들을 구경하듯 들여다본다. '사람'이 아니라 '환자'를. 그게 사람들이 장애아 특별반 아이들을 보는 시선이다. 하지만 우리는 모두 사람이다. 진짜 사람. 나는 잭 니콜슨 캐릭터 같다. 한때 부담스럽고, 다루기 힘들며, 폭력적이고 무서웠던 인물. 하지만 지금은 분노 조절 치료의 황금 규칙에 따라 뇌에 전기 충격을 줬다.

나는 '요구 사항'이 전혀 없다.

13

권투도장에 들어서자마자 재코가 내 쪽으로 곧장 걸어오더니 이렇게 말했다.

"어이, 친구. 넌 여기서 안 싸운다며? 그럼 밖에 나가서 싸우자. 너랑 나랑, 어때?"

"너, 자메이카 사람 아니지? 그냥 포기해." 내가 말했다.

"내가 자메이카 사람이 아니라니, 뭔 말이야?"

"넌 세 살 때부터 우리 동네에서 살았고 1년에 3만 달러나 내는 사립학교에 다니잖아."

녀석이 나를 밀었다.

"넌 내 질문에 아직 대답하지 않았어, ***아."

녀석은 확신에 찬 자메이카 억양으로 말했다.

"내가 너랑 싸울 거 같냐? 아니, 네가 아무리 도발해봤자 안 해."

분노 조절 선생님이라면 재코랑 아주 잘 놀아줄 것 같다. 녀석은 모든 물리적 신호를 다 가지고 있었다. 이를 앙다문 턱, 사시나무 떨듯 떠는 몸 등등.

나는 녀석을 지나쳐 스피드백 쪽으로 갔다. 구석에 들고 있던 걸 내려놓고 셔츠를 벗고 스피드백을 치기 시작했다.

재코가 뭐라고 말했지만 나는 듣지 않았다.

왼손으로 스피드백을 멈추고 녀석한테 물었다.

"근데 넌 왜 널 재코라고 불러?"

녀석은 대답하지 않았다. 몇 초간 나를 쳐다보더니 그냥 가버렸다. 주먹을 꽉 쥐고, 근육은 잔뜩 긴장한 채.

나는 다시 스피드백을 쳤다. 거기에 얼굴들을 떠올리면서. 타샤 누나, 보모, 타샤 누나, 엄마, 타샤 누나, 보모, 타샤 누나, 니콜스, 타샤 누나, 첫 번째 에피소드에서 "저 꼬마 거시기 좀 봐."라고 말했던 카메라맨, 타샤 누나, 엄마, 보모, 아빠, 보모, 타샤 누나, 엄마.

땀이 나기 시작했다. 전투 분장이 얼굴과 팔에서 흘러내리는 게 느껴졌다. 추장 흉내도 등 뒤 체육관 바닥으로 흘러내렸다. 지금 난 제럴드일 뿐이다. 팔과 목이 타들어갔다. 나는 스피드백에 혼이 빠졌다. 내가 손을 뻗을 때를 어찌 그리 잘 아는지. 어찌나 나를 잘 아는지. 매일 내가 감옥 가지 않게 구해주고 있다. 빌어먹을 감옥.

옆에서 흉곽으로 거친 훅이 들어왔다. 나는 자동적으로 오른 주먹을 뒤로 뺐다가 휙 날렸다. 반쯤 나가던 주먹을 멈추고 보니, 재코였다. 녀석이 따라잡기 어려운 말을 중얼거렸다. 나는 뒤로 물러났다. 나는 녀석을 잡고 춤을 췄다. 재코의 친구 둘이 뒤에 서 있었다. 녀석들이 내 쪽으로 다가왔다.

재코가 느리게 펀치를 날렸지만 잽싸게 피했다. 녀석이 더 빠른 속도로 펀치를 날렸지만 또 피했다. 도장에 있는 사람들이 우리를 보고 있는 게 느껴졌다. 머릿속의 드럼 소리 말고는 모든 소리가 멈췄다. 나는 폴짝폴짝 뛰었다. 우주와 하나가 되어 재코와 춤을 췄다. 마치 환각제에 취한 사람처럼.

재코는 계속 펀치를 날렸고 나는 계속 피했다. 나는 재코의 주먹을 잡고 확 쓰러뜨릴 줄 안다. 바로 넉다운 시키는 방법도 안다. 하지만 그대신에 녀석과 함께 춤을 추었다. 춤추고 또 춤췄다. 녀석이 지치기 시작했다. 점점 느려졌고, 땀을 흘렸다. 화가 난 녀석의 자메이카 근육 표면에 미국 지방이 출렁이는 게 보였다.

"됐어! 그만해!"

트레이너가 끼어들었다.

"넌 스피드백으로 돌아가."

그가 나를 보고 말했다. 그러고는 가짜 자메이카인인 재코를 봤다.

"그리고 재코 넌 날 따라와."

나는 스피드백으로 돌아갔다. 하지만 더 이상 하지 않고 내 물건들을 챙긴 뒤 셔츠를 입었다. 곧장 차로 갔다.

14

나는 그 주에 한 번도 권투도장에 가지 않았다. 재코 같은 녀석이 나를 영영 보내버리기를 원치 않았다. 장담하건대 사람들은 그런 리얼리티 쇼를 이미 만들었을 거다. '10대 소년, 감옥에 가다'. 내가 거기 들어가면 틀림없이 출연료를 받을 거다. 하지만 난 리얼리티 쇼 때문에 신세를 조진 사람이 아닌가.

수요일이 되니 정말 도장에 가고 싶었다. 하지만 대신에 스피드백을 샀고, 아빠가 퇴근한 뒤 우리는 같이 차고에서 철봉 옆 벽에다 그걸 달았다. 아빠가 해보려고 했지만 잘 되지 않았다. 내가 어떻게 하는지 보여주니 아빠는 미소를 지었다가 살짝 찌푸렸다.

그때 지하에서 쿵쾅거리는 소리가 들렸다. 우리는 차고를 나왔다. 아빠는 술을 마시고 작업실로 들어갔다. 엄마는 부엌에서 과일과 야채를 푸드프로세서에 마구 집어넣고 있었다. 과일야채 퓌레를 만들려는 것 같지만 실은 지하에서 들리는 소리를 막으려고 그런다는 걸 우리 모두 다 안다. 처음엔 엄마가 그 소리를 막으려는 게 정말 우리를 위해서인지 궁금했다. 하지만 엄마 자신을 위해서였다. 나는 엄마아빠가 왜 더 이상 아무것도 하지 않는지 궁금했다. 그리고 역겨웠다. *엄마가 어떤지 너도 잘 알잖니.* 나는 나만의 행복한 공간으로 가서 잠들기 전까지 제럴드데이에서 한 시간쯤 시간을 보냈다.

제럴드데이에서는 아주 멋진 밤이었다. 아빠와 나는 지하실에서 탁구를 했다. 제럴드데이에서는 지하실이 여전히 아빠의 개인 운동실이다. 나는 새로 산 스피드백을 좀 치다가 아빠랑 다시 탁구를 했다. 아빠가 이겼다. 아빠는 위층으로 올라와서 나한테 술을 권하지도 않았고, 혼자 마시지도 않았다. 그대신에 우리는 부엌에서 엄마가 오늘 회사에서 있었던 재미난 이야기를 해주는 걸 들으면서 오렌지를 같이 먹었다. 제럴드데이에서 엄마는 여전히 일하러 다닌다. 엄마는 그저 잡지책을 뒤적이거나 과일 퓌레를 만드는 척하지 않고 명상을 위한 파워워킹도 하지 않는다.

전화기가 울렸다. 리지 누나였다. 누나는 나랑 통화하고 싶다고 했다. 제럴드데이에서는 리지 누나랑 종종 통화를 한다. 우리는 대학생활은 어떤지, 글래스고는 어떤지에 대해 거의 한 시간 동안이나 통화를 했다. 그런 뒤 우리 가족은 같이 스크래블 게임(영어 낱말 보드게임:옮긴이)을 했다. 내가 이겼다. 엄마아빠랑 하이파이브를 했다. 내 점수는 233이었다.

●●●

금요일 새벽 4시, 꿈 때문에 잠에서 깼다. 꿈이 무슨 의미일까 생각하느라 다시 잠들 수가 없었다. 그 꿈은 뭔가 중요한 걸 의미했다. 내 코에 뭔가가 있었다. 왼쪽 콧구멍 안에. 거울 앞에 가서 코를 들여다봤다. 아주 큰 코딱지 같은 게 있었다. 손가락을 넣어 완벽하게 꺼낸 뒤 키세스 초콜릿 포장지에 쌌다. 꿈에서 난 포장되어 있으니 먹어도 되겠다고 생각했다. 그래서 포장지를 뜯고 그걸 먹었다.

나는 이 꿈이 엉망진창인 나의 상태에 관한 거라고 생각했다. 내 코에서 나온, 키세스 초콜릿인 양 완벽하게 위장한 배설물.

●●●

금요일의 장애아 특별반 마지막 수업은 정말 끝내줬다. 1차방정식으로 게임을 했는데, 플레처 선생님은 내가 누군지 전혀 모르는 사람처럼 나를 격려해줬다. 선생님은 나한테 할애하는 시간이 무척 가치 있는 것처럼 여기는 것 같았다. 선생님은 평생 내 앞에 매달려 있는 붐마이크가 안 보이는 걸까? 반사판은? 조명들은? 복도 주위에서 나를 따라다니는 카메라맨도 안 보일까? 내 가슴에 붙이고 다니는 검은 점들이 잔뜩 붙어 있는 행동표도 안 보일까?

●●●

방과 후 곧장 일하러 가야 했다. 매니저 베스가 나한테 5번 계산대를 맡으라고 했지만 난 못 하겠다고 했다.

"7번 계산대여야 해요. 아시잖아요."

베스가 한숨을 내쉬었다.

"냉장고랑 다른 것들도 아주 가까운데 말이야." 그녀가 말했다.

나는 어깨를 으쓱했다.

"7번에서 일해야 해요."

베스가 고개를 끄덕였다. 7번 계산대에 있는 여자에게 5번으로 옮기라고 말한 뒤 그녀는 다시 한숨을 쉬었다.

"괜찮아요?"

"응. 힘든 하루네."

베스는 무척 기운이 없어 보였다.

베스는 정말 좋은 사람이다. 베스가 50대가 아니었다면 난 그녀를 정말 좋아했을 거다. 그녀는 나와 완전히 정반대의 사람이다. 그녀는 '햇살가득 주'에 살고 있다. 우편 약자는 '햇가'. '몹화'와는 완전히 다른 바닷가다. 베스의 바닷가는 해수욕장도 있고 물도 따뜻하다. 나의 바닷가는 절벽이 있고 바닷물도 수영하기에 너무 차다.

"제가 도와드릴 게 없을까요?"

베스는 고개를 젓더니 희미하게 미소 지었다.

"다들 얼음이 충분히 있는지 확인해주면 좋겠구나."

나는 얼음이 충분한지 확인한 뒤 핫도그를 포장하기 시작했다. 베스가 한숨을 안 쉬도록 내가 할 수 있는 건 다 했다. 오늘은 왠지 그녀답지 않았다.

"어이, 똥싸개!"

통로 쪽에서 니콜스가 걸어오며 말했다.

"오늘 밤은 고분고분 굴 거지? 안 그럼 내가 토드한테 손 좀 봐주라고 할지도 몰라."

토드는 당황한 듯 보였다. 니콜스가 멍청하지만은 않은 게, 내가 눈 깜짝할 사이 자기를 제압할 수 있다는 걸 녀석은 알고 있었다. 나는 핫도그 포장을 계속했다. 맥박과 심장박동 소리 말고는 아무 소리도 들리지 않았다.

그런데 그녀가 있었다.

"내가 좀 도와줄까, 제럴드?"

그녀가 다가와서 말했다.

나는 너무 깜짝 놀라 고개를 끄덕여야 할지, 무슨 말을 해야 할지 몰랐다. 그래서 우리는 조용히 핫도그 포장을 했다. 그녀는 점보 핫도그를 은색으로 쌌고 나는 보통 사이즈를 파란색으로 쌌다. 그녀에게서 딸기 향이 났다.

"넌 왜 항상 7번 계산대에만 있어?" 그녀가 물었다.

"몰라."

"정말? 정말 몰라?"

"엄청 붐비지 않고, 신용카드 단말기도 없고."

"으… 나도 그거 싫어."

그녀가 말할 때 코에 잔주름이 생겼다.

"그래."

"그래."

잠깐 동안 생각하다가 이번에는 내가 물었다.

"계산대를 바꾸지 그래? 2번이랑 5번은 신용카드 단말기 없는데."

"2번은 안 돼. 왜냐면…"

그녀가 목소리를 낮춰 속삭였다.

"나 아직 열여덟 살이 안 됐어."

"그럼 5번 계산대는?"

"아… 그냥 1번 계산대가 좋아. 음, 그냥 내 자리 같아."

내가 아무 말도 하지 않자, 그녀가 덧붙였다.

"너 지금 내가 이상한 애라고 생각하지?"

그러면서 살짝 기분 나쁜 표정을 지었다.

"아냐. 난… 음… 나도 뭐 같은 이유로 항상 7번 계산대에 있는걸, 뭐. 난 저기가 좋아."

나는 네가 1번 계산대에 있기 때문에 저기가 좋다는 말과 너를 잘 모르지만 너한테 반했다는 말은 덧붙이지 않았다.

그 말은 하지 않았다.

"아, 우린 각자 별난 부분을 갖고 있는 거 같아, 그치?" 그녀가 말했다.

15

저쪽 너머에서 그녀가 나를 쳐다보는 걸 몇 번 눈치챘다. 나는 얼음통을 채우러 가면서 1번 계산대까지의 보폭을 세어봤다. 열아홉 걸음이다.

나는 내가 너무 위험해서 데이트조차 할 수 없다고는 생각하지 않는다. 로저 선생님이 여자애들은 화를 잘 낸다고 여기는 것도 알고, 그런 상황에서 내 본모습을 드러내면 안 된다는 것도 잘 안다. 그런데 그녀는 귀엽고 재미있다. 우린 둘 다 괴짜다. 그녀가 괴짜인 건 작은 노트에 늘 뭔가 끄적거리기 때문이다. 그리고 나는 한때 여기저기 똥을 쌌으니 괴짜고, 학교에서 전투 분장을 하니 괴짜고, 열세 살 때 어떤 애의 얼굴을 물어뜯은 적이 있으니 괴짜다.

마지막 부분은 확실히 해야겠다.

엄격한 사전 분노 조절 방법에 의거해서 말하겠다. 지금 나는 탐 거시기가 무례하고 못된 애이지만 녀석의 얼굴을 물어뜯은 건 잘못이라는 걸 안다. 탐은 얼굴에 구멍이 나도 싼 애는 아니다. 나는 심판할 자격이 없다. 하지만 어쨌든, 탐은 항상 나를 똥싸개라고 불렀다. 중학교 때 7학년과 8학년, 2년 동안이나 같은 반

같은 줄에 앉았지만, 단 한 번도 제럴드라고 부르지 않았다. 언제나 똥싸개였다.

보모가 떠난 뒤부터 탐이라는 애의 얼굴을 물어뜯을 때까지, 나는 학교에서 늘 뒤처졌다. 아무도 나를 도와주지 않았기 때문이다. 가끔 리지 누나가 도와줬지만, 내가 너무 멍청해 보여서 매번 리지 누나한테 물어볼 수가 없었다. 중학생이 되자 엄마는 나를 장애아 특별반에 넣어달라고 학교에 요청했다. 그게 마치 엄마의 일생일대 의무인 것 같았다. 초등학교에서는 엄마 말을 들어주지 않았다. 학교 선생님들은 내가 일반 수업을 무난히 해낸다고 했다. 하지만 중학교는 중학교였다. 성적은 주로 D와 F를 받았다. 그리고 8학년 첫 학기가 되자 탐은 또 나를 똥싸개라고 불렀다. 선생님들은 그 애를 그냥 내버려두었다. 나는 그게 너무 힘들었다.

그러던 어느 날, 아주 평범한 날이었다. 탐은 더 과한 행동은 하지 않았다. 그저 늘 그렇듯 나더러 똥싸개라고 불렀다. 아무렇지 않게.

"야, 똥싸개. 거기 그 책 좀 넘겨줄래?"

나는 단지 배고픈 호랑이로 변했을 뿐이다. 주위에서 뜯어말렸지만 탐한테서 나를 떼어놓기 전에 나는 녀석의 팔과 어깨를 물었다. 그리고 마침내 내 이빨이 녀석의 뺨에 박혀버렸다. 마치 사과를 베어 물듯 콱 물었다. 녀석이 비명을 질렀다.

잘 모르겠다. 뭔가 툭 끊어졌던 것 같다. 그 사실에 대해 신경 쓰는 이가 아무도 없는데도 나는 나 스스로를 내 방에 가두고 5년을 지냈다. 그런데 그 뒤로도 1년 반이나 똥싸개라는 소리를 들었고 마침내 난 녀석의 얼굴을 물어뜯었다. 때때로 이런 일이 벌어진다.

●●●

아이스하키 2피리어드가 끝난 뒤 니콜스가 다시 나타났다. 나는 베스를 찾았다. 베스에게 고개를 까딱하며 이쪽으로 와달라는 신호를 보냈다. 지난번 이후로 베스는 니콜스를 알아봤고 녀석이 그녀를 재수 없게 생각할 만큼 짜증나는 척을 했다.

"신분증은?" 베스가 물었다.

토드는 벌써 저쪽으로 걸어가고 있었다. 니콜스는 가만히 서서 베스를 노려봤다. 하지만 베스는 니콜스 따윈 쉽게 제압할 수 있는 사람이다. 그녀도 같이 노려봤다. 그러자 니콜스는 평소 자주 하는 비웃음을 히죽히죽 날리고는 가버렸다.

베스가 먹을 걸 사려고 오는 사람들 쪽으로 고갯짓을 했다.

"자, 사람들이 몰려오고 있어." 그녀가 말했다.

어느 순간 타샤 누나가 바로 내 앞에 서 있었다.

즉시 나는 제럴드데이로 가버렸다. 아이스크림 한 통이 나를 기다리고 있었고 나와 리지 누나를 위한 서커스 티켓도 있었다.

타샤 누나가 손가락으로 카운터를 딱딱 두들겼다.

"프레첼이랑 점보 핫도그랑 펩시 줘."

"싫어."

내 말이 다 들리는 곳에 베스가 서 있었다. 나는 제럴드데이에 그대로 있었다. 그래서 사람들이 뭐라고 생각하건 신경 쓰지 않았다. 타샤 누나는 거기에 존재하지 않기 때문에 프레첼도, 점보 핫도그도, 펩시콜라도 절대 먹을 수 없다. 존재하지 않는 것은 존재하는 것을 사고, 먹고, 가져갈 수 없다. 아주 간단한 사실이다.

"야, 얼른 줘." 누나가 말했다.

나는 아무 말도 하지 않았다. 제럴드데이에서는 공중그네 공연이 아주 멋지게 펼쳐지고 있었다. 리지 누나와 나는 크림이 잔뜩 든 음식을 먹으면서 탄성을 질렀다.

"병신 새끼!" 누나가 말했다.

나는 아무 말도 하지 않았다. 존재하지 않는 사람에게 말하는 것은 혼잣말을 하는 것과 같다. 안 그런가?

"됐어."

누나는 프레첼을 사러 다른 데로 가버렸다.

다음 손님과 별 문제가 없어 보이자, 베스는 1번 계산대 쪽에서 더 바쁜 창구를 돕는 운영자 모드로 돌아갔다.

1번 계산대 여자애도 이름이 있다. 하지만 나는 한 번도 불러본 적이 없다. 모든 여자애들은 두 가지 종류로 나뉜다. 그녀는 개중 나쁜 쪽이 될 가능성 50퍼센트를 갖고 있다. 만약 나쁜 경우라면 나는 그녀 이름을 사용할 거고, 그럼 난 또 다른 기폭장치를 갖게 된다. 난 다른 기폭장치를 원치 않는다.

창구를 닫고 청소한 뒤 밖에 나갔더니 그녀가 차를 기다리며 서 있었다. 나는 태워주겠다는 말이 너무 하고 싶었다. 하지만 나는 예쁜 여자애를 태워줄 자격이 없다. 내가 위험해질 수 있다. 대신에 나는 멈춰 서서 그녀와 이야기를 나눴다. 우리는 같이 다음날 밤 공연 담당자들이 창고에 짐을 푸는 걸 지켜봤다. 그건 제럴드 데이의 운명 같은 서커스였다. 공중그네 공연도 있을지 궁금했다.

"우리 아빠는 항상 늦어." 그녀가 말했다.

"우리 아빠도 마찬가지야. 열여섯 살이 되자마자 차를 사주신 건 다 그래서인 거 같아. 더 이상 택시 역할을 안 해도 되니까."

그녀가 내 차에 대해 물어보지 않아 좋았다. 수많은 사람들이 텔레비전으로 내가 똥 싸는 걸 봤기 때문에 내가 부자 아이 같은 게 왠지 좀 부끄러웠다. 더 할 말이 없었지만 나는 그냥 그녀 곁에 서 있었다. PEC 센터는 도시의 우범지역 경계에 있다. 그래서 그녀 아빠가 올 때까지 1번 계산대 여자애 옆에 있기로 했다.

"저게 뭔 거 같아?"

그녀가 서커스 단원들이 트럭에서 끄집어내는 것을 가리키며 물었다.

"모르겠는데. 트램펄린 아닐까? 아니면 연단 같은 거?"

"트램펄린에 한 표 걸겠어. 저거 봐. 펼칠 수 있는 다리가 있잖아."

그녀가 눈을 가늘게 뜨고 바라봤다.

87

경적 소리가 울렸다. 그녀가 길 쪽으로 가면서 잘 가라고 인사했다. 나는 집으로 가기 전에 서커스 단원들이 물건 내리는 걸 좀 더 지켜봤다.

집에 도착하니 타샤 누나랑 벌거숭이 쥐새끼는 지하실에서 시골 농장에서나 날 법한 소리를 내고 있었다. 엄마는 진작 잠들어서, 그 소리를 막기 위해 길지도 않은 잔디를 깎거나 있지도 않은 낙엽을 치우느라 법석을 떨 수 없었다.

16
에피소드 1, 장면 36, 테이크 1

지난주에 보모가 떠났지만 제작진은 집 구석구석에 작은 스파이 카메라를 잔뜩 설치해두었다. 끔찍했다. 나는 욕실에서 타월로 내 몸을 가리기 시작했고, 대부분의 시간 동안 고개를 숙이고 있었다. 코 후비는 것도 그만뒀다.

어느 날 밤 우리는 거실에서 텔레비전을 보고 있었다. 엄마와 아빠는 집 안 어딘가에서 늘 하는 일을 하고 있었다. 타샤 누나가 카메라를 등지고 앉아 나한테 욕을 하더니 쿡쿡 찌르고 내 얼굴에 침을 뱉었다. 그랬는데도 어떤 반응도 하지 않자, 내가 하얗게 질릴 때까지 내 코와 입을 틀어막았다. 내가 울기 시작하자 리지 누나가 말했다.

"걔 좀 가만 놔둬."

타샤 누나가 나를 쳤다. 내 거시기를 정통으로. 누나는 몸을 숙여 그 짓을 했기 때문에 카메라에 잡히지 않았다.

나는 숨을 고르고는 총알처럼 달려가 타샤 누나를 마구 때렸다. 누나가 비명을 지르고 욕을 해댔지만 나는 누나를 소파로 확 밀칠 때까지 계속 때렸다. 눈에 보이는 가장 가까이에 있는 걸 움켜쥐었다. 엄마아빠가 신혼여행 때 사온 거대한 마호가니 물고기

조각이었다. 그걸로 막 누나 얼굴을 내려치려는데, 때마침 아빠가
와서 누나와 나를 떼어놓았다.

카메라에 다 찍혔다.

엄마아빠는 카메라에 다 찍힌다는 걸 알고 있었다. 그래서 가짜
보모가 알려준 1-2-3단계로 나를 가르치려고 애썼다. 엄마아빠
가 벌을 주는 동안, 나는 깊은 바다에서 숨을 꼭 참으며 둥둥 떠
다니는 걸 느꼈다. 고래가 내 주위를 헤엄치다가 내 등을 쓸어내
렸다. 물고기 떼가 내 주위에 와서 회오리를 일으키더니 다시 헤
엄쳐 떠나갔다. 물 위로 인생의 희미하게 밝은 부분을 볼 수 있었
다. 하지만 내 발목은 어딘가에 묶여 있었다.

나는 다섯 살이었지만 이미 그걸 알고 있었다. 숨을 들이마시는
순간 난 죽을 거라는 사실을.

17

　토요일에는 서커스 공연 때문에 아침 11시까지 PEC 센터에 가야 한다. 9시에 나는 엄마아빠와 함께 식탁에 앉아 있었다. 엄마는 〈산책자의 세계〉라는 잡지를 읽고 있었고, 아빠는 시내 반대편에 있는 풀장과 발코니 세 개가 딸린 건물에 대해 이야기하고 있었다.

　"가치에 비해 매매가가 4분의 1밖에 안 되는 완벽한 집이야. 여력이 된다면 내가 사고 싶다니까."

　아빠가 식탁 위에 프린트된 사진을 몇 장 올려놓았다. 엄마는 그걸 슬쩍 보기만 했다. 지하실에서 세탁기 소리처럼 끽끽대는 소리가 나더니 음악 소리가 들렸다. *바방-바붐-바방-바붐.*

　나는 부동산 정보 사이트의 사진 리스트를 봤다. 풀장 물은 따뜻해 보였고, 발코니 중 하나는 타샤 누나를 밀어서 사고처럼 보이게끔 하기에 충분히 높아 보였다.

　"저 집 사면 안 돼요?" 내가 물었다.

　엄마는 늘 하듯 냉소를 담아 콧소리를 내며 웃었다.

　나는 다른 사진들을 집어 들었다. 정말 멋진 집이다. 우리 집을 팔면 그 집으로 이사할 수 있을 거다. 더 넓은 곳으로. 학교도 전학 가는 거다. 새로운 시작이다. 타샤 누나가 외출했을 때 몰래 이사하고 누나한테는 새 주소를 안 알려주는 거다. *바방—바붐— 바방—바붐.*

"이런 집은 엄청 비싸겠죠? 그쵸?" 내가 물었다.

"가치로 치면 400만 달러 정도는 하지, 최소한." 아빠가 고개를 끄덕였다.

"이사 안 할 거야." 엄마가 일어나 싱크대 옆 아래 칸을 열고 믹서기를 꺼냈다. "숲도 있고 출입제한 지구라 여기가 편안해." 그러고는 냉장고에서 사과주스와 요거트를 꺼내 믹서기에 넣고 돌리기 시작했다.

"하지만 관리비와 세금도 절약할 수 있어!" 아빠가 소리쳤다.

엄마가 믹서기 속도를 더 높였다. 하지만 여전히 *바방—바붐—바방—바붐* 소리가 들렸다.

"음, 지하실에 있는 생쥐들을 가만두면 안 될 것 같아요." 내가 말했다.

아빠는 사진이랑 부동산 서류들을 챙겨 가방에 넣었다. 엄마는 스무디를 만드는 척했다. 나는 일어나 지하실 문 쪽으로 갔다. 문을 열기 전에 발로 차고 소리쳤다.

"젠장, 철 좀 들어. 그리고 방 빼! 빌어먹을, 조용히 안 해?"

나는 문을 두들겼다.

엄마가 믹서기를 껐다. 우리 모두 서로를 봤다. 엄마아빠는 내가 지금 곰의 다리나 그 비슷한 걸 쏜 것처럼 나를 봤다. 곰이 즉시 우리 쪽으로 달려오기라도 하는 것처럼. 난 설사 곰이 우리 쪽으로 오더라도 괜찮다는 듯이 엄마아빠를 봤다. *빌어먹을 곰쯤 제압할 수 있어.*

몇 초 뒤 소리가 다시 시작되었다. 이번에는 정말 컸다. 타샤 누나는 일부러 음탕한 소리를 냈다. 아빠는 그릇을 씻기 시작했다. 엄마는 믹서기 조작에 열중하는 척했다.

얼마 뒤, 타샤 누나가 목욕가운을 입은 채로 부엌에 나타났다.

아빠와 엄마와 나는 가만히 서서 누나를 잠시 바라봤다. 막 섹스를 마친, 삐죽 솟은 머리에, 발그레한 뺨에, 지난밤 마스카라가 잔뜩 번진 누나를.

"대체 문제가 뭐야, 이 내숭쟁이야." 누나가 말했다.

"얘야." 아빠가 말했다.

아빠의 이런 시도는 뭐지? 나의 내숭을 방어하기 위해서? 대체 뭐냐고?

누나가 다가오더니 내 가슴을 거칠게 밀쳤다.

"병신 새끼."

나는 가만히 서서 참았다. 숨을 들이마셨다가 내쉬었다. 어떤 반응도 보이지 않았다. 누나가 내 기폭장치가 아니라 내가 누나의 기폭장치가 되는 1000분의 1초를 즐겼다.

누나가 다시 나를 밀쳤다. 엄마가 누나 어깨에 손을 올렸다.

"여긴 내 집이기도 해. 내 방에서 내가 하고 싶은 걸 할 수 있다구." 누나가 말했다.

"됐다." 아빠가 단호하게 말했다. 누나를 굴로 내쫓을 것 같은 본능적인 반응이었다.

"안 끝났어요. 저 녀석이 열 받게 하잖아요." 누나가 말했다.

"네가 너무 시끄럽긴 하잖니. 제럴드 말이 맞아." 아빠가 말했다.

"여보, 우리가 타샤한테 지하실을 줬잖…." 엄마가 말을 흐렸다.

누나가 나를 돌아봤다.

"넌 왜 섹스에 콤플렉스를 느끼고 그래, 제럴드?"

누나가 팔짱을 끼고 내 앞으로 바짝 다가섰다.

"여자친구가 안 생겨서?"

나는 누나를 꽉 잡고 엄마가 차를 끓이는 버너에 누나 손바닥을 올려둔다면 얼마나 끔찍한 비명을 지를까 상상했다. 손가락마다 찍힌 동그란 화상 자국을 그려봤다. 나는 숨을 들이마시고 내쉬었다.

"타샤." 엄마가 말했다.

"누가 이 꼬맹이 똥싸개랑 섹스 하려고 하겠어!" 누나가 비아냥거렸다.

나는 추장이다. 한 마디도 안 했다. 혈압이 치솟긴 했지만.

누나가 나를 째려봤다.

나도 마주 쏘아봤다.

엄마와 아빠는 잠깐 동안 얼어붙었다. 이럴 때면 엄마아빠는 이내 이렇게 말하곤 한다. "얘들아." 아니면 "후…." 또는 "그만해!"

나를 약 올리는 데 실패했다는 걸 깨닫자 누나가 내 얼굴을 꼬집었다. 검지와 중지로 코를 집고 엄지로 입을 닫게 하는 특유의 꼬집기. 코를 세게 집어서 아팠다.

"네가 동성애에 관심 있는 거 다 알아. 그게 많은 걸 설명해주지. 안 그래?" 누나가 말했다.

엄마와 아빠는 무능력하고 생명력 없는 살덩어리로 분해되고 말았다. 나의 추장 또한 녹아내렸다. 나의 즐거움도 사라졌다. 내가 익사해도 전혀 신경 쓰지 않는 사람들에게 둘러싸인 채 나는 여기 부엌에서 가라앉고 있었다. 그들은 바로 옆에 서서 그런 나를 지켜봤다. 집에서 몰래 찍은 불법 영화나 리얼리티 텔레비전 쇼를 보듯이.

숨쉬기가 어려워지면서 나는 공포에 사로잡혔다. 그 순간 나한테 팔과 이빨이 있다는 게 기억났다. 그래서 누나의 손을 잡고 꽉 물어버렸다. 마치 호랑이가 무는 것처럼. 8학년 때 탐 거시기라는 애를 물었던 바로 그 호랑이처럼. 나는 내가 아니다. 한때 부엌 벽에 붙어 있던 카메라를 통해서만 나를 볼 수 있다.

나는 엄마가 반짝거릴 만큼 하얀 티타월로 누나의 피를 닦는 걸 지켜봤다. 그리고 일을 하러 갔다. 쇼는 끝났다.

●●●

나는 제럴드데이에서 아이스크림을 먹고 있었다. 그리고 고속도로에서 시속 370킬로미터로 달려가고 있었다. 빨간불에도 그냥 지나쳤을지 모른다. 잘 모르겠다. 엉뚱한 길로 갔을지도 모른다.

나는 네 살이었다. 타샤 누나가 나를 게이라고 부르며 내 머리를 욕조에 담갔다. 나는 운전할 줄 모르지만 운전석에 앉아 운전하는 척하는 걸 좋아했다.

나는 여섯 살이었다. 타샤 누나가 자고 있던 나한테 게이라고 부르며 코와 입을 틀어막았다. 나는 슈퍼마켓 밖에서 동전 넣으면 움직이는 레이싱카 운전을 좋아했다.

나는 일곱 살이었다. 타샤 누나가 나를 게이라고 부르며 거실 쿠션으로 나를 질식시키려고 했다. 나는 박람회장에서 범퍼카를 운전했다.

나는 거의 열일곱 살이다. 타샤 누나는 내가 동성애에 관심이 있다고 말했다. 엄마아빠가 지켜보는 부엌 한가운데에서 나를 꽉 붙들었다. 나는 차를 끌고 희미한 블랙홀로 들어갔다. 다시는 돌아올 수 없는 그 속으로.

18

아이스크림으로 만든 고속도로에 와플 콘으로 만든 다리들이 있었다. 디즈니 캐릭터로 만든 거리 표시판이 웃으며 손을 흔들었다. 하나하나 나한테 인사를 했다.

"안녕, 제럴드!"

나는 버터 피칸 쿠키 출구로 나갔다. 길이 피칸 때문에 울퉁불퉁했다. 나는 튕겨서 뒷자리로 갔다. 그런데 거기에 백설공주가 무릎 위에 양손을 올린 채 앉아 있었다. 그녀가 말했다.

"잘했어, 제럴드! 우리를 만들어줘서 네가 정말 자랑스러워."

백설공주는 창밖을 내다보면서 우리가 지나갈 때마다 만나는 친구들에게 손을 흔들어줬다. 구피, 플루토, 미키마우스, 도널드 덕. 그들은 백설공주한테 손으로 키스를 날렸다.

백설공주가 말했다.

"보통 아이스크림콘 먹을래? 아님 설탕 뿌린 걸로?"

"보통으로 줘."

그러자 그녀가 체리 덩어리가 있는 보통 콘을 건넸다. 나는 그걸 먹기 시작했다.

리무진 기사가 물었다.

"뒷좌석 온도가 어떻습니까? 너무 더운가요, 추운가요? 원하는 대로 맞춰드릴 수 있습니다."

"괜찮아요." 내가 말했다.

백설공주가 춥다고 말하자 기사가 히터를 틀었다.

"숙녀 분 우선입니다. 우리는 숙녀들을 행복하게 해줘야 해요. 안 그럼 우리가 힘들어요. 그렇죠, 제럴드?" 기사가 말했다.

"맞아요."

하지만 속으로는 안 그랬다. 나는 왜 여자들이 항상 우선인지 잘 모르겠다. 제럴드데이에서는 안 그렇다.

창밖을 보니, 우리는 디즈니월드를 달리고 있었다. 나는 아이스크림을 먹으면서 숨 막히는 히터를 무시하려고 애썼다. 백설공주는 아무렇지 않아 보였다. 계속 친구들에게 손을 흔들고 있었다.

"제럴드, 백설공주를 집에 데려다주기 전에 서커스에 가고 싶은가요? 아니면 후에 가고 싶은가요?" 기사가 물었다.

이 질문에 뭐라고 답을 해야 할지 아리송했다.

그때 백설공주가 나한테 뿅망치를 줬다. 그건 내가 다섯 살 때 축제장에서 받은 것과 같은 것이었다. 그게 어디로 사라졌는지 궁금했었다. 열일곱 살 다 됐지만 나는 그걸 꼭 안았다. 뿅망치를 안은 이유는 딱히 없었다. 백설공주가 이번에는 게임기가 들어 있는 지퍼백을 줬다. 자세히 보니 내가 찾던 게임들이 다 있었다. 내가 가져보지 못한 것들이었다. 내가 그것들을 안기도 전에 백설공주가 강아지 한 마리를 줬다. 그리고 햄스터 한 마리도. 여덟 살

생일을 축하한다는 카드도 줬다. 안에는 백설공주가 엄마아빠 사인을 완벽하게 위조해놓았다. 나는 백설공주가 보기보다 교활하다는 걸 깨달았다. 하지만 결코 백설공주를 위조범으로 생각하진 않았다. 백설공주는 항상 다정해 보였다.

갑자기 교활한 백설공주와 뒷자리에 앉아 있고 싶지 않았다. 하지만 나는 백설공주가 준 것들로 완전히 뒤덮였다. 야구 카드가 가득 든 신발 상자. 인라인스케이트 한 세트. 햄스터가 마구 뛰어놀 수 있는 작은 쳇바퀴. 뒷자리가 너무 더웠다. 강아지가 혀를 내밀며 목이 마른 듯 헉헉거렸다. 백설공주가 나를 보면서 씩 웃었다. 그런데 더 이상 그녀를 믿을 수 없었다. 백설공주는 너무 많은 걸 알고 있었다.

나는 다시 운전을 했다.

룸미러로 보니 뒷자리에 아무도 없었다. 차 안을 둘러보니 뿅망치도 없었고 강아지도 없었다. 디즈니월드를 달리고 있지도 않았다. 길은 아스팔트였다. 나는 제럴드다. 나는 제럴드다. 제럴드 말고 다른 사람이 될 방법은 어디에도 없었다.

19
에피소드 2, 프리쇼 미팅

보모가 떠나고 1년 뒤, 엄마는 또 편지를 썼다.

나는 물건에 똥을 싸는 걸 멈출 수가 없었다. 내가 아직 살아 있고, 아직 화가 나 있다는 걸 그들에게 일깨워주는 유일한 소통 방법이었기 때문이다. 보모는 우리 가족을 고쳐놓지 못했다. 타샤 누나도 고치지 못했다. 타샤 누나는 갈수록 제멋대로 행동했다. 하지만 그럴 때마다 엄마아빠는 그저 방관할 뿐이었고 리지 누나는 자기 방에 가서 책을 읽었다.

나는 이 모든 것을 이해하기에 너무 어렸다. 하지만 코를 파면 호되게 혼이 날 만큼은 나이를 먹었다. 그러니까, 규칙은 이랬다. 나는 코를 파면 안 된다. 하지만 누나는 어떤 짓을 벌여도 별 문제가 안 된다. 그래서 똥을 싸는 행동이 내 뜻을 이해시키기 위한 항의 수단이 되었다.

결국 엄마는 편지를 썼고, 보모는 다시 오는 데 동의했다.

담당 프로듀서는 〈우리 아이가 달라졌어요〉 시청률이 좋다고 했다. 다른 방송사에서 만든 보모 프로그램과 경쟁이 붙었는데 거기서 이겼다. 엘리자베스 해리엇 스몰피스는 마침내 보모 역으로 명성을 얻었다. 그녀가 아주 잘해서 팀에서 불필요해진 진짜 보모는 방출되었다.

어른들은 더 많은 돈을 달라고 협상했다. 나는 엄마와 아빠가 나누는 대화를 엿들었다. 아빠는 한숨을 많이 내쉬었다. 엄마는 가장 걱정스러운 한 가지에 대해서만 말했다.

"부엌을 진작 뜯어고쳤어야 했어요. 유행이 한참 지났잖아요."

"그럴 여유가 어디 있어?"

"하지만 텔레비전에 나가면 돈을 벌잖아요."

"겨우 15년밖에 안 됐는데 뭐가 문제야? 다 제대로 작동하잖아." 아빠가 따졌다.

"하지만 텔레비전에 나가면 사람들이 뭐라고 하겠어요? 우리가 무신경하다고 생각할 거예요. 집에 전혀 신경 쓰지 않는다고."

아빠는 목으로 끙끙 소리를 냈지만 아무 말도 하지 않았다.

촬영을 두 달 남겨두었을 때 엄마가 어떤 사람을 데리고 와서 수치를 쟀고 그 사람은 6주도 안 되는 기간에 부엌을 새롭게 단장했다. 그는 정말 멋진 사람이었다. 보통 아이 대하듯 나한테 말을 건넸고, 자기 일을 돕게 해주고 작은 스크루건도 줬다. 그래서 나는 자투리 나뭇조각에다 나사못을 박는 놀이를 할 수 있었다. 나는 그의 공구상자에 한 번도 똥을 싸지 않았다.

그리고 보모가 다시 왔다. 나는 첫째 날에 보모의 지갑을 찾아 거기에다 똥을 싸려고 했다. 그런데 보모가 지갑을 새 냉장고 위에 올려둬서 기회가 없었다. 어쨌든 최소한 한 번은 똥을 쌀 생각이었다.

그런데 그때 정말 이상한 일이 일어났다.

보모가 나를 한쪽으로 밀었다.

"제럴드, 나도 잘 안다. 너한테 엄청 불공평했던 거. 이번엔 너희 엄마를 이해시켜보려고 노력할 거야."

나는 보모를 믿을 수 없었다. 하지만 고개를 끄덕였다. 아무도 나더러 고개를 끄덕이라고 시키진 않았다. 아직 카메라가 설치되기 전이었으니까.

"내 말 들었니?" 보모가 물었다.

"네."

"넌 어떻게 생각해?"

"좋은 생각 같아요."

"그럼 내가 정리하는 걸 좀 도와줘야겠다. 괜찮지?"

나는 고개를 끄덕였다. 그러고는 이렇게 물었다.

"진짜 보모는 어디 가셨어요?"

그녀는 약간 상처받은 것 같았지만 이내 미소를 지었다.

"내가 알아야 할 것을 다 가르쳐주셨어. 이번엔 혼자 해볼 거야. 넌 분명 좋아질 거야. 알겠니?"

"그럼요, 좋아질 거예요."

보모는 다른 사람들과는 별말 없이 떠났다. 프로듀서와 감독은 엄마아빠와 얘기를 나눴고 촬영 세팅을 하기 위해 다음날 오겠다고 했다. 나는 내일이 기다려졌다.

보모가 가고 나서 엄마아빠는 우리 셋을 앉혀놓고 약속을 했다. 우리가 고쳐졌다는 걸 시청자들에게 보여준다면 우리를 디즈니월드에 데려다주겠다고 말이다. 네 사람은 이 얘길 하면서 나를 봤다. 리지 누나와 아빠는 미소를 지으며 용기를 북돋아줬다. 엄마와 타샤 누나는 눈살을 찌푸리며 실눈을 떴다.

내가 양치를 하고 있을 때 타샤 누나가 욕실로 들어오더니 벽으로 나를 밀치면서 목을 졸랐다. 너무 놀라 입 안 가득한 치약을 꿀꺽 삼키자 누나가 말했다.

"디즈니월드에 진짜진짜 가고 싶었어. 우리 반에 나 말곤 다 갔다 왔다구. 그러니까 일을 망치면 널 죽여버릴 거야."

그날 밤 나는 잠을 잘 수 없었다. 보모와의 약속과 타샤 누나가 나를 어떻게 죽일 것인가에 대한 생각으로 머릿속이 가득 찼다. 두 가지 사실이 머릿속에서 몇 시간 동안이나 서로 치고받았다. 그리고 나니 내가 디즈니월드에 가고 싶지 않다는 걸 깨달았다. 타샤 누나가 가고 싶어 하기 때문이었다.

그렇게 새벽 2시가 되었을 무렵, 나는 일어나서 살그머니 타샤 누나 방으로 들어갔다. 누나의 신데렐라 마차를 가지고 나와 거기다 똥을 눴다.

아침에 엄마는 나뿐 아니라 누구에게도 말 않고 똥이 담긴 마차를 쓰레기통에 버렸다. 카메라팀이 아침 9시에 도착하기 전에 엄마는 그걸 대체할 것을 사러 장난감 가게로 갔다.

20

나는 케첩통을 꼭 껴안고 있었다. 다른 사람들에겐 단순히 양념통을 채우는 것으로 보일 거다. 하지만 내 머릿속 제럴드데이에서 엄청나게 큰 대용량 케첩통은 사실 나를 걱정해줬던 이름 모를 하키 팬 아줌마다. 내 삶에는 그분이 필요하다. 다음 아이스하키 경기 때 그분을 찾고 싶다. 그리고 저녁 얻어먹으러 찾아가도 되는지 물어보고 싶다. 그분 집에서는 아무도 내 숨통을 틀어막지 않을 거다.

나는 케첩을 그럭저럭 흘리지 않고 담을 수 있다. 나는 그럭저럭 흔적도 없이 사라지지 않고 있다. 그럭저럭 창피한 죽음을 맞지 않고 있다.

카운터 뒤로 가서 7번 계산대로 발을 끌며 걸어갔다. 1번 계산대 애가 나를 보며 웃었다. 나도 같이 웃었다. 그런데 내가 바보 같다는 느낌이 들었다. 널 좋아할 만한 예쁜 여자애를 좋아해라, 제럴드.

서커스가 있는 토요일이다. 부모님 손을 꼭 붙잡고 있는 꼬마들. 비명 지르고 울고 소리치고 웃는 아이들. 한 여자애가 눈에 띄었다. 그 애의 웃음소리는 너무도 맑았다. 그 느낌이 너무도 강렬해서 그 애한테 플러그를 꽂고 그 애의 웃음소리를 따라 내고 싶었다. 그 애의 뺨이 완벽하게 자두색으로 변했다. 그 애는 땋은 머리를 하고 있었고 기념품 봉제 인형을 손에 꼭 쥐고 있었다.

그 애는 아직 나쁜 건 한 번도 보지 못했을 거라고 장담한다. 아무도 그 애를 즐거움의 대상으로 써먹지 않았다. 그 아이한테 사랑 외에 다른 걸 준 사람은 아무도 없을 거다.

"프레첼."

올려다보니 한 남자가 서 있었다. 그는 양복 차림에 키가 작았고 마치 기계처럼 말했다.

"프레첼." 그가 다시 말했다.

나는 그를 가만히 쳐다봤다. '짜증내는 보모' 투로 말하고 싶었다. *네. 프레첼, 그건 명사지요. 아주 잘했어요.*

"귀먹었어?" 그가 물었다.

나는 계속 쳐다보기만 했다. 교도소를 생각했다. 로저 선생님과 분노 조절 수업에서 배운 지식을 떠올렸다. *다른 사람에게 예의를 요구할 수는 없다. 바랄 수는 있겠지만.*

나는 그 남자를 쳐다봤다. 그가 예의를 갖추기를 바랐다.

"프레첼 달라고!" 그가 짜증을 냈다.

나는 그를 무시하고 자리를 떴다. 이미 오늘 한 번 호랑이가 되었으니 다시 호랑이가 되는 걸 막을 수 있을지 장담할 수 없었다. 나는 5번 스탠드 밖으로 나가 공연장으로 갔다. 출입구 앞에 서서 서커스를 봤다.

링 한가운데에 어릿광대가 있었다. 그는 이를 뽑는 척하고 있었다. 관객들이 히스테릭하게 웃어댔다. 그게 왜 재미있는지 이해가 안 됐다. 이 뽑는 게 뭐 그리 대수라고. 그런데 자세히 보니 광대는 치과의사 그림이 그려진 옷을 입고 있었다. 그리고 옆에는 무지 큰 펜치가 있었다. 자전거만큼이나 커다란.

공연장 안내원이 들어와 커튼을 닫으라고 손짓했다. 나는 커튼을 닫고 컴컴한 문 앞 복도에 서서 숨을 들이마셨다가 내쉬고 다시 들이마셨다가 내쉬었다.

나는 공중그네에 앉아 아이스크림을 먹고 있다. 딸기 맛이다. 나는 그네를 굴려 바 쪽으로 날아간다. 점프해서 다음 바를 잡는다. 좀 더 높이 날아올라 한 바퀴 돈다. 다른 바를 잡고 있던 리지 누나가 내 손목을 잡는다. 우리는 왔다 갔다 하면서 재주를 부린다.

"이거 끝나고, 나랑 같이 글래스고로 갈래?" 누나가 말한다.

"응, 제발."

"좀 있다 얘기하자."

"응, 꼭."

물론 실제로는 누나와 이런 이야기를 나눈 적이 없었다. 리지 누나가 떠나던 날, 누나는 내 눈에서 시선을 떼지 않았다. 누나는 나처럼 초록빛 눈동자를 가졌다.

"잘 지내야 해." 누나가 말했다.

"그럴게."

"필요하면 전화해."

"그럴게."

누나가 나를 안았다. 우리 가족 중에 나를 안아준 사람은 리지 누나뿐이다. 누나가 뺨에 뽀뽀를 해줬다.

"말썽은 그냥 피해. 곧 통화하자."

하지만 우리는 그 뒤로 한 번도 이야기하지 못했다. 리지 누나는 한 번도 전화하지 않았다. 세 달이 넘었다. 나는 말썽은 피해왔다. 오늘까지. 호랑이가 되기 전까지는 그랬다.

나는 리지 누나의 손목을 놓고 PEC 센터 천장 돔까지 날아올라 한 마리 새가 된다. 나는 비둘기다. 새장을 탈출했다. 나는 흰머리수리다. 나는 도시 동쪽 산 위까지 올라가서 가장 키가 큰 나무 꼭대기에 앉아 사람들을 내려다본다. 리지 누나 흰머리수리는 내 옆에 내려앉아 있다. 누나가 묻는다.

"제럴드, 여기서 뭐 하고 있어?"

"나도 모르겠어."

"돌아가서 나랑 공중그네 타자."

몇 번 스윙을 더 한 뒤, 우리는 동시에 더블 플립을 선보인다. 그것도 세 번씩이나. 관객들이 감탄한다. 그들도 우리처럼 되고 싶어 한다. 우리처럼 날고 싶어 한다.

사람들이 우리한테 꽃다발을 던져준다. 사람들이 기립 박수를 보낸다.

이건?

이건 쇼다. 누군가 물어본다면, 나는 이렇게 대답할 거다.

누군가: 텔레비전에 나오고 싶니?

나: 네.

누군가: 부모님 식탁 위에 똥 싸는 버릇없는 아이 역을 연기하고 싶어?

나: 아뇨.

누군가: 그럼, 뭘 하고 싶어?

나: 공중그네를 타고 싶어요.

누군가: 넌 너무 어려. 그건 허락할 수 없단다.

나: 그렇다면, 흰머리수리가 되고 싶어요.

누군가: 그것도 곤란해.

나: 부모님 식탁 위에 똥 싸는 꼬마가 뭐가 그렇게 재밌나요?

누군가: 나도 몰라. 하지만 사람들은 그런 걸 좋아하는 것 같아.

나: 좀 변태적인 거 아닌가요?

누군가: 그래, 웃기는 일이지. 근데 왜 그런 식으로 말하니?

나: 그게 사실이니까요.

21

어떻게 7번 계산대로 돌아왔는지 모르겠다. 공연장을 어떻게 나왔는지 기억이 안 난다. 어떻게 제자리에 돌아와 있는지도. 유혹적인 1번 계산대 여자애 옆을 어떻게 스쳐 지나왔는지도. 내 담당 재고를 어떻게 셌는지도 기억이 안 나지만 돈은 지퍼백에 들어 있었고 내가 기록해야 하는 장부는 제대로 채워져 있었다. 사인도 되어 있었다. 지난 한 시간 동안 어디에 있었는지 모르겠다. 서커스를 봤던 것까지만 기억난다.

다음 공연 전에 한 시간의 휴식 시간이 있다. 계산원 반은 나가서 담배를 피우고 나머지는 나가서 사랑하는 이에게 전화를 한다. 나는 내가 사랑하는 사람에 대해 생각해봤다. 오늘 아침 일어난 일에 대해. 나는 나가서 아빠한테 전화했다.

"아, 제럴드. 일은 잘되니?" 아빠가 말했다.

"좋아요."

"잘됐다."

"고객들하고 같이 있어요?"

"아니. 풀장이 있는 그 집에 운전해서 가는 중이야. 우리끼린 비밀이다, 알았지?"

"그럼요."

"그리고… 오늘 아침은 정신이 하나도 없었어, 그치?"

"네. 아빠도 아시겠지만, 내 인생 전체가 정신이 없죠. 내 말은, 음… 타샤 누나에 관해서는 말예요."

"알아. 타샤는 과장이 심하지." 아빠가 불편한 듯 말했다.

'타샤가 널 질식시켜 죽이려고 했기 때문에 그 모든 일이 일어났다'가 아니었다. 그런 말이 전혀 아니었다.

"난 여자를 좋아해요. 그러니까 누나가 틀렸다고요."

"굳이 말할 필요 없다. 어쨌든 우린 널 사랑한단다."

뭔가 뉘앙스가 다르게 느껴졌다. 아빠는 누나 말을 믿는다는 듯한, 내가 동성을 좋아한다고 믿는다는 듯한 뉘앙스.

"그래서, 엄마랑 누나가 경찰 불렀어요?"

"뭐라고?"

내비게이션이 방향을 안내하는 소리 때문에 시끄러웠다.

"아니야. 물론 아니지. 다 괜찮을 거다."

나는 정당방위로 누나를 물었다. 엄마아빠 앞에서 나를 죽이려 했기 때문에. 그러니 괜찮은 게 당연하다.

아빠가 차문을 열고 닫을 때 비잉 하는 소리가 들렸다. 그리고 차 키에 대해 뭐라고 투덜대는 소리도 들렸다.

"얘야, 이 문제는 집에서 더 얘기하기로 하자. 일 끝난 뒤에. 언제 끝나니?"

"집에 안 갈 거예요."

말하면서 나 스스로도 놀랐다. 나는 내가 서 있는 바닥이 아이스크림으로 만들어진 건 아닌지 확인했다. 아니었다. 여전히 콘크리트였다.

"당연히 집에 와야지. 넌 열여섯 살이야. 집에서 살아야지. 그리고 우리가 이 문제를 해결할 거야. 약속하마."

강아지, 햄스터, 롤러블레이드, 야구 카드. 약속하마. 약속하마. 약속할게.

아빠가 현관으로 걸어가는 구두 소리가 들렸다. 현관 앞에 도착해서 깊이 내쉬는 숨소리도 들렸다.

"난 집에 안 갈 거예요. 누나가 있는 한 안 갈 거예요."

이 말을 하면서 나는 감정이 북받쳤다. 패닉과 공포, 그리고 호랑이가 한꺼번에 몰려왔다.

"애야, 나중에 얘기하자. 확실히 이 문제를 바로잡을 거야. 알았지?"

아빠는 말하면서 삐걱거리는 소리가 나는 현관문을 밀었다.

"난 집에 안 갈 거예요."

나는 전화를 끊고 좁은 흡연 통로를 지나 PEC 센터 뒤쪽으로 걸어갔다. 아주 큰 주차장과 적재함이 있는 그쪽에서 고함치는 소리가 들렸다. 나는 누가 내는 소리인지 보일 때까지 걸어갔다.

키가 크고 뚱뚱하고 대머리인 남자가 있었고, 그 앞에 마른 남자 둘이 서 있었다. 여자 하나는 그들 뒤편 여행가방에 앉아 있었다.

"빌어먹을. 우린 여길 떠날 거야, 조." 마른 남자 하나가 대머리 남자한테 말했다.

"이건 말도 안 돼." 다른 남자가 말했다.

"내일 우린 필라델피아에 있을 거야. 너흰 그때 떠나도 돼." 조로 추정되는 대머리 남자가 말했다. "돈 줄게. 니들이 어떻게 날 엿 먹일 수 있지?"

"빌어먹을 필라델피아. 엿이나 드셔." 첫 번째 마른 남자가 말했다.

세 사람이 대머리 조한테서 멀찍이 떨어졌다. 나는 바짝 긴장했다. 얼굴을 물어뜯고, 목을 조르고, 누나를 때리는 식탁 똥싸개만큼이나 미친 소리 같았기 때문이다.

"좋아, 니들도 엿 많이 먹어. 이 빌어먹을 코딱지만 한 동네에서 빠져나가는 길을 잘 찾길 빈다."

그렇게 말하고 조는 몹시 화난 상태로 한동안 가만히 서 있었다.

조를 제외한 세 사람이 걸음을 옮기기 시작했다. 기찻길을 건널 때 그중 한 명이 스마트폰을 꺼냈다. 방향을 확인한 그들은 열 블록 떨어진 곳에 있는 버스 정류장 방향으로 향했다.

대머리 조는 여전히 그 자리에 서 있었다. 그가 마지막으로 한 말이 머릿속에서 울렸다. 이 빌어먹을 코딱지만 한 동네에서 *빠져나가는 길을 잘 찾길 빈다.*

나는 뒤돌아 1번 계산대 여자애와 다른 계산원이 있는 쪽으로 달려갔다.

"아, 미안. 네가 여기 있는 줄 몰랐어." 내가 말했다.

"우리도 소리치는 거 들었어." 그녀가 말했다.

"이제 다 끝났어." 내가 말했다.

이제 다 끝났어, 제럴드. 이 빌어먹을 코딱지만 한 동네에서 빠져나가는 길을 잘 찾길 빈다.

22

1번 계산대 여자애와 친구는 뒤돌아 옆문 쪽으로 갔다.(그녀가 온 우주에서 가장 귀여운 여자라는 걸 내가 말했던가? 아마 안 했을 거다. 그녀는 남자애들이나 입는 군복 바지가 잘 어울린다. 내가 말하려는 건 그게 다다.) 나는 주차장 끝으로 걸어가서 계단에 앉아 사람들을 봤다. 아주 조용했다. 보안요원은 왔다 갔다 하면서 자기 할 일을 했다. 나도 보안요원이 될 수 있을 것 같다. 나는 자랄 만큼 자랐다. 핫도그 세는 일보다는 훨씬 나을 거다.

아빠한테 집에 가지 않겠다고 말한 게 미친 짓 같았다. 하지만 그 순간 나는 정말 집에 가고 싶지 않았다.

계단 아래쪽에서 남자애 하나가 나타났다. 내 또래였다. 녀석은 키가 컸고 말총머리를 해도 될 만큼 머리가 길었다. 어깨 너머로 적재 구역을 흘끔 쳐다본 후 녀석은 주머니에서 담뱃갑과 라이터를 꺼냈다. 그러다 갑자기 소리를 질렀다.

"이런 젠장, 빌어먹을!"

녀석이 나를 봤고 내가 앉아 있는 걸 이제야 알았다는 듯 머리를 움직였다. 나도 되받아쳤다. 큰 소리로.

"이런 젠장, 빌어먹을!"

우리는 잠시 서로를 쳐다봤다. 나는 늘 그렇듯 '제럴드식 생각' 을 했다. 녀석이 나를 알아봤다. 행동표에 온통 × 표시가 된 걸 알아봤다. 몇 초 후 녀석은 말하겠지. "어이, 너 그 똥싸개구나!"

녀석은 몇 계단 더 올라왔다. 그리고 나한테 말을 걸 수 있는, 딱 세 계단 밑에서 앉았다.

"이런 젠장, 빌어먹을. 너도 알지?" 녀석이 말했다.

"그래, 나도 알아. 진짜. 이런! 젠장! 빌어먹을!"

우리는 동시에 웃음을 터뜨렸다. 진짜 웃음이었다. 녀석은 콧물 이 날 만큼 웃어서 코를 닦아야 했다.

녀석이 웃음을 멈춘 뒤 물었다.

"너, 여기서 일하냐?"

나는 고개를 끄덕였다.

"돈 좀 돼?"

"전혀 없는 것보단 나은 거 같아."

"난 돈을 못 받아. 내가 더 나이를 먹기 전에는."

"아…."

우리는 한동안 아무 말 없이 가만히 앉아 있었다. 녀석의 말투 로 볼 때 여기 사람은 아닌 것 같았다. 남쪽 지방 억양인데 모든 말투가 그렇지는 않았다.

"몇 살이 돼야 하는데?" 내가 물었다.

"우린 쇼에서 다른 사람들처럼 힘들게 일해. 너도 알다시피."

지금은 뉴저지 아니면 뉴욕 말투였다.

115

"너도 서커스에서 일하는구나?"

녀석이 웃었다. 그러자 담배 연기가 코로 나왔다.

"난 빌어먹을 서커스맨이야. 빌어먹을 인생."

적재 구역 아래에서 대머리 조가 외치는 소리가 들렸다.

"이 꼬맹이는 대체 어디 있는 거야? 낮 공연 전에 버스를 청소해두라고 말했건만. 쓸모없는 놈 같으니라구."

"음."

이것 외에 나는 달리 할 말이 없었다. 그러다 덧붙였다.

"이 뽑는 어릿광대가 하는 게 뭐야? 왜 그게 재미있지?"

"나도 몰라. 어릿광대들은 절대 이해가 안 돼." 녀석이 말했다.

"넌 서커스단에 있잖아. 그런데 어릿광대들이 이해 안 된다고?"

"절대. 어릿광대들은 완전 멍청이 같아. 하지만 어린애들은 좋아하더라구."

"음. 자기 이를 뽑으려고 하는 어릿광대는 어린애들이 안 좋아할 거 같은데. 난 이제 어린애가 아닌가 봐."

"넌 얼마 받냐? 시간당 7달러? 아님 8달러?" 녀석이 물었다.

"7달러 50."

"요리도 해?"

"아니. 난 계산대에서 일해. 괜찮아. 집을 떠나 있을 수 있으니까."

이 대목에서 녀석이 웃었다.

"왜 웃는데?" 내가 물었다.

"빌어먹을, 나도 집을 벗어나봤으면 좋겠다."

녀석은 담배 연기를 길게 내뿜더니 신발로 꽁초를 비벼 껐다. 그러더니 주차장에 있는 서커스단 버스들을 가리켰다.

"몇 년 동안 저 버스를 날려버리고 싶었어. 어떻게 하는지도 알아. 난 몽땅 날려버릴 수 있어. 빌어먹을 이 일을 끝장내버릴 수 있어. 우리 모두를 위해."

"빌어먹을."

나 자신을 만난 것 같았다. 안녕, 또 다른 제럴드. 만나서 반가워. 나랑 온 세상을 날려버릴래? 이 엿 같은 세상 전체를 말이야.

"하지만 너희 가족은 날릴 수 없잖아, 안 그래? 난 누나들이 있어. 조카들도. 그리고 할머니도…."

그때 대머리 조가 다시 외치는 소리가 들렸다. 녀석은 목소리를 점점 줄였다.

"맞아. 넌 너희 가족을 날려버릴 수 없어. 나도 겪어봤지."

"정말?" 녀석이 말했다.

"응."

"우리, 친구 해야겠다. 난 친구가 없거든. 나 같은 사이코랑 친구 하는 거 어때?"

스스로를 사이코라고 부르는 녀석의 말에 나는 가슴이 조금 아팠다. 하지만 부정할 수는 없었다.

"그래, 좋아. 넌 전화번호가 뭐야?"

나는 녀석한테 내 번호를 알려줬다. 녀석이 내 번호를 휴대폰에

입력하더니 나한테 '난 조 주니어'라고 문자메시지를 보냈다. 번호를 주소록에 저장하고 나도 문자메시지를 보냈다. 난 *제럴드*.

나는 녀석이 나를 손가락질하며 이런 젠장, 빌어먹을 보모 어쩌구 하고 말할 거라고 예상했지만 녀석은 그러지 않았다.

"정말이지 꼭 너랑 가고 싶어. 여기선 다 엉망이야." 내가 말했다.

"내 인생보다 더 엉망인 건 없어. 어쨌든 넌 시간당 7달러 50을 받잖아. 그리고 넌 우리랑 있으면 돈도 받을 수 없을 거야. 빅 조는 구두쇠거든."

마침 그때 빅 조가 다시 소리치기 시작했다.

"이런, 가야겠다. 아빠가 열 받았어."

녀석이 계단을 내려가서 주차장으로 가자, 빅 조가 뭐라고 소리쳤다. 녀석은 그 말을 무시하고 버스들 중 한 대 쪽으로 가더니 안 보이는 곳에 숨어 다시 담배에 불을 붙였다.

비록 안 지는 몇 분 안 됐지만 나도 녀석처럼 되고 싶다는 걸 깨달았다.

"이런 젠장, 빌어먹을!"

나는 그쪽을 향해 소리쳤다.

녀석이 고개를 끄덕였다.

걸어가는데 녀석의 목소리가 들렸다.

"이런 젠장, 빌어먹을!"

23

1번 계산대 여자애가 자기 이름을 다시 말해줬다. 하지만 나는 여전히 그렇게 부르지 않을 거다. 그냥 그녀한테 웃어줬고 그녀가 두려워졌고 그녀의 머리 냄새를 맡고 싶었다. 뭔가 섬뜩하게 들리지만, 섬뜩한 뜻으로 한 말은 절대 아니다.

사전 공연에 사람들이 몰려오는 동안 나는 그녀를 건너다봤다. 그녀가 오늘 별로 기분이 안 좋다는 걸 알 수 있었다. 쉬는 시간에 흡연 통로에서 만난 그녀를 떠올려봤다. 어쩌면 그리도 조용히 통화를 할 수 있을까? 왜 평소처럼 안 웃었을까?

나는 그녀의 칸에 핫도그를 채우러 가는 길에 그녀를 보고 인사했다. "안녕." 그녀도 "안녕." 하고 인사했다. 그녀가 웃지 않을 거라는 걸 확실히 알 수 있게 해주는 말투였다. 그래도 나는 그녀한테 웃어줬다.

사실: 그녀를 중심으로 반경 1.5미터 내에 있다는 건 아무도 죽이고 싶지 않게 해준다.

서커스가 시작되고 사람들이 줄어들자, 나는 1번 계산대 쪽으로 걸어갔다. 그녀는 카운터에 기댄 채 작은 노트에 뭔가를 쓰고 있었다. 그녀의 노트를 훔쳐보는 것처럼 보일까 봐, 나는 뒤로 물러나서 그녀가 다 쓸 때까지 기다렸다.

"우와, 제럴드. 기척도 없이 왔네."

"너, 괜찮아?"

"아니."

그녀가 한숨을 쉬었다.

나는 고개를 끄덕였다. 그녀를 안아주고 싶었다. 그러면 그녀의 기분이 좀 나아지지 않을까. 하지만 로저 선생님은 말하곤 했다. 내가 다른 사람들이 필요한 게 뭔지, 원하는 게 뭔지 안다는 생각을 그만둘 필요가 있다고.

"네 어린 시절 상황 때문에 넌 다른 사람들보다 더 큰 자의식을 갖고 있어."

내가 이 말을 이해하지 못하자 로저 선생님이 절망하는 표정을 지었던 게 기억난다.

선생님이 다시 설명했다.

"넌 세상이 널 중심으로 돈다고 생각해."

"아녜요, 난 안 그래요."

도대체 로저 선생님이 나에 대해 어떻게 안단 말인가? 선생님은 어설픈 분노 조절 관리 과정을 마친, 나와 같은 남자일 뿐이다. 선생님이 정신과의사처럼 말하는 게 정말 싫었다.

로저 선생님을 생각하니 괜히 화가 났다. 그래서 1번 계산대 여자애를 슬픈 눈으로 바라봤다.

"내가 도와줄까?"

그녀가 살짝 웃었다.

"네가 마법의 타임머신을 가지고 있다면."

"정말 내가 타임머신을 갖고 있다면?"

"그럼 지금부터 2년 뒤의 미래로 가고 싶어. 돈을 충분히 가지고 재미있는 곳으로 가고 싶어. 모로코나 인도 같은 데 말이야."

"와우!"

나는 그런 데에 가고 싶다고 말하는 사람을 한 번도 본 적이 없었다. 17년을 사는 동안 '모로코'라는 말을 입에 올리는 사람을 한 번도 본 적이 없었다.

"너도 같이 갈래?" 그녀가 물었다.

그녀를 웃게 해주고 싶어서 나는 이렇게 말했다.

"응."

하지만 나는 인도나 모로코에 가고 싶지 않았다.

"정말? 나랑 같이 가고 싶어?"

"물론이지. 그러고 싶어. 인도에 대해 아는 건 없지만."

"널 잘 모르겠어. 어떤 때는 아주 좋은 사람 같다가도 다음 순간 이해하기 어렵기도 해."

"수수께끼."

생활지도 상담선생님은 나를 그렇게 불렀다.

"수수께끼."

그녀가 따라 말하고는 웃었다. 그래서 나도 웃었다.

그때 베스가 나타나 말했다.

"제럴드, 핫도그 수량 세는 것 좀 해줄래?"

나는 핫도그를 세러 갔다.

● ● ●

하루 일과가 끝나고 우리는 문을 닫았다. 다른 사람들은 집에 가려고 서둘렀다. 4번과 5번 계산원은 베이비시터에게 맡긴 아이들을 찾으러 바로 출발해야 했다. 하지만 나는 천천히 움직였다. 베스가 핫도그 돌림판을 청소할 수 있겠냐고 묻기에 하겠다고 했다. 걸레질도 하겠다고 했다. 걸레질을 하면 내가 가장 마지막으로 남을 것이기 때문이다.

"이미 한나가 걸레질하기로 했는데." 베스가 말했다.

1번 계산대 여자애의 이름이 한나다.

나는 핫도그 돌림판을 청소했다. 일을 마치자 베스가 남은 음식을 먹겠냐고 물었다. 하루 종일 아무것도 먹지 않았다는 걸 그때 깨달았다. 진짜 배가 고팠다. 베스가 닭튀김과 감자튀김이 담긴 작은 쟁반을 줬고, 나는 그걸 들고 양념 코너로 갔다. 쟁반의 빈 부분에 케첩을 채우고 감자튀김과 닭튀김을 거기에 살짝 담갔다. 하키 팬 아줌마가 생각났다. 나는 음식을 그녀로 감쌌다. 그 안에서 나도 그녀에게 안기는 기분이었다.

케첩으로 범벅된 음식을 먹으며 다섯 발짝 떨어진 데서 바닥을 닦고 있는 1번 계산대 여자애를 봤다. 그리고 인도에 대해 다시 생각해봤다. 거기엔 나를 아는 사람이 아무도 없다. 똥싸개라고 부를 사람이 아무도 없다. 타샤 누나도 살지 않는다.

인도는 멋질 것 같다. 내가 내뱉은 말을 지키기 위해서라도 지금 당장 거기로 날아갈 수 있다면 얼마나 좋을까. *난 집에 안 갈 거예요.*

30분쯤 뒤, 나는 주차장의 내 차에 앉아 있었다.

서커스단 사람들이 필라델피아로 이동하기 위해 트럭에 물건들을 바쁘게 싣고 있었다. 새로운 친구, 조 주니어한테 문자메시지를 보냈다. 하지만 답장은 못 받았다. 작별 인사라도 하기 전에는 주차장을 떠나기 싫었다.(사이코의 작별 인사: 이런 젠장, 빌어먹을.)

조의 아빠가 연신 손짓하면서 엄청나게 소리를 질러댔다. 그는 거의 모든 말에 욕을 했다. 나는 차창을 조금 내리고 들어봤다. $%#* 오늘 출발할 것이다. $%#* 아침 3시에 다음 장소에서 세팅을 시작할 것이다. 오늘 관둔 $%#* 나쁜 $%#*들은 연기자들 버스를 타고 간 것 같다. 그 $%#*들은 일찍 거기에 도착할 것이고 내일 낮 공연 전까지 $%#* 잘 것이다.

나는 그가 맘에 들었다. 그는 우리 아빠와 정반대였다. 지난 한 시간 동안 아빠는 네 번 전화를 했고 두 번 문자메시지를 보냈다.

제럴드, 집에 오지 않겠다는 말이 진심이 아니길 빈다. 좀 있다 전부 다 얘기하자.

두 번째 문자메시지는 좀 더 진지했다.

제럴드, 이 문자 받으면 나한테 전화해라.

조의 아빠라면 직설적인 문자메시지를 남길 거다. 30분만 그를 지켜봐도 충분히 알 수 있다. 그는 아마 이런 식으로 말할 거다.

당장 $%# 집으로 들어와. $%#* 절대 늦지 마.*

그때 1번 계산대 여자애가 보였다. 그녀는 통로를 걸어 나오면서 전화 통화를 하고 있었다. 이 동네는 밤이 되면 우범 지대로 변한다. 특히 토요일 밤에는. 특히 딸기 향이 나는 예쁜 여자에겐. 나는 차에서 내려 걸어서 그녀를 따라가려 했다. 하지만 그녀는 벌써 가버렸다. 그래서 동네 주위를 차로 돌기 시작했다. 두 번 돌고 나서 나는 살짝 패닉에 빠졌다. 차창을 내려 그녀의 이름을 부르고 싶었다. 하지만 그대신에 찾는 구역을 좀 더 넓혔다.

네 블록을 지나서 그녀를 찾았다. 그녀는 동네에서 가장 위험한 곳으로 가고 있었다.

"저기, 가고 싶은 곳이 어디든 데려다줄게."

그녀가 멈춰 서서 팔짱을 끼더니 한숨을 내쉬었다.

그녀가 차에 타고 나서야 그녀가 울었다는 걸 알 수 있었다. 나는 그녀를 안아주고 싶었다. 하지만 그럴 수 없다는 걸 알았다.

"어디로 가고 있었어?"

"아무 데도 아냐." 그녀가 말했다.

"아, 어디로 가는 줄 알았어."

"그랬지."

"어딘지 말해줘. 내가 데려다줄게."

"갈 데가 없어."

"아. 내가 같이 가줄까?"

이 말에 그녀가 웃었다. 그러자 긴장감이 좀 풀렸다. 그녀가 내 차에 탄 첫 번째 여자애라서 긴장감이 자꾸 고조되던 참이었다. 내가 생각할 수 있는 거라곤 여자애들에 대해 들어왔던 말들뿐이었다. 여자애들에 대한 이야기들이 머릿속에서 부글거리는 것 같았다.

여자애들과 데이트하면 안 된다.

여자애들과 같이 걸어도 안 된다.

여자애들은 거짓말을 밥 먹듯이 하지.

여자애들은 네가 줄 수 있는 것보다 더 많은 것이 필요해, 제럴드.

한번 잘못 발을 들이면 넌 꼼짝 못할 거야.

여자애들은 네 나이에 그 때문에 골머리를 앓을 만큼 가치 있는 존재가 아니야.

네가 동성애에 관심 있는 거 다 알아. 그게 많은 걸 설명해주지.

24

1번 계산대 여자애한테 오늘 밤 계획이 있다고는 말 못 했지만, 어쨌든 나는 계획이 있었다. 조 주니어한테 다시 문자메시지를 보냈다. 하지만 아직 답이 없었다. 우리는 한동안 드라이브를 했다. 그녀가 언제까지 집에 가야 하냐고 물었다. 나는 대답했다.

"절대 안 가."

"그게 무슨 뜻이야?"

"나도 몰라. 집엔 안 갈 거야."

"그럼 어디로 갈 건데?"

"갈 데가 없어. 너처럼 말이야."

그녀가 고개를 끄덕이더니 음악을 들어도 되냐고 물었다. 당연히 된다고 하니 그녀는 자기 휴대폰을 오디오에 연결했다. 오래된 펑크록이 터져 나왔다. 가수가 누군지, 어떤 음악인지 모르지만 나쁘지 않았다.

두 곡을 들은 뒤 뭔가 이상한 느낌이 들었다. 그녀를 믿을 수 있을까. 어쩌면 내가 자기를 차에 태워 내가 하지도 않은 뭔가를 했다고 사람들한테 말하려는 게 아닐까. 어쩌면 이 모든 게 장난이고, 똥싸개가 친구가 생겼다고 착각하게 만든 비결을 듣고 비

웃어주기 위해 그녀 친구들이 지금 어딘가에서 기다리고 있는 건 아닐까. 예전에도 그런 적이 있었다.

우리는 목적 없이 거의 30분쯤 돌아다녔다. 1번 계산대 애는 대체로 일에 대해 이야기했다. 소소한 것들이었다. 나도 몇 마디 했지만 그저 중얼거림 같은 거였다. 그녀는 창밖을 자주 내다봤다. 시계를 보니 거의 11시가 다 됐다. 나는 음악 소리를 줄였다.

"그럼 이제 우리 진짜 뭘 할까? 영원히 드라이브만 할 수는 없잖아. 집에 데려다줄까?"

"너, 몇 살이야?" 그녀가 물었다.

"열일곱 살 다 됐어. 열흘 뒤면."

그녀가 놀란 표정을 지었다.

"더 들어 보여."

"응, 나도 알아."

"나도 열여섯 살이야. 사랑스럽진 않지만."

처음엔 뭔 말인지 이해하지 못했다. 내가 이해하지 못하는 뭔가를 말하면서 나를 놀리는 거라는 생각이 들었다.

"너 몰라? 사랑스러운 열여섯 살?"

"아, 알아. 네가 사랑스럽지 않다는 거였구나. 이해했어."

시계가 11시 4분을 가리켰다.

"저기, 나 조금 거짓말했어."

나는 거짓말쟁이 여자애들을 싫어한다. 그래서 그녀가 본론을 말할 때까지 그저 어깨만 으쓱해 보였다. 운도 없는 놈, 제럴드.

"사실 친구 집에 가려던 참이었어. 근데 그때 네가 말을 건 거야, 너도 알다시피. 그리고 난 음… 난 항상 네가 어떤 애인지 알고 싶었어."

그게 무슨 뜻인지 파악하느라 바빠서 나는 어떤 반응도 보일 수 없었다.

"친구들이 프랭클린에 살아. 너도 같이 가도 될 거야. 괜찮은 친구들이야." 그녀가 덧붙였다.

프랭클린 거리. 구역에 따라 좀 차이가 있겠지만 거긴 마약을 파는 가게나 허름한 술집이 밀집한 거리다. 1번 계산대 여자애의 친구들이 거기에 산다는 게 상상하기 어려웠다.

그녀가 나를 쳐다보면서 답을 기다린다는 걸 느낄 수 있었다.

"네 말은, 널 거기 데려다달라는 거니?"

"나랑 같이 거기 가는 게 싫어?" 그녀가 물었다.

프랭클린 거리에서 차를 도둑맞을까 봐 두렵다는 말은 할 수 없었다. 내가 낯선 사람들을 만나는 걸 좋아하지 않는다는 말도 할 수 없었다. 때때로 숨쉬기 힘들 만큼 랩으로 나를 꽁꽁 싸매고 산다는 말도 할 수 없었다. 그래서 이렇게 말했다.

"아니, 괜찮아."

그녀가 친구 집 방향을 알려줬다. 반 블록 떨어진 곳에 주차장이 있었다. 한여름의 토요일 밤 거리는 무척 북적북적할 텐데 여기는 그렇지 않았다. 우리는 인도에서 걸어가는 몇 사람을 지나쳤다. 그들은 아무 말도 하지 않았다. 그들이 가까이 다가왔을 때 오늘 아침 내가 호랑이가 되었던 게 생각났다. 나는 내가 원한다면 언제든 호랑이가 될 수 있다. 누구도 무섭지 않았다. 1번 계산대 애랑 아직 만나지 않은 그녀 친구들만 빼고.

그녀가 계단을 올라갔다. 나도 따라 올라갔다. 아파트가 아니고 주택이었다. 20여 채의 집들과 줄 맞춰 붙어 있는 집이었다.

1번 계산대 애는 문고리를 두들기지 않고 바로 안으로 들어갔다. 나도 따라 들어갔다. 나를 꽁꽁 감싼 투명 랩 때문인지, 아니면 긴장을 해서인지 땀이 흘렀다.

"안녕, 한나 왔구나." 누군가 말했다.

"안녕, 이쪽은 애슐리야." 1번 계산대 애가 말했다.

어떤 여자가 부엌에서 나왔는데 너무 예뻤다. 빨간 머리를 한 갈래로 땋았고 맨발에 탱크톱을 입었고 팔에 다채로운 문신이 새겨져 있었다. 그리고 손가락에는 결혼반지를 끼고 있었다.

1번 계산대 애가 나를 소개하자 애슐리가 손을 흔들었다.

"만나서 반가워, 제럴드!"

애슐리는 내가 '바로 그' 제럴드인지 아닌지 알아보려고 두 번 쳐다보지 않았다. 단지 이렇게만 말했다. "만나서 반가워, 제럴드!" 그러고는 부엌으로 돌아갔다.

"뭘 좀 굽고 있어."

우리는 애슐리를 따라갔다. 1번 계산대 애는 마치 여기 사는 사람처럼 냉장고로 가더니 물병을 꺼냈다.

"너도 마실래?" 그녀가 물었다.

"아니, 괜찮아."

그녀는 어깨를 으쓱하더니 부엌을 지나 뒷방으로 갔다. 애슐리 남편이 거기에 앉아 있었다. 1번 계산대 애는 그의 이름이 네이선이라고 알려줬다. 그는 애슐리만큼이나 잘생겼다. 둘 다 아주 멋진 사람들이었다. 이렇게 아름다운 사람들이 프랭클린 거리에 사는 줄은 상상도 못 했다. 왠지 이곳은 그들에게 안전한 곳 같지 않았다. 이런 곳에서 현관문도 잠그지 않고 살다니.

"만나서 반가워, 친구. 편히 앉아. 맥주 한 잔 줄까?"

"술은 안 마셔요."

보이지 않는 랩에 똘똘 싸인 채로 나는 간신히 말했다.

순간 집 안에 있는 수족관들이 눈에 띄었다. 여덟 개나 있었다. 수족관들이 집 안을 덥고 습하게 해서 내가 땀을 흘린다는 걸 깨달았다. 그건 애슐리가 쿠키 같은 것을 굽고 있기 때문이기도 했다. 나와 나머지 세계 사이의 랩을 뚫고 냄새를 맡는 게 쉽지 않았다. 하지만 느낌상 초코칩 쿠키 같았다.

1번 계산대 애는 수족관 세 개로 둘러싸인 의자에 앉았다. 물고기를 보면서 그녀가 말했다.

"제럴드, 이리 와봐."

그녀가 의자의 자기 다리 옆쪽을 두들겼다. 마치 나더러 그 자리에 앉으라는 듯이. 내가 그걸 원한다는 듯이.

하지만 나는 자크 쿠스토(20세기 최고의 해저 탐험가로 평가받는 프랑스 해양학자:옮긴이)에 관한 다큐멘터리를 보고 있는 네이선 옆 작은 소파에 그대로 앉아 있었다. 1번 계산대 애는 재차 말하는 대신 자기 자리에 앉아서 물고기를 바라봤다. 그녀는 아주 편안해 보였다. 얼굴에 그게 다 드러났다. 반면 나는 정반대 상태였다. 나는 네이선을 쳐다봤다. 그의 턱수염이 부러웠다. 나도 나이 들면 강렬한 수염을 기르기로 결심했다. *이런 빌어먹을, 젠장. 수염을 기르자.*

"애슐리, 맥주 좀 줘. 제럴드 것도 부탁해." 네이선이 말했다.

애슐리가 맥주를 하나씩 나눠주고는 우리 앞에서 네이선 입술에 키스를 했다. 사랑스러운 키스. 내가 한 번도 보지 못한 장면이었다.

"우린 최근에 결혼했거든. 쿠키 먹어."

애슐리가 초코칩 쿠키가 담긴 접시를 가리켰다.

"축하합니다."

내 목소리가 꼭 피리 소리처럼 들렸다.

"한나가 물고기들한테 이름을 다 지어줬다고 말했니?"

"아뇨."

우리는 1번 계산대 애를 바라봤다. 그녀는 물고기에 푹 빠져 있었다. 문득 쿠키에 뭘 넣었는지 궁금해졌다. 이 사람들은 너무 부드러웠다. 집은 지나치게 편안했다. 물고기들은 정말 다채로웠다.

그래서 나는 맥주를 땄다.

25

"얘들, 너무 멋지지 않아?" 그녀가 물었다.

나는 내가 너무 가까이 앉아 있는 건 아닌지, 대답하기 어려울 만큼 내가 땀 흘리고 있는 걸 그녀가 말할까 봐 걱정하느라 바빴다.

"얘는 롤라야. 이 녀석은 노란색이라서 그렇게 이름 지어줬어. 롤라처럼 생겼지, 그치?"

그녀가 더 큰 푸른 물고기를 가리켰다.

"쟤는 드레이크야. 쟤는 항상 다른 애들을 물어버려."

나는 수족관들을 죽 둘러보면서 이 방 안에 몇 마리쯤 있는지 추산해봤다. 백 마리쯤 있는 것 같았다.

"알겠어? 드레이크? 드라큘라?"

나는 물고기를 보는 척했지만 실은 1번 계산대 애의 얼굴을 보고 있었다. 그녀의 피부가 수족관 형광등 불빛에 비쳤다. 그녀가 투명해 보였다.

"언젠가는 물고기를 키울 거야. 저것처럼 엄청 큰 수족관을 장만할 거야."

그녀가 방 끝에 있는 긴 수족관을 가리켰다.

"멋질 거야. 부모도 없고 규율도 없고 일과 집과 내 물고기 말고는 아무것도 없을 거야."

네이선이 수염을 긁어댔다.

"방해해서 미안, 한나."

그러더니 부엌 쪽으로 고개를 꺾고 소리쳤다.

"애슐리, 지금 오지 않으면 이 다큐멘터리에서 가장 괜찮은 부분을 놓치고 말 거야."

애슐리가 오더니 네이선 옆 커플 자리에 앉았다. 두 사람이 손을 잡았다.

1번 계산대 애는 물고기 외엔 어떤 것도 신경 쓰지 않았다. 나는 긴장한 채로 앉아 있었다. 행복한 사람들 곁에 있는 게 이렇게 불편한 것인 줄 지금 처음 알았다. 내가 유리 너머 물고기들 중 하나 같았다.

맥주 하나를 다 마시고 나서 한 시간 동안이나 여기에 있었다는 걸 깨달았다. 나는 자크 쿠스토와 물속 생명체에 대해 많은 것을 알게 되었다. 내 옷은 500밀리리터 정도 되는 땀으로 흠뻑 젖고 말았다. 1번 계산대 애는 두 병의 물을 마셨고 세 개의 쿠키를 먹었다. 그러고는 수족관을 하나하나 돌아다니며 모든 물고기들한테 아는 척했다. 그러더니 일어나서 인사했다. 이렇게.

"갈게요."

그녀가 손을 흔들었다. 애슐리와 네이선은 커플 자리에 앉아 다큐멘터리를 계속 보면서 손을 흔들었다.

"나중에 또 와. 너도 또 보자, 제럴드." 네이선이 말했다.

"가는 길에 쿠키 좀 챙겨 가. 안 그럼 내가 다 먹을 거야." 애슐리가 말했다.

1번 계산대 애가 열댓 개의 쿠키를 집었다. 우리는 부엌을 지나 현관을 나왔다. 나는 습관대로 문을 잠갔다. 또는 네이선과 애슐리가 아주 맘에 들어서 내가 다시 올 때까지 그들에게 나쁜 일이 일어나지 않기를 바라서일지도 모른다.

차 쪽으로 걸어가면서 당장 돌아가고 싶다는 걸 깨달았다.

그 집에서 살았으면 좋겠다.

1번 계산대 애도 나랑 같은 걸 느껴서 슬픈 표정을 짓는 게 틀림없었다. 그 애도 그 집에서 살고 싶을 거다.

우리는 시내를 벗어나 5분 동안 아무 말도 하지 않았다. 나는 휴대폰을 확인했다. 새 친구 '사이코 조 주니어'의 답신은 여전히 없었다. 두 번째 문자메시지에도 마찬가지였다. *너랑 필라델피아에 갈래. 먼저 가지 마.*

"두 사람 정말 좋다." 내가 말했다.

"응. 진짜 멋진 사람들이야."

그녀는 그들을 더 이상 신경 쓰지 않는다는 듯이 말했다. 마치 물고기들 때문에 그들을 이용하는 것처럼. 지금 그녀를 어떻게 표현해야 할지 모르겠다. 프랭클린 거리의 그 집에 있을 때는 오롯이 그녀 자신 같았는데 지금은 나처럼 랩으로 자기를 감싸고 있는 것 같다. *너랑 같이 차에 갇혀 꼼짝 못하기 때문이야, 루저야.*

"그냥 드라이브나 좀 할까?"

"모르겠어. 이제 네가 정할 차례야. 넌 어디 살아?" 그녀가 물었다.

오늘 아빠한테 한 말이 생각났다. 타샤 누나가 생각났다.

"집 없어. 어떤 생각이 떠올랐는데, 그게 좋은 생각인지 아닌지 잘 모르겠다."

나는 PEC 센터 방향으로 가는 다리로 차를 되돌렸다.

"어떤 생각이라도 좋아. 도망가서 같이 결혼하자는 생각만 빼고 말이야. 난 절대 결혼하지 않을 거야."

그녀의 말에 내 얼굴이 빨개지는 게 느껴졌다. *내 사랑 1번 계산대 애야, 지금 당장 나랑 결혼해줘.*

"농담이야. 넌 도망가서 나랑 결혼하는 걸 원치 않을 테니까."

내가 아무 말 않자 그녀가 덧붙였다.

"어머나, 미안해. 화가 났다면 미안해. 가끔 난 입 다물어야 할 때를 몰라."

"아니야. 나 화 안 났어."

나는 숨을 들이쉬었다가 내쉬었다.

"하지만 언젠가는 결혼하고 싶을 거라는 생각을 했어. 내 말은, 나이가 들면 말이야. 지금 말고."

"아까 말한 네 생각은 뭔데?" 그녀가 물었다.

"모로코는 아니야."

나는 센터 주차장으로 들어가서 서커스 트럭들이 있는 뒤쪽으로 차를 몰았다.

우리는 단원들이 트럭에 짐을 싣는 걸 구경했다. 3분쯤 같이 지켜보다가 그녀가 말했다.

"너, 서커스단이랑 같이 도망갈 거야?"

●●●

빅 조에게 거짓말을 할 수 있을 것 같았다. 열여덟 살이라고 말하면 그는 빌어먹을 신분증을 보여달라고 하지는 않을 거다. 그는 이렇게 말할 거다. *이건 $%#* 소풍이 아냐, 꼬마야. 이건 $%#* 일이라구. 니가 여태 해본 $%#* 일 중에서 제일 힘들 거다.*

대충 머릿속에 그려졌다.

"널 설득해도 되겠니? 그러니까 내 말은, 그게 될 거 같아?" 그녀가 물었다.

제럴드, 정신 차려. 이렇게 예쁜 여자애가 너를 좋아할 리 없어. 네 생각이 하도 말이 안 되니까 너를 설득하고 싶은 것뿐이야.

"난 평생 핫도그 수나 세면서 살고 싶지 않아. 무슨 말인지 알지? 그리고 집에 안 갈 거야."

그녀가 내 목소리에서 감을 잡았다. 역시 1번 계산대 애는 눈치가 빨랐다.

"무슨 일 있었어? 식구들이 너한테 못되게 굴었니?"

그녀는 말을 짧게 끊었다. 그녀가 머릿속에서 비디오테이프를 돌리는 걸 알 수 있었다. 다섯 살의 내가 부엌 식탁에다 똥을 싸는 게 떠올랐겠지.

"너, 내 차 가질래?"

"진심이야?" 그녀가 되물었다.

마침 그녀 휴대폰이 울렸는데 그녀는 거절 버튼을 눌렀다. 하지만 나는 화면에 '집'이라고 뜬 걸 봤다. 나는 내 휴대폰을 확인했다. 아빠의 문자메시지는 없었다. 조 주니어도 마찬가지였다.

"너네 부모님이 바라지 않는 일일 텐데. 넌 겨우 열여섯 살이야. 넌 아마, 미아가 될 거야. 난 증인으로 몰릴 거고. 젠장. 난 거짓말을 해야 할 거야."

그러고는 그녀가 내 팔을 가볍게 툭 쳤다.

"나를 나쁜 일에 휘말리게 하는 거야, 제럴드."

"미안해. 그냥 차를 시내에 버려두면 누군가 훔쳐 갈 거야. 완벽한 알리바이야."

"그래도 난 거짓말을 해야 할 거야. 아니면, 음… 너랑 같이 가야 하거나."

"널 곤경에 빠뜨리고 싶지 않아. 넌 집에 가. 데려다줄게. 넌 그냥 내가 집에 간 줄 알았다고 말하기만 하면 돼."

"그러기 싫다면… 여기서 사는 거 지루해. 인도, 기억해? 모로코?"

지루해서 떠나려는 게 아니라고 그녀에게 말하고 싶었다. 너는 썩 괜찮은 존재로 살 기회가 있다고 말해주고 싶었다. 발목을 붙잡는 똥싸개 비디오도 없고. 성격파탄자 누나도 없고. 분노 조절 상담도 안 받아도 되고. 장애아 특별반 수업도 없고. 너를 죽이려는 미친 가짜 자메이카인도 없고. 하지만 나는 아무 말도 하지 않았다. 왜냐하면 나랑 함께 가는 게 맞다는 느낌이 들어서였다.

그때 차 뒷문이 열리더니 새 친구 조 주니어가 뒷자리로 들어왔다.

"너 $%#* 단단히 미쳤구나?" 녀석이 말했다.

26

"계단참에서 오늘 내가 한 말 $%#* 뭘로 들었냐? 내 인생은 $%#* 망했어. 도대체 $%#* 왜 나 같은 삶을 원하냐고!"

"음… 잘 모르겠어."

"안녕, 난 한나야." 1번 계산대 애가 말했다.

조가 그녀에게 고개를 까닥했다.

"그리고 너 $%#* 여자친구도 있었어? 제럴드, 친구로서 이 말은 꼭 해야겠다. 이건 완전 개떡 같은 돈에 개똥 같은 생활이라구. 이런 일이 그럴싸해 보일지 모르지만, 너한테 무슨 문제가 있는지 몰라도 네 $%#* 생각은 전혀 멋진 거 같지 않다."

"멋진 거 같은데?" 1번 계산대 애가 말했다.

"너희들은 아직 어린애야." 조가 말했다.

"너도 애인 건 마찬가지야." 내가 말했다.

"맞아. 하지만 난 서커스 애잖아. 달라. 난 $%#* 다른 선택이 없다구."

조가 내 눈을 바라봤다.

"이런 젠장, 빌어먹을! 기억 안 나?"

1번 계산대 애가 조한테 인상을 찌푸렸다.

"나도 다른 선택이 없어. 마찬가지라구. 여기 계속 있다간 감옥에 가고 말 거야. 남은 인생 동안 빌어먹을 핫도그나 세고 싶진 않아."

조가 한숨을 쉬었다.

"이봐, 넌 학교에 다니지, 그치? 여자친구도 있어. 집도 있고, 일도 있어. 넌 심지어 $%#* 멋진 차도 있잖아."

"차는 멋지지."

"그 빌어먹을 것들이 뭐 어떻다고? 제럴드가 서커스단에서 일하고 싶다는데 네가 왜 말리고 난리야?" 1번 계산대 애가 말했다.

조는 그녀를 무시하고 룸미러로 나를 봤다.

"네가 아직 열여덟 살도 안 됐다고 아빠한테 말할 순 없어. 난 널 곤란하게 만들고 싶지 않아."

내 머릿속에서 연쇄 폭발이 일어났다. 서커스단 버스와 트럭과 우리 집과 학교와 $%#* PEC 센터 전체를 날려버릴 것 같은. 하지만 현실은, 어느 것 하나도 터지지 않았다. 그저 내폭일 뿐.

전부 다 그가 옳기 때문이다.

그런데 1번 계산대 애는 왜 조한테 자기가 내 여자친구가 아니라고 말하지 않는 걸까? 그녀의 문제는 뭐지? 그리고 나는 왜 하필 오늘 타샤 누나한테 열 받은 걸까? 내가 게이라는 말뜻을 모를 때부터 누나는 나더러 그렇게 부르지 않았던가? 내가 태어난 뒤로 누나는 왜 남들 다 보는 데서 나를 익사시키지 않았을까?

27
에피소드 2, 장면 7~15

1번 카메라는 보모를 찍고 있었다.

"제 생각에 하루쯤은 제럴드를 위해 쓰는 게 좋겠어요. 제럴드가 좋아하는 걸 먹고, 좋아하는 게임을 하고, 태도가 얌전하다면 아이가 원하는 건 뭐든 할 수 있게 해주세요."

2번 카메라가 엄마아빠를 비추었다. 엄마아빠가 고개를 끄덕였다. 3번 카메라는 부엌 식탁에 있는 모두를 와이드 샷으로 찍고 있었다.

"제럴드의 '감정 폭발'은 아빠의 관심을 얻고자 하는 자기만의 방식인 것 같아요. 아빠가 일 때문에 너무 바쁘니까요. 아버님은 제럴드의 남성 롤 모델입니다. 제럴드와 좀 더 많은 시간을 보내실 필요가 있어요. 남자끼리의 시간 말이에요. 아시겠지요?"

2번 카메라는 붉으락푸르락하지 않으려 애쓰는 아빠한테 초점을 맞췄다. 그러는 동안 보모는 거울을 보면서 자신의 머리를 부풀렸다. 그녀는 자기 분량을 찍을 때면 늘 그렇게 했다. 지난번에 왔을 때보다 더 말라 보였다. 광대뼈가 평소보다 더 튀어나왔다.

다시 1번 카메라.

"그리고 어머님은 때때로 제럴드 말을 듣는 걸 까먹고는 그걸 감추려고 애한테 너무 말을 많이 하시는 것 같아요. 제 생각엔 제럴드도 그걸 느끼고 있어요. 제럴드는 답답하다고 느끼는 것 같아요. 심지어 엄마가 자기를 원치 않는다고 느끼고 있어요. 어머님이 타샤하고만 많은 시간을 보내니까, 다른 애들은 엄마가 자기들을 원치 않는다고 느끼는 거죠. 개선이 필요해요."

그 말을 듣고 엄마는 멍해졌다. 쓰러질 듯이. 엄마는 변명을 했고 한동안 화장실에 가 있었다.

짧은 커피 타임 뒤, 보모가 손뼉을 치더니 두 손을 움켜쥐었다. 그러고는 한쪽 무릎을 꿇고 나한테 말했다. 그녀는 주로 그런 자세로 말하곤 했다.

"자, 오늘은 너를 위한 날이야. 아침으로 뭘 먹고 싶어?"

1번 카메라가 가까이 다가왔다.

와플을 먹고 싶다고 하니 엄마가 와플을 만들어 줬다. 메이플시럽을 더 달라고 하니 엄마가 더 줬다. 종일반 유치원에서 점심으로 뭘 먹고 싶냐고 엄마가 물었다. 나는 땅콩버터와 마시멜로 크림 샌드위치와 감자튀김, 젤리가 먹고 싶다고 했다.

"젤리는 없는데. 대신 푸딩이 있는데 그것도 괜찮니?"

"네, 좋아요."

이 얼마나 바람직한 '행동'인가. 옆에서 지켜보는 보모가 좋아할 게 분명했다. 그녀는 진짜 보모가 했던 것처럼 나한테 윙크를 계속 보냈다. 1번 카메라가 내가 슬쩍 웃는 걸 잡았다. 그들은 에피소드 2를 찍는 동안 내가 웃는 모습을 많이 찍고 싶어 했다.

나는 와플을 다 먹고 엄마한테 더 달라고 했다. 엄마는 성질이 났지만 조금 더 줬다. 나는 아침을 먹고 나서 내 방으로 갔다. 하기 싫으면 침대 정리도 안 해도 된다고 했다. 내가 입고 싶은 옷을 입어도 된다고 했다. 어쨌든 나는 침대 정리를 했고 내가 좋아하는 군복색 바지와 티라노사우루스 두 마리가 권투글로브를 끼고 있는 그림이 있는 멋진 반팔 셔츠 안에 긴팔 티셔츠를 입었다.

엄마는 그런 바지를 싫어했다. 내가 옷을 입을 동안 얼굴을 찡그렸다. 내가 노린 게 그거였다. 나는 이빨을 꼼꼼히 닦았고 끈적대지 않고 레몬향이 나는 깨끗이 씻은 손을 엄마한테 보여줬다. 엄마는 감동받은 척했다. 하지만 엄마의 신경은 딴 데 쏠려 있었다. 엄마는 타샤 누나 숙제를 해주느라 무척 바빴다.

보모가 카메라맨한테 따라오라는 손짓을 하더니 도와주러 나섰다.

"어머님, 지금 뭐 하세요?"

"타샤가 지난밤에 숙제 하는 걸 까먹었어요." 엄마가 말했다.

"그렇군요. 그런데 정말 해야 할 일이 뭐죠?"

엄마가 보모를 쳐다보면서 얼굴을 찡그렸다.

보모가 식탁에 앉아 조심스럽게 손을 뻗더니 숙제를 자기 쪽으로 잡아당겼다. 그러고는 타샤 누나 자리로 숙제를 밀어놓았다.

"지금 뭐 하시는 거예요?" 엄마가 물었다.

"타샤가 직접 숙제를 하게 하는 겁니다." 보모가 말했다. "그게 우리가 지금 하는 거지요, 그죠?"

엄마는 화가 나 보였다.

"타샤는 까먹었을 뿐이에요."

"제가 숙제를 까먹었을 때 우리 어머니가 뭐라고 말씀하셨는지 아세요?"

엄마는 대답하지 않았다.

"어머니는 그걸 역경이라고 하셨어요."

보모가 식탁을 두 번 두들겼다.

"그날 학교에서 내가 겪을 역경이라고요, 네? 숙제는 스스로 해야 하는, 제 일이기 때문이지요. 아시겠어요?"

"내가 언제나 이러는 건 아니에요. 그리고 당신은 이해 못 해요. 여긴 미국이라고요. 영국이 아니라. 학교에서도 나를 탓할 거예요." 엄마가 말했다.

"맞아요. 이건 어머님이 그렇게 만든 걸 스스로 탓해야 해요. 이 문제는 나중에 이야기하도록 하지요."

●●●

유치원에서도 아주 좋았다. 점심을 먹으러 집에 오니 문을 열자마자 냄새가 났다. 뭔가 변하고 있는 게 느껴졌다.

방과 후 만화영화를 보는 동안 타샤 누나가 소파 팔걸이 쪽에서 툭 튀어나왔지만 무시했다. 타샤 누나가 이층 복도에서 일없이 툭 밀쳤지만 무시했다. 마늘빵이 오븐에 들어가자 나는 엄청 기분이 좋아졌다. 나는 누나가 나한테 못된 짓을 못 하도록 부엌에서 엄마한테 딱 붙어 있었다.

아빠가 퇴근해서 집에 왔다. 아빠가 뭐 하고 싶냐고 물었고 우리는 밖에 나가 공놀이를 했다. 카메라가 그 모든 걸 찍었다.

우리 식구 모두가 식탁에 앉아 저녁을 먹을 때는 정말이지 너무 좋아서 울 뻔했다. 내 인생에서 가장 행복한 날이었다. 스파게티는 완벽했다. 미트볼은 잘 구워졌고 마늘빵은 바삭했다. 1번 카메라와 2번 카메라가 저녁 먹는 걸 전부 찍었다.

아빠가 조리대로 살금살금 걸어가 카놀리(귤·초콜릿과 달콤한 치즈 등을 파이 껍질로 싸서 튀긴 것:옮긴이) 상자를 들고 와서 나더러 제일 먼저 고르라고 했다.

"카놀리가 뭐예요?"

"먹어봐. 너도 좋아할 거다." 아빠가 말했다.

카놀리는 내가 먹어본 것 중에서 제일 맛있는 것이었다. 아이스크림보다도 맛있었다.

나의 하루가 끝날 무렵, 보모가 들어와서 나를 으스러질 만큼 꽉 껴안았다.

"아주 멋진 하루였어. 안 그래, 제럴드?"

나는 고개를 끄덕이고 싶어서 끄덕였다.

"가장 맘에 드는 부분은 뭐였어?"

나는 잠시 생각하는 척했다. 하지만 답은 이미 알고 있었다.

"아빠랑 공놀이 한 거요. 아빠가 집에 가져온 디저트도요."

보모가 아빠를 보고 웃었다. 그러고는 머리를 휙 뒤로 넘겼는데, 마치 그녀가 아빠를 유혹하는 것처럼 보였다.

"세상에서 최고의 순간 아닌가요?"

아빠가 고개를 끄덕였다. 하지만 엄마는 기분이 썩 좋지 않은 듯했다. 내 대답이 맘에 안 들었거나, 아니면 보모가 머리를 휙 넘긴 게 못마땅해서인지도 모른다.

잠옷으로 갈아입고 그림책 두 권을 고르기 위해 이층으로 올라가려 할 때였다. 타샤 누나가 계단으로 쏜살같이 달려와 나를 세게 밀었다. 나는 계단을 굴러 바닥에 곤두박질쳤고 그만 울어버렸다. 사실 아픈 것보다 무서운 게 더했다. 보모 말고는 아무도 달려오지 않았다. 가족들은 그저 복도에 우두커니 서서 바라보기만 할 뿐이었다.

보모가 내 머리를 확인하더니 피는 안 난다고 말했다. 나는 타샤 누나가 나를 밀었다고 했다.

"난 제럴드가 계단참에서 똥 싸려는 걸 말렸을 뿐이에요." 누나가 말했다.

아무도 그 말을 믿지 않았다. 심지어 엄마까지도. 그래서 타샤 누나는 늘 하듯이 고래고래 울부짖기 시작했다. 누나는 엄마 옆에 딱 붙어서 애걸했다.

"제발 믿어주세요. 내가 왜 거짓말을 하겠어요? 믿어주세요."

그러자 엄마가 돌변해서 내가 얼마나 구제 불능인가에 대해 투덜거렸다. 하지만 우리 모두 진실을 알고 있었다. 내 바지는 지퍼도 내려지지 않았다.

"이층으로 올라가서 잠옷으로 갈아입어, 제럴드."

보모가 내 머리를 한 번 더 살펴보더니 이렇게 물었다.

"오늘 밤 누구한테 그림책 읽어달라고 하고 싶어?"

"리지 누나랑 아빠요."

"좋아. 너랑 리지는 이 닦고 화장실 가서 볼일을 봐라. 아빠가 금방 올라가실 거야."

보모의 말에 나는 고개를 끄덕였다. 하지만 나는 잠옷으로 갈아입은 뒤 리지 누나가 화장실에 있을 때 살며시 복도 계단 쪽으로 가서 엿들었다.

엄마가 울고 있었다.

타샤 누나가 말했다.

"절대 일부러 제럴드를 밀지 않았어요. 그 애를 좋아한다구요."

그러자 보모가 단호한 목소리로 말했다.

"난 제럴드가 계단참에서 변을 보려 했다는 말을 믿을 수가 없구나. 그 애는 오늘 가장 멋진 날을 보냈어. 뭐 때문에 그러겠니, 안 그래?"

누나가 대답했다.

"그 앤 저능아라고요, 네? 그걸로 모든 게 설명되지 않나요?"

그때 나는 이 말을 난생처음 들었다.

28

1번 계산대 애 집에서는 삶이 지루할 것 같지 않았다. 나한테 지루함이란 중산층 특유의 블라인드 창문 장식에, 완벽하게 깎인 잔디와 흰색 말뚝 울타리를 의미했다. 그녀의 집엔 이런 것들이 없었다.

그녀 집 앞 차로에서 400미터쯤 떨어진 지점에서 그녀가 울고 있다는 걸 알았다. 그녀가 우체통 앞에서 내려달라고 했다. 하지만 나는 그러지 않았다. 그녀가 고집을 부렸지만 나는 거절했다. 여자애를 데려다줄 때는 집 앞에 내려줘야 한다. 그리고 안전하게 들어가는지 확인해야 한다. 그게 맞다.

한 번도 그래본 적은 없다. 하지만 어떻게 해야 하는지는 $%#* 잘 안다.

10미터 전쯤부터 쓰레기 터널이 나타나자 그녀가 움찔했다. 주로 폐차된 차나 트랙터들이었다. 농기구도 있었다. 다른 것들은 어두워서 잘 보이지 않았다. 오랫동안 밖에 방치된 종이상자들은 서로 엉켜 있었고 색 바랜 분홍 자동차와 시소 같은, 1번 계산대 애의 것이 분명해 보이는 플라스틱 장난감들도 있었다.

그럼에도 모든 것이 정리되어 있었다. 학교에서 아이들이 얘기했던 리얼리티 텔레비전 쇼에 나오는 괴짜 수집가 같지는 않았다. 이건… 일터였다. 사업 같은 거.

"너네 아빠는 무슨 일을 하셔?"

"뻔하지 않니? 아빠는… 어….."

"고철을 파시니? 부품들?"

"맞아. 그거. 아빠는 괴짜야."

우리는 괜찮은 꽃밭이 있고 현관 주위에 쓰레기도 없는 목조주택 앞에 다다랐다. 내가 무슨 말을 하기도 전에 그녀가 차에서 내렸다. 그래서 나는 그녀를 불렀다.

"저기."

그녀가 걸음을 멈췄다가 차고 쪽문으로 갔다.

"내가 만약 누구랑 서커스단으로 도망친다면, 널 고를 거야."

내 말에 그녀가 웃었다.

"우린 정말 그랬어야 했어. 뭔가 할 거라면 말이지."

"아마 다음번에는."

"하키 경기 때 일할 거야?" 그녀가 물었다.

"응."

"나중에 봐."

툭 떨어뜨린 그녀 팔이 내키지 않는다는 듯 흔들렸다.

그녀는 작은 기계 부품들의 터널이 있는 간이 차고 뒷문 쪽으로 갔다. 뒷문을 통해 그녀가 집 안으로 들어가는 걸 보면서 내가 드디어 그렇게나 꿈꾸던 여자애와의 데이트를 했다는 걸 깨달았다.

도로 끝에서 나는 휴대폰을 꺼냈다. 아빠한테서 문자메시지가 와 있었다. *경찰에 연락하고 싶지 않다. 엄마가 걱정하고 있다. 별일 없는지 연락해라.* 그리고 조 주니어의 문자메시지도 있었다. *네가 가진 것이 얼마나 좋은 건지 넌 정말 모를 거야.*

집으로 돌아왔을 때, 나는 조의 문자메시지에 대해 생각했다. 내가 가진 것이 얼마나 좋은 것인지에 대해. 물론, 조는 내가 똥싸개인 줄 모른다. 내 삶에 장미와 무지개만 있다고 생각한다. 조는 우리 집 지하실에 쥐들이 서식하는 것도 모르고, 장애아 특별반이 출발점인 이상 내가 어디에도 갈 수 없다는 사실도 모른다.

휴대폰 알림 소리가 울렸다. 그리고 *네 여자친구 귀엽더라.*

여자친구? 잘 모르겠다. 1번 계산대 여자애가 그저 그런 여자애라고 생각하진 않는다. 그녀에게선 좋은 향이 난다. 그녀는 예쁘게 보이려고 애쓰지 않아서 예쁘다. 그녀는 작은 노트를 가지고 있다. 그녀는 나처럼 수족관의 물고기와 같다. 우리는 둘 다 비뚤어진 세상을 내다보고 있고 꼼짝달싹 못하고 있다. 수족관 속의 안전함과 사방이 꽉 막힌 듯한 느낌 사이에 딱 끼여 있다.

그리고 그녀는 나를 좋아한다. 내 착각인지도 모르겠지만.

로저 선생님은 내가 나 자신만의 생각에 빠져 있다고 말할 거다.

어쨌든 오늘 밤, 나는 그게 그렇게 잘못되었다고는 생각하지 않는다.

때로는 나 자신만 생각하는 것도 괜찮다.

29

아빠가 거실에 불을 켠 채 나를 기다리고 있었다. 1번 계산대 애 집에서 아주 먼 길로 돌아왔기 때문에 우리 집 문을 들어섰을 때는 새벽 1시 50분이었다. 아빠는 아마 취했을 거다.

"집에 안 돌아오는 줄 알았다." 아빠가 말했다.

"그러려고 했죠."

"젠장, 네 방을 세놓을 준비 다 끝내놨다."

아빠는 확실히 취한 게 틀림없었다.

"너도 한 잔 주랴?"

"아뇨. 너무 피곤해요. 긴 밤이었어요."

"하키 게임 있었니?"

"서커스요. 기억나세요?"

"아, 그래! 서커스. 불쌍한 동물들. 너희 엄마가 말하듯, 서커스 동물들만큼 불쌍한 것도 없지."

우리 가족 모두를 서커스 동물로 만든 사람이 엄마 아니던가요? 나는 그렇게 물어보고 싶었다. 하지만 그러지 않았다.

"동물은 없었어요."

아빠는 빈 잔에 든 얼음을 흔들더니 한숨을 내쉬었다.

"젠장, 내가 너한테 뭐라고 했지?"

"글쎄요."

"난 타샤를 내쫓을 수 없다. 하지만 나도 타샤가 여기 사는 걸 원치 않아."

"왜 누나를 내쫓지 못해요?"

아빠가 다시 한숨을 내쉬었다.

"누나가 여기 있겠다면 난 여기 있을 수 없어요."

아빠가 웃었다.

"오늘 내가 가본 곳 알지? 풀장이랑 발코니 있는 집 말이야. 우리를 위한 완벽한 독신자용 집이란다."

나는 아빠를 바라봤다. 아빠는 지금 무슨 말을 하는 걸까? 엄마를 떠나겠다는 건가? 우리가 이사를 나간다는 건가? 취해서 실없이 하는 말일까?

"진심이세요?"

"어떤 부분 말이야?"

"하신 말씀 다요."

"모르겠다, 얘야. 리지도 떠났고, 너도 떠나려 하고. 내가 여기 머무는 유일한 이유인데. 내 말은, 오해하지 말고 들어. 난 타샤를 사랑한다. 걔는 내 첫딸이야. 그리고 전부지. 하지만 걔가 내 결혼생활을 망치고 있어. 내 말은, 내 결혼생활을 망쳐놨다는 거야."

아빠는 자기가 무슨 말을 했는지 기억하려고 애썼다. 하지만 너무 취해서 기억해내지 못했다.

"누나가 여기 있겠다면 난 여기 있을 수 없어요. 내가 아는 건 그게 다예요."

"음, 제럴드. 우린 빌어먹을 금이 간 배에 노를 들고 있는 거란다. 왜냐면 너희 엄마가 이 집을 팔지 못하게 할 거니까. 너희 엄마는 타샤를 이사 나가게 하지도 않을 거니까."

"집을 빌리면 되잖아요."

아빠는 집게손가락을 꼬아 보였다.

"오, 하느님. 내가 부동산업자야!"

"아빠는 풀장 있는 집을 살 수 있잖아요? 그 정도 여력은 되지 않아요?"

아빠는 고개를 흔들었다.

"센터에서 아르바이트해서 받은 돈으론 안 될까요?"

"넌 아직 어린애야."

"그럼 어때요? 전 돈을 번다구요."

"그럴 수 없어."

아빠의 혀가 꼬였다.

"제가 집을 나가 영영 돌아오지 않는 걸 원치 않는다면, 이 문제에 대해 엄마랑 얘기해야 할 때예요. 그리고 어쩌면 로저 선생님과도요…. 왜냐면 선생님은 누나한테 문제가 있다는 것에 동의하셨거든요."

"로저 선생님이 대체 누구냐?"

"아빠가 매주 돈을 보내고 있는 분노 조절 관리 선생님요."

때맞춰, 지하실에서 쿵쾅거리는 소리가 났다. 아빠가 나를 봤다. 나는 눈썹을 치켜 올렸다.

빌어먹을 금이 간 배를 빌어먹을 노로 젓고 있는 아빠한테 행운을 빌어요.

나는 아빠를 봤다. 아빠가 체념하는 걸 알 수 있었다. 아빠는 거의 쉰 살이 다 됐다. 체념할 만한 나이다. 나는 그게 실망스러웠다. 아빠는 마치 나갈 수 있는 감옥 열쇠를 찾은 뒤에도 스스로 수감되기를 바라는 격이었다.

침대에 들어가서는 기폭장치 같은 누나 생각을 그만뒀다. 대신에 1번 계산대 여자애를 생각했다. 그녀의 눈이 얼마나 큰지, 그 눈이 나한테 어떤 말을 건네는지. 어서 내일 하키 시간이 되면 좋겠다. 내일은 보이스카우트 날이라서 미친 듯이 바쁘겠지만.

그리고 오늘 밤 조 주니어와 서커스단과 거의 도망갈 뻔한 걸 생각했다. $%#* 서커스. 만약 그랬다면 지금쯤 필라델피아까지 반 정도 갔을 텐데. 낯선 사람들이 가득한 버스에서 1번 계산대 애랑 얘기하면서. 내일 낮 공연 전에 서커스 준비를 하겠지. 새로운 삶을 준비하면서, 제대로 미쳤을지 모른다.

모든 것이 가능하지만 어떤 일도 일어나지 않는데, 뭐가 미친 것이고 뭐가 제정신인 거지?

30

월요일에 전투 분장을 하고 플레처 선생님의 장애아 특별반 수업에 들어가니, 데드리가 새로운 휠체어 열선 쿠션에 대해 이야기하고 있었다.

"정말 근사한 선물이긴 한데, 이것 때문에 엉덩이에서 땀이 나."

데드리의 말에 켈리와 카렌이 웃음을 터뜨렸다.

플레처 선생님이 왔다. 나는 내 자리에 앉아 데드리를 봤다. 그녀는 정말 부드럽고 예민한 피부를 가졌다. 그리고 우리보다 똑똑하다. 어쩌면 플레처 선생님보다도. 문제는 그녀의 몸이 제대로 움직이지 않는다는 거다. 그래서 그녀는 여기에 우리와 함께 붙잡혀 있다.

학교로 운전해 오는데 내 머릿속은 여전히 원시적인 드럼 소리가 울렸다. 오늘은 좀 바보같이 느껴졌다. 나는 추장이 아니다. 내가 만약 추장이라면 토요일 밤에 필라델피아로 갔을 거다. 내가 추장이라면 1번 계산대 여자애한테 키스를 했을 거다. 그리고 장애아 특별반에서 나갔을 거다. 누나를 내쫓았을 거다.

오늘 아침 누나는 일찍 일어나 집을 나서려는 내게 이렇게 말했다.

"좋은 하루 보내, 루저야."

엄마가 바로 뒤에 서 있었다. 얼마나 전투 분장을 해야 다 가릴 수 있을까? 그 소리를 없애려면 얼마나 더 큰 소리로 버펄로 드럼을 쳐야만 할까?

●●●

두 번째 수업 뒤, 장애아 특별반은 흩어졌다. 몇몇은 다른 수업을 들으러 갔고 몇몇은 이른 점심을 먹으러 갔다. 나는 가방을 싸서 체육 수업을 받으러 라커룸으로 향했다. 체육 시간은 견딜 만했다. 니콜스가 얘기할 새로운 상대가 생겨서 나를 무시하기 시작했기 때문이다. 새로 온 전학생은 뉴멕시코에서 이사를 왔다고 했다. 그 애는 실내 축구를 정말 잘했다.

우리는 특대 사이즈 테니스공으로 축구를 했다. 광택제가 칠해진 나무 바닥에 공이 아주 빨리 부드럽게 움직여서 재미가 있었다. 나는 수비를 맡았다. 나는 항상 수비다. 공격은 너무 싸움을 거는 것 같기 때문이다. 내가 공격수로 골대 바로 옆에 있다면 골을 넣을 테지만 나는 아마 그러기 위해 누군가를 갑자기 퍽 칠 거다. 그러면 감옥에 가게 될 거다. 그리고 리얼리티 쇼에 나가게 될 거다. 수감된 어린 새들, 창살 뒤의 소년들.

체육 수업이 끝나자 우리는 라커룸으로 갔다. 새로 온 전학생이 말했다.

"어이, 똥싸개. 널 텔레비전에서 본 거 기억나."

니콜스가 웃었다.

"병든 인간말짜였지." 전학생이 말했다.

나는 아무 말도 하지 않고 내 사물함으로 가서 옷을 갈아입기 시작했다. 하지만 전학생 녀석은 멈추지 않았다.

"너, 요즘도 그러냐? 아무 데나 싸고 그래?"

나는 아무 대꾸도 하지 않았다.

"너도 알다시피, 넌 날 이길 수 없어. 알아? 난 너보다 더 미칠 수 있거든."

녀석이 나를 찔러 내가 자기를 보도록 만들었다.

"너도 알다시피 말이야, 안 그래?"

우리는 성난 눈빛으로 서로를 노려봤다. 녀석은 나를 노려봤고 나는 녀석을 노려봤다. 그러다 마침내 내가 이겼고, 녀석은 걸어 가버렸다.

나는 옷을 다 갈아입고 구내식당으로 향했다.

"제럴드!"

라커룸을 나오는데 누가 부르는 소리가 들렸다.

돌아보니 1번 계산대 애가 보였다.

"으, 응?"

"안녕." 그녀가 말했다.

"안녕."

그녀는 고개를 한쪽으로 기울이더니 나를 보며 약간 찡그렸다.

"너, 괜찮아?"

"응, 그럼. 체육 시간이 별로였어. 그게 다야."

"맞아, 체육 시간은 진짜 별로야."

그렇게 말하는 애가 또 있을까? *체육 시간은 진짜 별로야.* 나는 그녀를 사랑한다.

"음… 너 여기 계속 있을 거니?"

"아니, 점심 먹으러 가려고. 넌?"

"나도. 우리 같이 먹으면서 괴상한 이야기나 해볼까?"

나는 수많은 대답을 갖고 있었다. 머릿속에 바로 떠오르는 건 '너 정말 그러고 싶어?'였고, 두 번째도 '너 정말 그러고 싶어?'였다. 이 애는 왜 내가 '똥싸개' 제럴드가 아닌 것처럼 구는 걸까?

"좋아, 거절한 걸로 받아들일게." 그녀가 말했다.

"아니, 아니, 아니. 예스로 받아들여줘. 난 단지 음… 누구랑 같이 점심 먹어본 적이 한 번도 없어서. 그리고 너도 알다시피, 난 음… 괜찮아. 알지?"

"아니. 뭐가, 네가 뭐 어떻다고?" 그녀가 물었다.

"난 말이야. 음… 난 별로 인기도 없어."

그녀가 웃었다.

"우리 그룹에 들어온 걸 환영해, 제럴드. 나도 별로 인기 없거든. 난 내가 먼저 인기 없다고 말해버려. 난 그래도 괜찮아. 넌 안 그래?"

우리는 구내식당에 들어갔다. 1번 계산대 애가 식당 한쪽에 있는 작은 부스 쪽으로 걸어갔다. 그곳은 꽤 괜찮은 곳이었다. 학교에서 점심을 먹는 것 같지 않고 마치 식당에서 먹는 것 같았다. 게다가 공간도 넉넉했다. 방해하는 사람이 아무도 없었다.

그녀가 가방을 의자에 던져놓고 자리에 앉았다. 나도 그렇게 했다.

우리는 점심 도시락을 펼쳤다.

"너, 내 이름은 아니?" 그녀가 물었다.

"그럼."

"근데 왜 한 번도 안 불러?"

"한나."

그녀는 편안해 보였다.

"좋아. 그럼 이제 우린 친한 사이가 된 거야. 거기 뭐가 들었니?"

그녀가 내 도시락을 가리켰다. 오늘은 엄마가 내가 좋아하는 샌드위치를 싸줬다.

"치킨샐러드 샌드위치. 그리고 사과."

"근데 그건 뭐야? 수프야?"

"단백질 셰이크야."

나는 보온병을 들어올렸다.

"우리 엄마는 단백질의 힘을 믿거든."

"아, 알겠다."

그녀가 자기 가방에 있는 걸 꺼내 테이블 위에 놓았다. 땅콩버터가 든 리지 초콜릿 과자랑 작은 도리토스 봉지, 걸스카우트 쿠키가 담긴 지퍼백과 콜라였다.

"네 식대로 내 점심 도시락을 말하자면, 우리 엄마는 아무것도 안 믿나 봐."

그 말이 너무 웃겨서 나는 고개를 끄덕이며 웃었다.

"리지 초콜릿 과자랑 내 샌드위치 반이랑 바꿔 먹을까?"

"좋아."

나는 오렌지색 봉투를 찢어 어슷하게 자른 샌드위치 반을 그녀한테 줬다. 그녀가 샌드위치를 베어 물고는 입 안 가득 든 채로 말했다.

"어머나, 여기 사과도 들었어?"

"그리고 포도도."

"끝내준다!"

우리는 한동안 먹는 데 열중했다. 그녀는 단백질 셰이크가 어떤 맛인지 물었고 나는 바닐라 맛만 난다고 했다. 그런데도 그녀는 여전히 맛보기를 원했고 맛보고 나서는 아무 맛도 안 난다고 불평했다. 그녀가 콜라를 후르륵 마시는 동안 나는 셰이크를 마셨다.

나는 리지 초콜릿 과자를 마지막에 먹으려고 남겨뒀다. 보모가 단것은 절대 먹이지 말라고 엄마한테 말하기 전까지 내가 가장 좋아하는 것이었다.

"네 친구들 정말 좋더라."

"네이선하고 애슐리? 그래, 끝내주는 친구들이지."

"어디서 만났어?"

"애슐리는 지난번 일터에서 같이 일했어. 애슐리는 웨이트리스야. 난 빈 그릇 치우는 일을 했고. 주인은 나쁜 놈이었지만, 우린 끈끈했고 행복하게 지냈지."

"멋지다."

나는 끈끈한 것에 대해 생각했다. 속에 온통 폴리에틸렌 랩만 가득한 나에겐 불가능한 것이라는 생각이 들었다.

그러다 20여 분 동안 내가 누군가를 죽여야겠다는 생각을 하지 않았다는 걸 깨달았다. 어쩌면 그보다 더 길게. 어쩌면 하루 종일. 모르겠다. 전학 온 녀석이 라커룸에서 허세를 떨었지만 녀석을 죽이고 싶지는 않았다. 니콜스를 죽이고 싶다는 느낌도 없었다.

5분 뒤 테이블 위 침묵이 우리를 눌러댔다. 나는 그녀를 짜증나게 하는 말을 할 수도 있었다. 그리고 기발한 이야기도 떠오르지 않았다. 그래서 아무 말도 하지 않았다. 모든 걸 50번씩 씹었다. 압박감에 땀이 나기 시작했다.

그녀가 마침내 입을 열었다.

"이제 넌 내 이름도 알고, 같이 서커스단 따라 도망갈 뻔도 했는데, 너를 내 친구라고 해야 할지 아닐지 모르겠어."

"물론이지. 난 네 친구야."

"넌 말을 별로 안 하잖아."

"말하는 게 익숙하지 않아. 그런 거 같아."

"그런데 내 친구라고?"

넌 내 여자친구라고 말하고 싶었다. 하지만 그건 좀 아닌 것 같았다. 로저 선생님은 절대 인정하지 않을 거다. 그래서 나는 고개만 끄덕였다.

"네가 내 친구라면 내가 이 노트를 항상 갖고 다닌다는 걸 알 필요가 있어. 넌 절대 이걸 보면 안 되지만."

그녀가 뒷주머니에서 작은 노트를 꺼냈다.

"네가 거기에 뭔가 쓰고 있는 걸 봤어. 센터에서. 기억나?"

"그래서?"

"난 보고 싶지는 않아. 그러니까 내 말은, 그게 네가 묻고 싶은 거라면…."

"너한테 뭘 물어본 건 아냐. 난 그냥 우리가 친구라면 그 정도는 약속해야 한다는 거지. 내 오랜 친구들 중 몇 애는 그 부분에 문제가 좀 있었거든."

"아. 걔들은 왜 노트 때문에 문제를 일으킨 거야?"

그녀는 이미 무릎에 균형을 잡고 뭔가를 쓰고 있었다.

"내가 걔들에 대해 쓴다고 생각했거든."

"아."

"그건 사실이야. 하지만 걔들이 관여할 일은 아니라고 봐. 네가 묻기 전에, 먼저 대답할게. 너에 대해서도 쓴 적이 있어. 미리 경고하자면, 나랑 친구가 되려면 나랑 이 노트랑 함께 친구가 돼야 해. 괜찮겠어?"

162

그녀는 다시 아래를 보며 계속 써나갔다.

"나랑도 괜찮다면."

똥싸개가 괜찮다면 말이야, 한나.

그녀가 쓰는 동안 나는 잠시 생각했다. 우리가 약속을 하고 의견을 맞추고 나서야 알았다. 나도 무슨 말이든 해야 한다는 걸. 뭐든지. 그녀는 나를 보통 사람처럼 대하기 때문에 내가 제럴드라는 걸 알 필요가 있다. 내가 리얼리티 보이라는 걸.

"한나?"

그녀가 올려다봤다.

"우리가 친구라면 말이야, 나도 확실히 해둬야 할 게 있어."

그녀가 계속 말하라는 몸짓을 했다.

"넌 내가 어렸을 때 빌어먹을 일을 겪은 거 아니? 텔레비전 쇼랑 사람들이 나를 뭐라고 부르는지, 왜 내가 괴짜인지? 그런 것들을 다 알아도 괜찮겠어? 왜냐면 난 그렇게 오랫동안은 아니지만, 그러니까 내 말은, 너도 알다시피, 한때 그랬던 나라도 괜찮냐 이 말이지."

그녀는 아무 말 없이 미소만 지었다. 그래서 나는 이 말도 할 수 있었다.

"난 여자애들을 믿지도 않고, 같이 데이트를 해본 적도 없어. 분노 조절 상담선생님이 여자친구를 만드는 건 좋은 생각이 아닌 것 같다고 했거든. 근데 내 생각엔 그냥 친구인 경우에도 마찬가지인 거 같아. 내가 누구를 해치려는 것도 아니고 친구를 사귀는 건 멋진 일이야. 하지만 난 음… 아… 젠장, 제대로 말이 안 나오네."

그녀가 앞쪽으로 몸을 기울였다.

"네가 누군지 잘 알아. 하지만 난 신경 안 써. 넌 괜찮은 사람이야. 나도 정신과에 상담 받으러 다녔어. 내 담당 선생님은 나한테 신경 써서 옷을 더 잘 입으라고 하더라. 하지만 난 모르겠어. 그 선생님이 말한 신경 쓰는 게 뭔지. 신경 써서 입으라고? 어떻게 해야 신경 쓰는 건데? 넌 알아? 어떻게 신경 써야 하는지?"

"너도 상담선생님이 있어?"

"모든 사람이 그렇지 않나?"

"다 그런 건 아냐."

로저 선생님은 정신과의사가 아니다. 하지만 같은 부류인 것 같다.

"내 친구들은 다 그래. 내가 아는 한은, 그래. 모든 사람들이 다 정신과의사가 있다고 봐."

그렇게 말하고 벽에 걸린 큰 시계를 보더니 한나는 다시 글쓰기로 돌아갔다. 지금까지 이 도시에서 수많은 문제로 정신과의사 또는 정신과의사처럼 행동하는 로저 선생님을 만나는 아이는 나 하나인 줄 알았다. 구내식당을 둘러봐도 나만큼 엉망으로 보이는 애는 없었다. 한나도 전혀 그렇게 보이지 않았다. 하지만 내가 틀렸을 수도 있다. 어쩌면 대부분의 다른 사람들도 엉망일지 모른다. 단지 텔레비전에 나오지 않았을 뿐.

주머니 속에 있는 휴대폰이 울렸다. 조 주니어가 문자메시지로 사진을 보냈다. 치과의사 어릿광대가 링 위에서 커다란 펜치를 들고 자기 이를 뽑으려는 사진이었다. 나는 그걸 확대해서 한나한 테 보여줬다.

"확실히 말하는데, 우린 잘못 선택한 것 같아." 그녀가 말했다.

"난 모르겠어."

"우리가 이 지옥에서 나갈 다른 계획을 세워야 해."

그렇게 말하고 그녀는 다시 글쓰기로 돌아갔다.

"네가 쓰고 있는 게 그거니?"

"응."

"우리가 여기서 도망갈 계획을 쓰고 있다고?"

"응. 우린 스스로 납치당하는 거야."

나는 그녀가 농담을 한다고 생각해서 조금 웃었다.

"농담 아냐. 난 우리가 말할 요구사항 리스트를 쓰고 있어."

31

고맙게도 한나의 다음 수업은 위층이었다. 한나가 장애아 특별반으로 가는 나를 안 봐서 다행이었다.

나는 저능아가 아니다. 아무도 나한테 가르쳐주지 않아서 나는 읽기를 늦게 배웠다. 하지만 지금은 아주 빨리 읽는다. 난 항상 책을 본다.

그리고 초등학교 3학년이 될 때까지는 수학을 좋아했다. 하지만 항상 소리를 지르는 멍청한 선생님 때문에 너무 긴장해서 종이나 분필, 지우개 같은 것들을 먹기 시작했다. 내가 할 수 있는 건 그게 다였기 때문이다.

아이들이 나를 가리키며 비웃을 나이가 되기 전까지 나는 학교를 좋아했다. 하지만 엄마는 나를 특별반 수업에 넣으려고 압박하기 시작했다. "여보, 똑바로 봐요. 어떤 면에서 제럴드는 뒤처지는 게 확실하다고요."

'그 선생님에 대해 교장선생님과 얘기해봐야겠어요.'가 아니었다. '공립학교에 애를 못 보내겠어요.' 또는 '애를 괴롭히는 선생님이 없는 곳으로 전학을 시켜야겠어요.'가 아니었다.

엄마는 고등학교 1학년 때 낙제를 받으려고 쇼를 한 타샤 누나에 대해서는 한 마디도 하지 않았다. 내가 어떻게든 저능아가 되어야 하는 빌어먹을 것에 대해서만 말했다.

플레처 선생님 반에서 나는 나만의 요구사항에 대해 생각했다. 잡지에 있는 글자들을 오려서 만든 노트를 상상해봤다.

**파우스트 씨,
우리가 당신 아들을 데리고 있습니다.
이게 우리의 요구사항입니다.**

하지만 나는 요구사항을 채울 수 없었다.

수학 노트에다 뭔가를 끼적거렸다. '자유'라고 썼다.

쯧쯧.

'두 번째 기회'라고 썼다.

젠장. 이건 요구사항이 아니잖아.

'젠장'이라고 다시 썼다. 그리고 아무도 못 보게 그 위에다 줄을 찍찍 그었다.

나는 요구사항이 없다. 어떻게 요구해야 하는지 모르겠다. 요구한다는 건 내가 뭔가 한다는 거다. 내가 하는 거라곤 원하는 것뿐이다. 여태까지 내가 원했던 건 나한테 없는 어떤 거였다. 누가 타샤 누나를 죽여줬으면 하는 것, 엄마가 점심 도시락으로 단백질 셰이크 대신 리지 초콜릿 과자를 싸줬으면 하는 것. 또는 한나. 나는 한나를 원한다.

"너, 너, 너, 제럴드. 네가 생각하는 거라곤 그게 다야." 로저 선생님은 이렇게 말하곤 했다. "넌 제럴드 렌즈로만 너를 보고 있어. 다른 사람들은 어때? 너랑 상관없는 다른 사람들을 챙겨줄 수 있니?"

나는 장애아 특별반을 둘러봤다. 나도 다른 사람들을 챙길 줄 안다. 데드리는 2년 동안 알고 지냈다. 난 그녀를 챙겨준다. 카렌과 제니도 그만큼 오래 알고 지냈다. 그 둘도 챙겨준다. 지난 시간에 제니가 의자에서 미끄러졌을 때 그 애의 머리가 바닥에 쿵 떨어지지 않게 해준 사람도 바로 나다.

지금은 한나를 신경 쓴다. 하지만 내가 그래야 한다고 생각하진 않는다. 그녀는 아마 나를 도망도 못 치는 루저라고 생각할지도 모른다. 그녀는 어쩌면 내 인생의 또 다른 타샤 누나가 될 수도 있다. 나는 물속에서 숨쉬기에 바쁜 애처로운 구제 불능 상태에서 허우적댈지도 모른다.

"그래, 제럴드?"

플레처 선생님이 나를 불렀을 때에야 내가 손을 들고 있다는 걸 깨달았다. 왜 손을 들었는지 모르겠다.

"화장실 좀 다녀와도 될까요?"

선생님이 책상을 가리켰다. 나는 화장실 출입증을 가지고 가장 가까운 화장실로 갔다. 거울을 보면서 나 자신에게 물었다.

"너의 요구사항은 뭐냐, 리얼리티 보이?"

거울에 비친 나는 요구사항이 없었다.

거울에 비친 나로 인해 모든 요구사항이 지워졌다. 요구사항 없애기에 탁월한 능력을 가진 로저 선생님이 티끌 하나 없이 처리를 잘 해두었다. *아무도 너를 위해 뭔가를 해주진 않아. 네가 스스로 구한 것보다 더 얻을 자격은 없어.*

리얼리티 보이는 여전히 화가 나 있다. 리얼리티 보이는 한 번도 가져본 적 없는 빌어먹을 것들을 마땅히 가졌어야 한다는 걸 잘 안다.

거울 속의 나를 뚫어져라 보면 볼수록 나 자신을 치고 싶었다. 얼굴 딱 가운데. 내 코를 깨고 싶고 입술을 터트리고 싶었다. 뺨에 구멍이 나도록 물어뜯고 싶고, 말귀를 알아듣게 나를 치고 싶었다. 하지만 그대신 화장실 칸막이 문을 쳤다. 문이 안으로 휙 들어가더니 화장지걸이를 툭 쳤다. 손에 감각이 없었다. 하지만 다른 데는 멀쩡했다.

32
에피소드 2, 장면 15, 테이크 2

우리는 엄마아빠의 결혼기념일 저녁식사를 위해 치즈 닭요리를 만들고 있었다. 하지만 보모는 요리에 신경 쓰지 않았다. 그녀는 불안해했다. 우리가 어설프게 음식을 준비하는 동안 계속 이렇게 말했다. *내 구두 조심해. 내 옷에 튀게 하지 마.*

보모가 빵가루와 콘플레이크 가루와 타샤 누나가 섞은 양념들이 가득 든 지퍼백을 나한테 줬다. 그리고 나더러 닭 살코기를 거기 넣고 섞으라고 했다. 그녀는 '살쾌기'라고 말했다.

타샤 누나가 바로잡아줬다.

"살코기."

그러자 보모가 누나를 쳐다봤다.

"건방지게 굴지 마라."

그러고 나서 내가 단단히 잡고 있는 지퍼백에 닭을 쿡 쑤셔 넣었다.

"자, 이제 잘 흔들어."

보모와 감독이 지퍼백에 든 닭고기를 어떻게 흔드는지 보여줘서 나는 그렇게 흔들었다.

리지 누나는 치즈와 소스 부분을 맡았다. 타샤 누나는 350도로

예열을 해둔 오븐에 닭고기를 담은 도자기 접시를 넣고 타이머를 맞췄다.

엄마랑 아빠는 영화를 보러 나갔다. 엄마랑 아빠가 돌아와 로맨틱한 저녁을 먹으면서 손을 잡는다든가, 둘만 있을 때 하는 걸 하는 동안 보모가 우리를 돌봐줄 예정이었다.

카메라를 위해서였다.

엄마와 아빠는 손을 잡거나 키스를 하지 않기 때문이다.

사실, 그날 오후에 엄마와 아빠가 서로를 그다지 좋아하지 않는다는 걸 깨달았다. 부엌 리모델링을 하는 동안 엄마와 아빠는 많이 싸웠다. 그리고 그전에도. 그리고 그전전에도. 내가 아주 어릴 때에도 싸웠던 게 어렴풋이 기억났다. 아빠가 한번은 집을 나갈 거라고 말한 것도 어렴풋이 기억한다.

여섯 살이 된 지금도 여전히 그것에 대해 몽상을 한다. 아빠가 나를 데리고 나가는 헛된 꿈을 꾼다. 내 머릿속에서 만들어낸 것인지, 정말 아빠가 그런 말을 했는지 정확히는 모르겠다. 리지 누나랑 말할 기회가 생기면 누나한테 물어볼 것들 중 하나다.

극장에서 돌아왔을 때 엄마와 아빠는 치즈 닭요리를 보고 깜짝 놀라는 척했다. 보모와 타샤 누나는 요리가 잘 되고 있는지 몇 번이나 오븐 속을 확인했다. 우리는 샐러드를 만들고 마늘빵도 만들었다. 엄마와 아빠를 위해 모든 요리를 직접 차렸다. 나는 심지어 엄마 의자까지 빼줬다.

우리 남매는 보모랑 이층으로 올라갔다. 보모는 타샤 누나한테 방에 가서 숙제를 챙기고 빨랫거리를 내놓고 방 정리를 하라고 했다. 그러고 나서 리지 누나와 나를 카메라맨 한 명과 함께 내 방으로 데리고 갔다. 보모가 손목시계를 봤다.

"자, 앞으로 한 시간 동안 하고 싶은 게임을 하렴. 그동안 난 멋진 데이트를 할 거야."

그녀는 보모스럽지 않은 높은 하이힐을 벗고 벨트를 느슨하게 풀더니 내 침대 끝 바닥에 앉았다.

리지 누나는 아무 말 않고 자기 방으로 가서 '클루'라고 하는 보드게임을 가져왔다. 리지 누나는 절대 속임수를 쓰지 않기 때문에 누나가 비밀봉투에 든 카드를 골랐다. 나는 때때로 나도 모르게 속임수를 쓴다.

우리는 한 시간 동안 게임을 세 번 했다.

"너희 둘 다 애지중지들이야. 너희 그거 알아?" 보모가 말했다.

우리가 무슨 뜻인지 몰라서 올려다보니 보모가 설명해줬다.

"너희는 말썽을 일으키지 않는다는 뜻이야."

나는 머릿속으로 내가 말썽을 일으킨 횟수를 세어봤다.

보모가 리지 누나를 봤다.

"타샤가 이렇게 너랑 같이 게임을 한 적 있니?"

누나가 고개를 저었다.

"언니는 우릴 싫어해요."

"타샤는 너희를 싫어하지 않아."

"언니는 항상 우리한테 그렇게 말했어요. 욕을 하고 때렸어요."

나는 이틀 전 밤에 머리에 난 혹을 만져봤다.

"누나가 나를 싫어해서 계단에서 나를 밀었어요."

"그건 내가 조사해볼 거야. 그래서 요즘은 좀 나아졌니?" 보모가 물었다.

리지 누나의 얼굴이 빨개졌다.

"아무것도 바뀌지 않을 거예요."

"맞아요." 나도 덧붙였다. "엄마아빠는 타샤 누나가 우리한테 어떻게 하는지 전혀 신경 쓰지 않아요."

아주 짧은 순간 보모는 이해한 것처럼 보였다. 그녀가 이번에 우리 집에 온 첫날 모든 걸 공평하게 만들겠다고 한 약속을 기억하는 것처럼.

"한번 바꿔보자. 우리가 말이야." 보모가 말했다.

카메라맨은 타샤 누나가 마치 칼에 찔린 듯 비명을 질러댈 때까지 누나 방에서 한 시간 내내 촬영을 했다. 보모가 벌떡 일어나 타샤 누나 방으로 달려갔다. 방문에 노크를 하고 카메라맨에게 복도에 있으라고 말했다.

그때 엄마가 계단을 반쯤 올라왔다.

"타샤한테 무슨 짓을 한 거죠?"

"제가 알아서 할게요. 내려가서 저녁식사 마저 하세요." 보모가 말했다.

"어떻게 이런 일이 일어나게 만들어요?" 엄마가 따졌다.

"타샤는 자기 방에 있어요."

엄마는 믿지 않는 눈치였다.

"제럴드는 어디 있죠?"

"그 애는 한 시간 동안 나랑 같이 있었어요."

그렇게 말하고 보모는 문을 두들겼다.

"타샤, 문 열어라."

타샤가 비명을 질렀다.

"엄마 불러줘요. 엄마요."

"엄마 여기 왔다."

타샤 누나가 천천히 문을 열었다. 엄마가 가볍게 보모를 밀치고 안으로 들어갔다.

보모와 우리 가족은 엄마가 문을 열 때까지 복도에 가만히 서 있었다. 타샤 누나 방 욕조에 아주 거대한 똥이 있었다. 들은 바에 따르면 그랬다. 나는 보지 못했다. 하지만 너무 궁금했다. 늘 내 똥만 봐서 다른 사람들 똥은 어떻게 생겼는지 궁금했다.

"제럴드는 그러지 않았어요. 내내 나랑 같이 있었다고요. 우린 보드게임을 했어요. 카메라에 다 찍혀 있어요." 보모가 말했다.

보모는 엄마가 다짜고짜 자기를 힐난해서 열 받은 것 같았다.

"그럼, 그 애가 마술을 부려 여기 와서 똥을 싼 거군요." 엄마가 말했다.

"맞아요." 타샤 누나가 말했다.

보모와 타샤 누나는 서로를 쏘아봤다.

보모는 나랑 리지 누나를 우리 방으로 데려가 문 닫고 가만히 있으라고 말했다. 그런 뒤 엄마아빠와 타샤 누나를 데리고 아래층으로 내려갔다. 하라는 대로 내 방에 가만히 있어서 그 뒤로는 어떤 얘기도 듣지 못했다.

그런데 나중에 두 번째 에피소드 방송을 보니 그 부분이 통째로 편집되었다. 치즈 닭요리와 샐러드, 마늘빵, 보드게임, 보모의 화려한 파란 드레스, 심지어 미스터리한 똥이 있었던 그날 하루가 몽땅.

제작진은 그런 날은 전혀 없었다는 듯 완전히 들어냈다.

33

장애아 특별반의 남은 반시간 동안, 나는 화장실에서 있었던 일, 얼마나 내 얼굴을 치고 싶었는지에 대해 생각했다. 나를 둘로 쪼개서 내가 다른 나를 때려죽이고 감옥에 가면 얼마나 좋을까. '살인자 반쪽 소년'. 오늘 밤 8시. 많은 시청 부탁드립니다.

학교 주차장에서 조한테 보낼 문자메시지를 쳤다. 이런 젠장, 빌어먹을. 그랬다가 지웠다. 넌 너를 미워해본 적 있니? 이것도 지웠다. 우린 왜 견뎌야 할까? 이것도 지웠다. 그리고 마침내 문자메시지를 보냈다. 치과의사 어릿광대가 왜 그렇게 웃긴지 여전히 모르겠다.

나는 권투도장으로 차를 몰았다. 도장은 거의 비어 있었다. 나는 곧장 샌드백으로 가서 글러브를 끼고 운동을 시작했다. 일주일 동안 운동을 쉰 데다 아까 엉뚱하게 화장실 문을 치는 바람에 샌드백을 칠 때마다 오른손이 아팠다. 나는 샌드백에 얼굴을 떠올렸다. 좋은 하루 보내, 루저야. 타샤 누나. 엄마. 누나. 엄마. 누나. 하지만 나중엔 그게 나로 바뀌었다. 나. 나. 나. 나. 나. 나. 나. 나. 나. 나. 나.

잠시 뒤, 트레이너 밥이 다가와 나를 살펴봤다.

"왼쪽이 약하구나. 여기."

내가 왼손으로 스트레이트 펀치를 못 날리는 걸 지적한 거였다. 밥은 직접 내 왼손을 붙잡고 시범을 보여줬다.

"팔을 들고 가드를 유지해."

나는 오른손을 턱 가까이 올리고 왼손으로 샌드백을 몇 차례 쳤다. 밥은 샌드백을 붙잡아주면서 잘하고 있다는 듯 연신 고개를 끄덕였다. 손이 아팠지만 나는 셔츠 속에 땀이 날 때까지 계속했다. 그러고 나서 스피드백으로 옮겼다.

"자메이카에서 온 녀석이랑 한판 붙었니?" 밥이 물었다.

"자메이카 사람도 아니에요."

밥이 끄덕거렸다.

"그래도 내가 말하는 애가 누군지 알잖아, 그치?"

"네."

"걘 훌륭한 권투 유망주야. 내 생각에 걘 쭉쭉 잘나갈 거다."

나는 멈춰 서서 밥을 봤다.

"지난주에 나한테 안 되던데요. 너무 느렸어요."

"걔가 좀 게을러."

나는 3년 넘게 이 도장을 다녔다.

"나도 잘나갈 수 있을까요?"

"네가 경기를 할 자격이 된다면 내 생각엔 너도 그럴 거다."

나는 다시 스피드백을 시작했다. 밥은 자기 사무실로 돌아갔다. 나는 내가 정말 권투를 좋아하는지 아닌지 여전히 궁금했다.

지금은 거기에 길이 있다. 하지만 나는 거기에 다다를 수 없다. 권투는 멍청해 보인다. 무대 위에서 멍청한 치과의사 연기를 한 번도 못 해봤으면서 어릿광대가 되는 법을 배우는 것과 같다. 감옥 생활을 하면서 운전을 배우는 것과 같다.

두들기는 걸 멈추고 가만히 섰다. 스피드백이 앞뒤로 왔다 갔다 흔들리다가 마침내 멈추는 걸 뚫어져라 바라봤다.

저 스피드백이 나다. 왜 스피드백이 나인지는 설명할 수 없다. 하지만 스피드백은 나다. 나는 이리저리 흔들렸고 완벽하게 멈춰졌다. 왜 그런지 모르겠다. 그게 뭐든 이유를 모르겠다. 가령, 내가 왜 여기 있는지 같은 거. 또는 왜 멈췄는지. 또는 왜 흔들렸는지. 오늘 아침에 부족 드럼 소리가 왜 울리지 않았는지도 모르겠다. 추장처럼 느껴지지 않은 이유도 모르겠다. 내가 왜 권투 또는 권투인 척하는 걸 시작했는지 모르겠다. 왜 나를 랩으로 꽁꽁 싸맸는지도 모르겠고 어떻게 안 그럴 수 있는지도 또는 그게 무슨 의미인지도 모르겠다. 숨을 쉬기 힘들었다. 갑자기 진이 다 빠지는 느낌이 들었다. 그래서 열쇠와 땀에 전 셔츠를 챙겨 밖으로 나갔다.

차를 타고 땀에 전 셔츠가 마를 때까지 히터 바람을 쐬었다. 그러다 갑자기 계기판을 쳤다. 벽을 쳤을 때처럼 손마디에 통증이 남았다.

차 한 대가 주차장으로 들어오더니 가짜 자메이카인 재코가 차에서 내려 도장으로 걸어갔다. 녀석을 보자, 분노가 눈덩이처럼 커졌다. 차에서 내려 녀석을 따라갔다.

캐비닛에서 마우스피스를 꺼내 물고 헤드기어를 썼다. 녀석이 나를 보며 씩 웃었다. 나는 준비가 됐다는 의미로 고개를 끄덕였다. 녀석도 헤드기어와 마우스피스를 했다.

종을 쳐주는 사람도 없고 심판도 없었다. 우리는 바로 시작했다. 나는 녀석의 얼굴만 공격했다. 녀석은 내 갈비뼈를 공략했고. 1분 안에 피가 났다. 누구 피인지 모르겠지만 누구 것인들 무슨 상관이랴. 그게 핵심이었다. 피.

피가 핵심이다.

링 위에서 똥싸개 피를 쏟아낼 수 있다면 그렇게 할 거다.

내 삶에 잘못된 모든 것을 피로 쏟아낼 수 있다면 바닥날 때까지 피를 흘릴 거다.

나는 녀석의 얼굴을 치고 또 쳤다. 녀석이 코피를 쏟아냈다. 나는 목표를 계속 쳤다. 녀석은 나다. *나. 나. 나.* 녀석은 멍청해서 자기 얼굴도 못 막는다. 나는 인정사정없이 얼굴을 칠 거다.

좋은 하루 보내, 루저야.

몇 분이 흘렀다. 나는 리듬을 유지하려고 노력했다. 하지만 녀석은 느렸다. 지난주처럼 나와 함께 춤을 추지 못했다. 머리로 날아오는 펀치를 내가 피하자 녀석이 다시 내 배를 가격했다.

녀석이 뭐라고 말했지만 무슨 말인지 못 알아들었다. 싸우는 중이라 알아듣기 어려웠다. 녀석이 입으로 숨을 쉬었다. 녀석은 종을 치고 싶을 거다. 하지만 종은 없다. 나는 계속 쳤다.

내 갈비뼈가 뚝 하고 부러지는 느낌이 들었다. 그 느낌이 좋았다. 갈비뼈는 내 속의 감옥 창살과 같다. 재코가 모든 창살을 부러뜨렸다. 재코가 나를 풀어준 거다. 창살 하나하나를.

한나가 감옥에 있는 나를 면회 올까 생각하던 차에 가짜 자메이카인이 내 머리 한쪽을, 내 뺨을 칠 기회를 잡았다. 나는 거의 쓰러질 뻔했다. 하지만 왼손으로 막아내고 뒤로 스텝을 밟았다.

녀석은 몇 분 동안 내 머리를 공략하려고 애썼지만 나는 피하면서 막아냈고, 숨이 턱 막혀서 몸을 접을 만큼 배를 한 번, 가슴을 한 번 가격했다. 녀석이 허리를 구부렸을 때 나는 무릎으로 녀석의 얼굴을 쳤다. 녀석의 등이 뒤로 젖혀지자 동물처럼 킥을 날렸다.

나는 짐승이다. 재코가 나를 우리 밖으로 끄집어냈다.

"어이, 이게 무슨 짓이야?"

밥이었다.

좀 전까지 링 밖에 아무도 없었다. 그런데 밥이 거기 와 있었다.

"무슨 짓이냐고!" 밥이 말했다.

나는 숨을 헐떡였고 마우스피스 때문에 입이 벌어졌다. 그제야 밥이 나한테 말을 하고 있다는 걸 깨달았다.

무슨 짓이냐고, 얘야!

밥이 재코의 코를 틀어막고 얼굴에서 찢어진 부분을 찾아 솜으로 닦아주는 동안, 재코는 어떤 말도 하지 않았다. 나는 여전히 춤을 췄다. 뛰어올랐다. 기다렸다.

밥이 와서 내 손에서 글러브를 빼냈다.

"넌 테이핑도 안 했니?" 밥이 물었다.

그 말이 메아리처럼 울렸다. *넌 테이핑도 안 했니?*

나와 재코를 아는 사람이 묻기엔 멍청한 질문이었다. 밥은 화를 잘 내고 충동적인 십대를 여태 한 번도 보지 못한 것처럼 굴었다.

밥은 나를 링 귀퉁이에 있는 의자에 앉히고 손을 얼음통에 담가 줬다. 그리고 재코를 사무실로 데리고 갔다. 거기 앉아 있으면서 나는 한나가 과연 면회를 올지에 대해 생각했다.

"난 갈 거야." 백설공주가 말했다.

"나도." 리지 누나가 말했다.

"난 이런 얘기 하는 게 정말 좋아." 내가 말했다.

그들은 사라졌고 내 말이 메아리쳤다. *난 이런 얘기 하는 게 정말 좋아.*

34

나는 지금 '제럴드의 행복한 방'에 있다. 뺨과 갈비뼈, 손에 얼음을 올려두고 인터넷 서핑을 하고 있다. 엄마가 얼음은 뭐에 쓰려고 그러냐고 물었다. 나는 도장에서 손을 다쳤다고 말했다. 엄마는 전혀 놀라지 않았다. 내일은 로저 선생님을 만나러 가야 한다. 어쨌든 재코보다 더 망가지진 않은 것 같다. 녀석은 완전히 떡이 되었다. 나는 5분마다 경찰이 오는지 창밖을 확인했다.

인터넷이 잊는 데 도움이 됐다. 누구는 뮤직비디오를 보고 누구는 포르노를 보지만 난 서커스 비디오를 본다. 서커스를 할 것인지 진지하게 생각하고 있기 때문이다. 내가 가진 게 얼마나 좋은 것인지 알아야 한다고 했던 조의 말은 틀렸다. 녀석은 우리 속에 살지 않는다, 안 그런가?

나는 똑같은 공중그네 비디오를 보고 또 봤다. 제럴드데이로 가려고 애써봤다. 하지만 잘 안 됐다. 제럴드데이가 해킹을 당해 누가 내 비밀번호를 바꾼 것처럼 말이다.

공중그네 연기자는 마치 마술사 같았다. 똥싸개에 대해 아는 사람이 아무도 없는 모로코에서 공연한 서커스였다. 아시아 여자 세명과 남자 세 명이 곡예를 했는데, 지금까지 봐온 건 아무것도 아니었다. 엄청난 회전, 비틀기. 그리고 공중에서 서로를 붙잡는 기술. 어떻게 저런 걸 할 수 있지? 내가 공중그네를 하는 걸 상상해 봤다. 하지만 권투처럼 문득 모든 게 무의미하게 느껴졌다.

다른 비디오를 틀었다. 한 남자가 두 번 공중돌기를 한 뒤 그네를 놓쳐 그물에 떨어졌다. 어쨌든 관객들은 박수를 쳤다.

엄마가 나를 부르는 소리를 들었지만 그냥 무시했다. 그러자 엄마가 다시 불렀다.

"제럴드, 전화 왔다."

나는 엄마아빠 방으로 가서 무선전화기를 들었다. 집으로 전화할 만한 사람이 도통 떠오르지 않았다. 어쩌면 리지 누나일지 모른다. 얘기하고 싶다는 내 텔레파시를 받았을지도. 아니면 경찰이거나.

"안녕."

한나라는 걸 깨닫자 심장이 몇 초간 멈췄다.

"듣고 있니?" 그녀가 물었다.

"응. 안녕. 어떻게… 음… 내 말은, 와우, 우리 집 전화번호는 전화번호부에 없을 거라고 생각했는데…."

"있던데?" 그녀가 말했다.

"아."

나는 엄마가 못 듣게 내 방으로 후다닥 와서 문을 닫았다.

"베스가 알려줬어."

베스는 내 휴대폰 번호를 알고 있는 유일한 사람이다.

"너, 수요일에 일하니? 1달러 밤(모든 음식을 1달러에 판매하는 이벤트:옮긴이)이라 사람들이 엄청 몰릴 텐데."

"일 때문에 전화한 거 아냐. 너에 대해 얘기하려고 전화한 거야." 그녀가 말했다.

"나?"

"너."

"나에 대해 뭐? 그러니까… 음… 나에 대해 뭐?"

"난 네가 좋아. 너랑 데이트하고 싶어. 부모님께 허락 못 받는다는 말 하기 전에 내가 먼저 말할게. 나도 허락 못 받아. 근데 부모님은 모를 거야. 오빠도 확실히 모를 거고." 그녀가 말했다.

나는 제럴드데이로 들어갔다. 내 책상은 와플콘으로 만들어졌다. 그리고 난 아이스크림이다. 복숭아 맛 소프트아이스크림.

"제럴드?" 그녀가 말했다.

"응."

"그동안 널 좋아하고 있었어. 고백할까 했지만 내가 수줍음이 좀 많아서… 왜냐면, 음, 네가 제럴드라서."

"와, 정말 몰랐어."

무슨 말을 해야 할까 생각하느라 어색한 순간이 흘렀다. 그러다 내 입에서 불쑥 이런 말이 튀어나왔다.

"너랑 데이트하는 거 너무 좋아… 이런, 저능아 같은 소리를."

"그렇게 말하지 마." 그녀가 말했다.

"뭘?"

"데이트하고 싶다는 게 어떻게 저능아 같은 소리야? 정말 정 떨어지는 말이야. 자, 첫 번째 규칙. '저능아'라는 말 안 쓰기."

"난 그 소릴 수도 없이 들었어. 그래서 난 그 말이 짜증나게 들리지 않나 봐. 하지만 우리가 규칙을 공유한다면 나도 하나 있어."

"좋아. 우린 규칙을 공유할 거야. 네 건 뭔데?"

내 규칙이 뭔지 생각이 안 났다. 그래서 불쑥 내뱉었다.

"뮤지컬은 안 돼. 뮤지컬은 끔찍하게 싫어하거든. 잊지 마."

사실 이건 농담이었다. 하지만 그녀는 웃지 않았다. 그녀는 긴장한 것 같았다. 넌 그녀가 널 좋아하는 게 진심으로 안 느껴지지? 어쩌면 스피커폰을 켜놓고, 그녀 친구들이 옹기종기 모여 손으로 입을 막고 킬킬거리고 있을지도 모르지.

"쉽네. 나도 뮤지컬 싫어해. 그리고 여자애들 취향의 영화도. 그것도 무지 싫어." 그녀가 말했다.

"좋아."

나는 통증이 있는 오른손으로 내 얼굴을 만져봤다. 내가 웃는 게 느껴졌다.

"어떻게 저능아로 불리는데 짜증이 안 날 수 있어? 너희 반 애들 모두 최소 한 번쯤은 그 소릴 들었거나 지금도 듣고 있다는 걸 아는데 말이야."

그녀는 내가 장애아 특별반 수업을 듣고 있는 걸 알고 있었다. 뭐 좋다.

"똥싸개 제럴드로 산다는 건 이점도 있어. 게다가 네가 모르는 것도 많아."

"그 얘길 다 들으려면 꽤 긴 산책이 필요하겠다." 그녀가 말했다.

뭐라고 대꾸해야 할지 모르겠다. 일주일 주겠어. 완벽하게 망치기 전까지.

"아까 고백 얘기할 때, 내가 제럴드라서란 말은 무슨 뜻이야?"

"음… 넌 제럴드니까. 이 지역에서 가장 유명한 사람. 어떤 리얼리티 쇼 스타랑 견줘도 대적할 사람이 없는."

"젠장."

"미안해."

"난 유명하지 않아. 악명이 높은 거지. 그건 엄청 다른 문제야."

"모르겠다. 어쨌든 넌 유명해. 너희 가족에 대한 얘기가 신문에 났을 때도 기억나. 엄마가 나 보라고 그 기사를 오려뒀었거든."

"그 똥도 봤어?"

"응. 넌 안 봤어?"

"음, 넌 별로 수줍어하는 거 같지 않아."

"네가 날 알기 전까진 그랬지."

그러면서 그녀가 살짝 웃었다.

"그리고 제럴드?"

"응?"

"내일 학교에서 괜찮겠어, 나랑 있는 거? 농담이나 그런 거 아니지?"

다른 사람들도 나처럼 편집증이 있는지 어떤지 잘 모르겠다. 한나는 아닌 것 같다. 그녀는 너무 자신감이 넘친다. 어쩌면 그 때문에 정신과의사를 만나러 가는 건지도 모른다. 그녀는 어쩌면 조울증인지도 모른다. 타샤 누나처럼 즐거웠다 우울했다 하는지도. 젠장.

"뭐? 물론 학교에서 너랑 다니는 거 괜찮아. 우린 친구잖아."

"자, 그럼 이제 너희 엄마한테 가서 내가 이상한 애가 아니라고 말씀드려. 내가 널 찾으니까 너희 엄마가 날 스토커나 뭐 그런 사람으로 여기시는 거 같더라. 너희 가족이 스토커를 많이 겪은 것처럼 말이야."

그녀가 웃긴 이야기라는 듯 웃었지만 실제로 한때 우리 가족은 많은 스토커들에게 시달렸다.

"알았어."

"난 녹화해둔 '덤 캠퍼스' 어젯밤 에피소드 보러 갈래. 누가 탈락했는지 너무 궁금해. 그럼 안녕, 제럴드."

"안녕."

나는 세 번째 규칙에 대해 생각했다. *리얼리티 텔레비전 쇼에 대해 이야기하지 않기.*

나는 잠시 앉아 있었다. 웃음이 나왔다.

엄마아빠 방에 전화기를 가져다두기 위해 방문을 여니 계단 끝에 엄마가 서 있었다.

"그 애 누구니?" 엄마가 물었다.

"학교 여자애요."

"그건 걔가 나한테 말한 거고. 근데 걔가 어떻게 우리 집 번호를 알고 있지? 우린 휴대폰 번호만 노출돼 있는 걸로 아는데. 안 그러니?"

"네. 죄송해요. 우연히 내가 알려줬나 봐요. 정신없는 와중에."

"정신없는 와중에?"

"네. 그 애가 1차방정식 문제를 도와달라고 해서요."

그러고서 나는 엄마 방으로 가 전화기를 제자리에 놓았다. 돌아왔을 때에도 엄마는 계단 끝에 그대로 서 있었다.

"1차방정식?" 엄마가 물었다.

"네, 그거 있잖아요."

나는 내 방으로 가서 문을 닫았다. 침대에 누워 눈을 감았다. 제럴드데이로 점프해 갔다. 어떻게 여자친구가 생겼는지 리지 누나한테 너무나 말하고 싶은 제럴드데이로. 나는 리지 누나가 나를 잡을 때 나도 누나를 잡을 수 있게 공중그네를 타고 싶었다. 나는 복숭아 맛 소프트아이스크림이 먹고 싶었다. 복숭아 맛 소프트아이스크림이 되고 싶었다.

나는 속삭였다.

"나는 복숭아 맛 소프트아이스크림이 되길 요구한다."

35

에피소드 2, 장면 0, 테이크 0

"네가 감히 말하진 않겠지?"

타샤 누나가 내 귀에 대고 말했다. 그러고는 무릎으로 내 등을 쿡 찔렀다. 이웃집에 사는 마이크가 누나 침대 위에서 옷을 홀딱 벗고 있었다. 실실 웃으면서.

"난 이제 열두 살이야. 내가 하고 싶은 건 할 수 있어. 그리고 넌 게이야. 그러니까 여기서 꺼져."

누나가 내 폴로셔츠 칼라를 움켜쥐었다. 단추가 목에 걸리는 게 느껴졌다.

"사람들한테 말하면 죽어."

누나가 놓아주자마자 나는 내 방으로 달려가 문을 잠갔다.

5분 뒤 내 방에서도 두 사람의 소리가 들렸다. 그래서 살금살금 아래층으로 내려가 리지 누나가 책 읽고 있는 곳으로 갔다. 그날 은 엄마가 다발성 경화증 또는 암 환자들을 위한 주말 워킹을 교 육받으러 가야 해서 타샤 누나한테 우리를 돌보라고 맡긴 날이었 다. 엄마는 한 시간 반 정도 걸릴 거라고 말했다.

이번 주는 촬영도, 보모도 없는 주였다. 타샤 누나가 뒷문으로 남자애를 집으로 들이기에 완벽한 주였다. 엄마에게도 우선적인 일을 잠시 미뤄둬도 되는 완벽한 주였다. 우리 모두 몰래 뭘 해도 됐다.

"게이가 무슨 뜻이야?"

누나가 책 너머로 나를 보며 한숨을 내쉬었다.

"넌 게이가 아냐. 언니가 그냥 하는 소리야."

"근데 그 뜻이 뭐냐고?"

나는 이제 여섯 살이었다. 리지 누나는 여덟 살이고. 타샤 누나는 엄마랑 아빠를 위해 치즈 닭요리를 준비했던 그날 이후 며칠 뒤가 열두 번째 생일이었다. 누나는 밤샘 파티를 하고 싶어 했고 친구 열 명을 초대했다. 하지만 겨우 한 명만 왔다. 리지 누나는 타샤 누나가 친구들한테 못되게 굴기 때문이라고 말했다.

리지 누나가 다시 한숨을 내쉬었다.

"게이는 두 가지 뜻이 있어. 원래는 남자를 좋아하는 남자와 여자를 좋아하는 여자를 뜻해. 하지만 사람들은 흔히 '멍청하다'는 뜻으로 써."

"그럼 타샤 누나는 내가 멍청하다고 한 거야?"

"언니는 두 가지 뜻 다를 말한 거 같아. 언니는 나한테도 그렇게 말했어."

"헐…."

"언니는 아주 고약한 사람이야. 하지만 6년만 지나면 집을 떠날 거야."

"6년?"

나는 손가락으로 세어봤다. 내가 열두 살이 될 때, 그때면 누나로부터 자유가 되는 거다.

"응. 언니는 대학을 가거나 어디든 갈 거야. 우리야 좋은 일이지."

"맞아."

"해리 포터 좀 읽어줄까?"

나는 리지 누나 옆으로 파고들었고 누나는 엄마가 오기 전까지 책을 읽어줬다.

엄마가 샤워를 하는 동안 마이크는 뒷문으로 몰래 빠져나갔다. 그리고 타샤 누나는 자기도 샤워를 해야 한다고 말했다. 그때만 해도 나는 타샤 누나랑 마이크가 뭘 했는지 전혀 몰랐다. 섹스에 대해 아는 게 하나도 없었다. 그러기에 열두 살은 너무 어리다는 것조차 몰랐다.

지금까지 타샤 누나의 디즈니월드 꿈은 거의 이뤄질 것만 같았다. 나는 화장실 말고 다른 데서 똥 싸는 걸 그만뒀다. 우리는 각자 자기 할 일을 했다. 가끔 타샤 누나가 나한테 잘해줄 때도 있었다. 보드게임을 같이 하자고 하거나 다른 재미난 것을 하자고 했다. 하지만 이내 누나는 평소로 돌아갔고 돌변해서 나를 때리고 목을 조르고 욕을 했다. 리지 누나는 타샤 누나더러 '호르몬 이상'이라고 쏘아붙였다. 난 그 뜻이 뭔지 몰랐다. 리지 누나는 그것 때문에 타샤 누나가 예전보다 더 나빠졌다고 했다. 그래서 우리 스스로 알아서 우리를 지켜야 한다고 했다.

그날 밤, 이층에서 엄청난 비명이 터져나왔다. 우리는 조심스럽게 계단을 올라가 타샤 누나의 방을 들여다봤다. 그리고 타샤 누나가 뭘 하고 있는지 보게 되었다.

나는 눈을 크게 뜬 채 깜빡이지도 못했다. 리지 누나는 입을 딱 벌렸다.

타샤 누나가 엄마를 벽에 딱 붙이고는 두 손으로 엄마 목을 잡고 있었다.

"나쁜 년, 싫어! 나를 낳지 말았어야 했어." 누나가 소리쳤다.

엄마가 뭐라고 말하려 했지만 누나가 너무 세게 꽉 눌러서 아무 말도 못 했다. 자기가 너무 세게 누르고 있다는 걸 깨달았는지 누나가 엄마를 놓아줬다. 그러더니 엄마 뺨을 철썩 때렸다. 나는 이후 몇 년 동안 그 장면을 되새기곤 했다. 어떻게 하면 엄마를 구해낼 수 있을까. 어떻게 해야 누나를 그만두게 할 수 있을까. 하지만 그럴 수 없다는 걸 알았다. 그 상황을 완전히 이해하지 못했기 때문이다. 여섯 살 때 나는 '사이코패스'라는 말을 몰랐다. 하지만 차라리 다행이었다.

그날 밤 우리가 식탁에 앉았을 때 엄마 얼굴에 자국이 보였다. 리지 누나가 나한테 상기시켜주려고 그 자국을 가리켰다. 엄마는 아무 말 없이 잠자리에 들었고 아빠는 늦게까지 들어오지 않았다.

36

깨서 보니 재코한테 오른쪽 훅으로 제대로 맞은 얼굴의 부기가 흔적도 없이 사라졌다. 약간 붉을 뿐이었다. 갈비뼈는? 갈비뼈는 전혀 딴판이었다. 보라색과 푸른색, 노란색, 검정색 범벅이었다.

얼굴이 갈비뼈 같았다면 심각했을 거다. 하지만 아무도 내 갈비뼈는 보지 못한다. 그래서 나는 두통약을 먹고 그냥 학교로 갔다. 아무도 보지 않고 내 차로 곧장 갔다. 엄마도 없고 타샤 누나도 없었다. 드럼 소리나 전투 분장도 건너뛰었다. 어제 링 위에서 가짜 자메이카인 녀석을 친 이후 그러는 게 솔직하지 못한 것 같았다.

점심시간에 한나가 구내식당 문 앞에서 나를 찾았다. 우리는 같이 들어가 한 부스 안에 앉았고 각자 자기가 싸온 것들을 꺼냈다.

"세 번째 규칙, 텔레비전 얘기 하지 않기. 특히 리얼리티 쇼."

갑작스러운 내 말에 그녀가 나를 쳐다봤다.

"하지만 그건 내가 늘 하는 건데."

내 눈치를 보더니 그녀가 덧붙였다.

"난 부모님이 보는 걸 봐야 해. 우리 집은 텔레비전이 하나거든. 엄마아빠가 보시는 게 그런 거야. 근데 그게 다 나쁘진 않아."

"뭘 보라거나 보지 말라는 얘기가 아냐. 그냥 나한테 그런 얘기를 하지 말아달라는 거지. 난 텔레비전을 전혀 안 봐."

"와우!"

"생각만큼 그리 나쁘진 않아. 알다시피 다른 할 게 너무 많으니까."

그녀가 노트를 꺼내더니 빈 페이지를 펼쳤다.

"그럼 첫 번째 규칙, 저능아라는 말 쓰지 않기."

그녀가 말하다 말고 나를 보더니 "그 말이 어떻게 넌 괜찮은지 믿기지가 않아."라고 했다.

"너도 언젠가는 이해할 거야. 장담해."

젠장. 사실 내가 진정 이해했는지는 나도 잘 모르겠다. 그러니까 그녀한테 설명할 방법을 모르는 거다. 어쩌면 편지가 나을지도 모른다.

한나에게. 난 진짜 저능아가 아니야. 우리 엄마가 이해할 수 없는 어떤 이유로 내가 그렇다고 주장할 뿐이지. 사랑해, 한나.

"두 번째 규칙이 뭐였지?" 그녀가 물었다.

"뮤지컬 안 보기."

"맞아. 세 번째 규칙은 텔레비전이나 리얼리티 쇼에 대해 얘기하지 않기."

그녀가 말하면서 휘갈겨 썼다.

"맞아."

"가령 내가 보는 것들에 관한 얘기도 안 돼?"

"안 돼."

"재밌는 내용 공유하는 것도 안 돼?"

"나한테 텔레비전은 재밌는 부분이 없어."

그녀가 고개를 끄덕였다.

"알겠어."

그녀가 리스트를 들여다봤다.

"네 번째 규칙은 우리 부모님이랑 오빠가 몰라야 한다는 거야."

"우리 누나도. 우웩."

"맞아. 너희 누나도. 근데 너희 누나는 대학이나 다른 데로 안 간대?"

"누나는 우리 집 지하실에서 살아. 그 얘긴 하고 싶지 않아. 하지만 이건 규칙은 아냐. 언젠가는 말하고 싶을 거 같아. 지금 말고."

그녀가 끄덕였다.

"넌 오빠랑 어때? 오빠가 날 쫓아와서 내 거시기를 자르겠다고 하면 어떡하지?"

그녀가 콧소리를 내며 웃었다.

"오빠는 아프가니스탄에 있어. 근데 오빠는 날 엄청 끼고 돌아. 우리 부모님도 그렇고." 그녀가 한숨을 내쉬었다. "우리 가족은 내가 통계학자가 될 거라고 생각하는 거 같아."

"오! 그럼 내 다음 규칙을 말할게. 다섯 번째 규칙, 두 달 동안 신체 접촉 안 하기."

그녀가 나를 쳐다봤다.

"뭐라고? 진심이야?"

"너무 길다고 생각해?"

"음… 그래. 두 달은 그러니까 60일이잖아." 그녀가 말했다.

나는 어깨를 으쓱했다.

"난 뭘 잘 못 믿어. 너도 그럴 거고. 우린 의사를 만나거나 상담을 받고 있잖아. 내 생각에 우린 좀 천천히 해도 될 거 같아."

"하지만 두 달이나? 너, 약 먹었구나."

그러더니 그녀가 내 쪽으로 다가왔다.

"나중에 키스할 때가 왔는데 키스를 못 하면 누가 더 안타까울까? 가령 데이트 하는 날이나, 1달러 밤에 말이야."

"그래도 난 다섯 번째 규칙을 지킬래."

나는 우리의 연애가 잘못되길 바라지 않는다. 한나한테 이걸 어떻게 설명해야 할지 모르겠다.

한나에게. 지금까지 내 유일한 선택은 감옥 아니면 죽음이었어. 사랑을 담아, 제럴드.

"자, 그럼 규칙을 적어둘게. 하지만 이건 좀 지나치다고 생각해. 이건 우리가 깰 수 있는 규칙이야. 동의?"

"좋아. 동의."

그녀가 노트를 덮고 물었다.

"뭐 하나 물어봐도 돼?"

"물론."

"리얼리티 쇼가 실제로도 그래?"

"진심으로 물어보는 거야?"

말하면서 이런 생각이 들었다. *어떻게 나한테 그걸 물어볼 수 있지?*

그녀가 고개를 끄덕였다. 셔츠 속 부러진 갈비뼈가 욱신거리는 걸 느끼면서 그녀를 잠시 쳐다봤다. 그녀의 주근깨에 대해 말한 적이 있었나?

"실제랑은 너무 거리가 멀어. 넌 아마 모를 거야."

"그럼 넌 내가 텔레비전에서 본 그 애랑 같지 않다는 거지?" 그녀가 어색하게 말했다. "이를테면 네가 그런 걸 안 한 거니, 한 거니?"

나는 크게 숨을 쉬었다.

"했어. 하지만 사람들이 우리의 실제 모습을 본 건 아냐. 좀 더 흥미롭게 보이기 위해 제작팀이 편집한 것만 본 거지. 보모도 진짜 보모가 아냐. 그분은 일종의 연기자였어. 그거 몰랐지?"

"너, 진짜로 보모를 쳤어?"

사람들에게 널리 알려진 에피소드였다.

"응. 그 뒤로도 한 번 더 쳤어."

"난 유튜브로 봤어. 치는 장면 엄청 재밌었어. 지금까지 6백만 명이 봤더라."

나는 어깨를 으쓱했다.

"여섯 살짜리 애가, 제대로 라이트훅을 날렸어."

"이건 세 번째 규칙을 어기는 거야."

"야아, 유머 감각 좀 가져봐." 그녀가 말했다.

나는 단호한 표정으로 그녀를 봤다. 화가 나서 얼굴이 달아오르는 게 느껴졌다. *거봐, 내가 뭐랬어? 깨질 거라고 했지? 멍청한 녀석. 24시간도 못 갈 거라고 했잖아.*

37

수업이 다 끝나자 한나가 집까지 태워달라고 했다. 나는 점심 먹은 뒤로 내내 그녀한테 화가 나 있었다. *유머 감각 좀 가져봐.* 생각만 해도 얼굴이 달아올랐다.

"좋아."

나는 다른 말 않고 이렇게만 말했다.

우리는 밖으로 나갔다. 아침보다 더 추웠다. 히터가 돌아가는 동안 한나는 조수석에 앉아 휴대폰 문자메시지를 읽었다. 나도 휴대폰을 열어 문자메시지를 확인했다. 처음으로 리지 누나로부터 문자메시지가 와 있었다. *생일 선물로 뭐가 좋아? 그냥 기프트 카드 보내줄까?*

조 주니어한테서도 하나 와 있었다. *오늘 우린 사우스캐롤라이나를 떠날 거야. 다음엔 플로리다로 가. 치과의사 어릿광대는 여전히 재미가 없어.*

나는 조한테 답장을 보냈다. *곧 보자. 네가 있게 될 플로리다 주소 좀 보내줘.*

리지 누나에게도 답장을 보냈다. *생일 선물로 삽 좀 보내줘. 스코틀랜드까지 터널 파게.*

리지 누나를 위해 내가 할 수 있는 최선이었다. 누나도 내가 자기를 그리워한다는 걸 잘 알 거다. 하지만 내가 얼마나 절실하게 누나를 필요로 하는지, 과연 누나는 알까? 내가 이기적인 거라는 거, 잘 안다. 하지만 가끔은 누나가 어떻게 나를 이 사람들한테 남겨두고 떠나버릴 수 있었는지 이해가 안 된다. 누나는 집 떠나고 어떻게 전화를 한 번도 하지 않았을까?

나는 한나한테 물었다.

"네 번호는 뭐야?"

그녀가 웃으면서 휴대폰 번호를 알려줬다. 내 화가 가라앉는 게 느껴졌다. 그녀 말마따나 내겐 유머 감각이 필요한지도 모른다.

내 주소록에 그녀 번호를 추가하고 문자메시지를 보냈다. *다섯 번째 규칙은 내가 원치 않아서가 아니었어.*

그녀 휴대폰이 울렸다. 그녀가 문자메시지를 읽더니 내 번호를 저장하고 답을 보냈다. *나도 알아.*

"우리 집 찾아갈 수 있겠어?"

주차장을 빠져나오자 그녀가 물었다.

"그럼."

"까먹기 힘든 곳이지. 넌 지금 고물상 딸이랑 데이트하고 있는 거야."

"넌 고물상 딸이 아니라 그냥 한나일 뿐이야."

"난 내가 누군지 잘 알아. 난 거기서 평생을 살아왔어. 나한테는 큰 상처지."

나는 고개를 끄덕였다.

그녀가 덧붙였다.

"고물상 딸네 집에 밤샘 파티를 하러 자기 딸을 보내는 부모가 몇 명쯤 되는지 알아? 한 명도 없어. 같이 놀라고 자기 애를 보내는 부모가 얼마쯤 되는지 알아? 그래, 없어. 핼러윈 때 사탕 받으러 몇 명이 오는지 알아? 당연히… 아무도 없어."

"근데 핼러윈 사탕 받으러 다니는 건 아주 귀찮은 일이긴 해."

그녀가 머리를 끄덕이고는 고물상 딸에 대한 펑크록 노래를 듣고 싶냐고 물었다. 그러더니 내 대답도 듣지 않고 노래를 불렀다. 이게 노래라고 할 수 있는지 모르겠다. 온통 소리 지르는 게 다였다. 중간 부분에서 비명 소리를 내거나 다시 소리를 지르고 사이사이에 욕도 엄청 했다. 그리고 마치 죽음의 비명처럼 엄청나게 큰 소리를 지르더니 끝이 났다.

"무지 쿨한데!"

"기타랑 같이 들으면 더 나은데." 그녀가 대답했다.

"너, 기타도 치니?"

그녀가 머리를 만지작거렸다.

"음, 아니. 음, 예전 남자친구가 쳤어."

"아."

"미안."

"아니, 멋져. 우리가 만나기 전에 삶이 없었던 것도 아니잖아."

그렇게 말하면서도 내겐 이전 삶이 없었다는 생각이 들었다. 글쎄, 내게도 삶이 있긴 했다. 그게 그러니까… *유머 감각 좀 가져 봐, 제럴드.*

가는 중에 그녀가 물었다.

"야구장에 차 세우고 얘기 좀 할까? 아직은 집에 가고 싶지 않아. 오늘 해야 할 일이 무지 많긴 하지만. 밤을 새워야 할지도 몰라."

"정말? 일반 학급은 숙제가 많은가 보네."

"숙제는 이미 다 했어. 남은 일은 보통 화요일 밤에 해야 하는 것들이야. 빨래를 하고, 저녁을 먹고, 설거지를 해. 그런 다음엔 빨래를 개고 숙제 한 걸 검토하고 청소를 한 뒤 잠자리에 들어가. 운이 좋으면 자정 전에."

"빨래를 직접 하니?"

그렇게 말하고 나니 내가 너무 어리다는 느낌이 들었다. 내 빨래는 엄마가 다 해준다.

"난 온 식구 빨래를 다 해." 그녀가 웃었다. "빌어먹을. 난 온 식구들을 위해 무슨 일이든 다 해. 난 완벽 서비스를 자랑하는 고물상 딸이니까."

내가 마마보이 같은 느낌이 들어서 그녀를 보고 슬며시 웃어줬다.

"쓰레기만 빼고. 빌어먹을 쓰레기하고 관계된 것만 빼곤 뭐든 다 하지." 그녀가 말했다.

책임감에 대한 보모의 1-2-3단계 교육이 떠올랐다. 집안일을 하면 독립심을 기르게 된다는 거였다. 하지만 이건 너무 과한 것 같았다.

"왜 그래야 하는데?"

"엄마랑 아빠는 텔레비전 보느라 너무 바빠. 그리고 한 번도 오지 않은 오빠의 전사 통보를 기다리느라 바쁘지."

"와우!"

"정말이야."

잠시 정적이 흘렀다.

"그래서 정신과에 다니는 거니?"

그녀가 어깨를 으쓱했다.

"아니. 엄마는 정신과 상담을 받으면 내가 좀… 덜 괴상해질 거라고 생각해."

"넌 괴상하지 않은데."

"우린 둘 다 괴상해." 그녀가 바로잡았다. "네가 하고 싶은 말은 다르다는 게 절대 잘못은 아니라는 거지?"

"당연하지."

"음, 내 담당 의사는 그렇게 생각 안 해. 그 여자는 꼭 마사 스튜어트('살림의 여왕'으로 불리는 미국 기업인:옮긴이) 같아. 나더러 옷을 제대로 입으라고 하고 스크랩북을 만들라고 해."

웃음이 나왔다.

"스크랩북이라니! 그런 건 안 한다는 규칙을 만들어야겠다. 그리고 의사 말 듣지 마. 넌 지금 이대로가 완벽해."

내가 그녀를 좀 오래 들여다봤더니 그녀가 시선을 떨궜다.

"그만 가야겠다. 아니면 애슐리 집에 갈까? 물고기한테 인사하게."

나도 정말 그러고 싶었지만 로저 선생님과의 약속을 어길 수 없었다.

"한 시간 뒤에 상담하러 가야 해. 내일 어때?"

나는 야구장 주차장을 나와 그녀 동네로 차를 몰았다. 집 우체통 앞에 도착하자 그녀가 말했다.

"여기서 내려줘."

그녀가 마치 굿바이 키스를 하려는 듯 내 쪽으로 몸을 기울이더니 이내 몸을 바로 하고 이렇게 말했다.

"사이코."

그러고는 차문을 쾅 닫았다.

나는 히터를 세게 틀고 로저 선생님을 만나러 출발했다. 왠지 너무 추웠다. 문득 조수석을 보니 백설공주가 커다란 복숭아 맛 아이스크림 통을 들고 있었다.

"깜짝이야. 놀랐잖아."

"놀랐다고? 난 한 번도 누굴 놀라게 한 적이 없는 거 같은데?"

백설공주가 웃으며 말했다.

"젠장."

이렇게 말하면서 쳐다보니, 백설공주가 나를 보고 미소를 지었다. 백설공주 앞에서 욕을 한 게 괜히 후회됐다. *빌어먹을, 제럴드. 유머 감각 좀 가져봐.*

38

"요즘 분노 조절은 어때?" 로저 선생님이 물었다.

"잘 모르겠어요. 화낸 적이 없어서요."

우리는 서로 쳐다봤다.

"전혀?"

"넵."

우리는 다시 서로를 봤다.

"진심이니?"

"진심이에요."

사실은, 엄마 약장에서 꺼내 먹은 진통제 때문에 살짝 기분이 좋아져 있었다.

"네가 자랑스럽다, 얘야."

선생님이 내 팔을 토닥였다. 그러자 퉁퉁 부어서 반쯤 감각이 없는 내 입술이 떨리는 게 느껴졌다.

"지난번 상담 때 넌 누나에 대한 감정 때문에 노력하는 중이었어."

"누나는 너무 공격적이고 무례해요."

"분노 레벨은?"

"3 또는 4 정도요. 그리 나쁘진 않아요. 어제 누나가 나더러 루저라고 했지만 신경 안 써요."

내가 거짓말을 한다는 걸 뻔히 안다는 듯 선생님이 나를 쳐다봤다.

"너, 안정제 같은 거 먹었니?"

"아뇨."

"너 말이야, 선생님에겐 진실을 말해야 하지 않을까?" 백설공주가 말했다.

입 닥쳐, 백설공주.

"학교에선 별일 없니?" 로저 선생님이 물었다.

"대수학을 잘해요."

"대수학? 잘됐네."

"감사합니다."

네. 대부분의 고등학생들은 2년 전에 대수학을 다 뗐다는 걸 못 알아채줘서 고마워요. 난 엄마 덕분에 의도적으로 저능아로 산답니다.

명심할 것: 젠장. 왜 엄마는 내가 저능아가 되길 원하는 걸까? 그리고, 더 중요한 건, 장애아 특별반에 나를 집어넣은 엄마의 내재적 욕구가 나를 얼굴 물어뜯는 아이로 만든 걸까? 재코와 싸우게 만든 걸까?

"그 애는 네가 링에 오르지 않고 그렇게 오랫동안 버틸 거라곤 생각 못 했을 거야. 안 그래?" 백설공주가 조잘댔다.

나는 백설공주를 째려봤다.

"뭐가 잘못됐니?" 선생님이 물었다.

모든 게 잘못됐다. 모든 게 항상 잘못됐다. 모든 게 항상 잘못될 거다. 하지만 로저 선생님이 이런 걸 알 필요는 없다. 로저 선생님은 그저 나의 분노 조사 수치와 '사고' 감소량에 발전이 있는지만 알면 된다. 로저 선생님한테 필요한 건 그게 다다.

"무슨 일 있었니?" 선생님이 물었다.

"아뇨."

선생님이 눈을 가늘게 뜨고 나를 봤다. 말해보라는 듯이.

"여자애를 만났어요."

말로는 여자를 조심하라고 했어도 선생님이 내 등을 토닥이며 칭찬해주기를 내심 바랐다. 남자가 여자랑 사귀는 게 비난받을 일은 아니지 않나. 하지만 선생님은 움찔 놀랐다.

"이 녀석 봐라. 내가 조심하라고 했는데."

"멋진 애예요."

"나도 안다. 넌 거의 열일곱 살이고 여자애를 좋아할 나이라는 거. 아주 잘 알지."

선생님이 손가락을 딱 튕기더니 다른 할 말을 찾으려 애썼다.

"하지만 조심해라. 네가 그 애를 좋아할수록 언젠가는 그 애가 널 절벽 끝으로 몰고 갈 수 있어. 내 말은, 지금 같은 차분함은… 잠시뿐이라는 거야."

백설공주가 짜증나게 킬킬거리며 웃었다. "잠시라고? 오 마이 갓. 우린 그건 전혀 몰랐네, 안 그래?"

"제럴드?"

"네?"

선생님이 똥싸개 같았다. 기쁜 내 마음에다 지금 막 똥을 싸버렸다.

"내 말 듣고 있니?"

"네."

빌어먹을, 기쁜 내 마음에 똥을 싸는 사람들한테 신물이 났다고요.

"뭔 문제가 있니?"

나는 선생님을 바라봤다. 피가 확 솟구치는 소리가 들렸다.

나는 백설공주를 봤다가 선생님을 봤다.

"도대체 누가 나 같은 애한테 폭력적인 놈들이 득실거리는 도장에서 운동하라고 허락한 거죠? 다들 대체 무슨 생각들을 한 거예요? 차라리 테니스 같은 걸 추천하지 그랬어요. 왜 하필 권투예요? 전 이미 사람들을 팼다고요, 네?"

선생님이 고개를 끄덕였다.

"저한테 권투를 허락한 건 선생님이 하신 것 중에 가장 멍청한 발상이었어요."

나는 선생님을 쳐다봤다. 선생님은 전혀 실망하는 기색이 아니었다. 나한테 이런 말을 들어서 기분이 좋아 보였다. 백설공주가 한 방 날려주고 싶을 만큼 아주 크게 웃었다. *유머 감각 좀 가져봐, 제럴드.*

나는 즐거워하는 선생님의 표정을 쳐다봤다.

"잠깐만요, 일종의 테스트 뭐 그런 거였나요?"

"싸운 얘기로 돌아가서…"

선생님이 고개를 살짝 젖히더니 웃었다.

"네가 이겼니?"

로저 선생님도 '몹화 주'에 살고 있는 우리처럼 한때 화를 잘 내는 멍청이였다는 게 떠올랐다. 그는 거기서 벗어났고 나도 벗어나게 해주고 싶어 한다. 또는 아닐지도. 나쁜 놈.

나는 실실 삐져나오는 헛웃음을 참지 못했다. *너도 나쁜 놈이긴 마찬가지야, 제럴드.*

백설공주가 우리 둘을 실망스러운 듯 쳐다봤다.

"손 좀 보여줘봐." 선생님이 말했다.

내가 손을 내밀자 선생님이 상처와 멍과 부은 곳을 살폈다. 선생님이 물어보지도 않았는데 나는 셔츠를 올려 내 갈비뼈를 보여줬다. 내려다보니 짙은 보랏빛 점들이 군데군데 있었다. 속에서 출혈이 일어나고 있는 건 아닌지 궁금했다.

나는 백설공주의 시선으로 우리를 봤다. 덜떨어진 아이가 셔츠를 올리고 역시 덜떨어진 남자한테 멍이 든 윗몸을 보이고 있다. 둘은 가짜 자메이카인 재코를 이긴 걸 축하하고 있다. 고통을 즐기고 있는 것 같다. 화내고 멍이 들기를 바라는 것 같다. 그걸 자랑스러워하는 것 같다.

그런 식으로 바라보니 정말 그렇다는 걸 알았다. 나는 자랑스러

워하고 있었다. 탐 거시기라는 애의 뺨을 물어뜯었던 날도 난 자랑
스러워했다. 토요일에 타샤 누나 손을 피가 날 때까지 깨문 것도
자랑스러워했다. 부엌 식탁에 똥을 쌀 때마다 자랑스러워했다.

나는 화내는 데 중독되었다.

웃음이 나왔다.

백설공주가 말했다. "넌 대체 뭣 때문에 그게 그렇게 즐겁니?"

즐거워하는 거 말고 내가 뭘 할 수 있을까?

"오늘 그 녀석은 어때 보였니?" 선생님이 물었다.

나는 셔츠를 내리고 대답했다.

"로드킬 당한 것 같았죠."

우리는 서로를 쳐다봤다. 두 명의 '몹화 주' 망명자들. 선생님은
내가 여자애랑 데이트하는 걸 왜 그렇게 신경 쓰는지 물어보고 싶
었다. 선생님은 아내를 때리는 사람이었을까? 아이들도 때렸을
까? 여자친구는 무조건 말썽을 일으키는 존재라고 정말 그렇게
생각하는 걸까?

"로드킬이라. 대단한데? 다음엔 너한테 돈을 걸어야겠다."

백설공주와 나는 선생님을 빤히 쳐다봤다. 마치 나비가 번데기에
서 나오는 장면을 목격하는 것 같았다. 비록 우리가 기대했던 나비
의 모습은 아니지만. 그러기에 세상은 똥으로 너무 가득 차 있다.

39

학교 가기 전에 30분 정도 모나코 공중그네 비디오를 봤다. 그러느라 아침 먹는 게 좀 늦었다. 아침을 먹으면서 지난 밤 로저 선생님이 내 멍에 얼마나 흥분했는지에 대해 생각했다. 그때 타샤 누나가 목욕 가운을 입고 위층으로 올라와 엄마랑 무슨 얘기를 나눴다. 나는 그저 누나가 없는 척했다.

누나가 내 쪽으로 휙 돌더니 이렇게 말했다.

"너, 여자친구 생겼다며? 다 컸네. 그 애도 물어뜯을 거니?"

"무슨 소릴 하는 거야? 난 빌어먹을 여자친구 없는데."

"내가 들은 거랑 다르네!"

"누나 스물한 살 맞아? 왜 여기서 어슬렁대면서 되지도 않는 수다를 떨고 그래? 저능아야?"

나는 일어나서 부엌을 나갔다.

"특별반 수업을 받는 사람이 누구더라!" 누나가 말했다.

나는 뒤돌아서 두 사람을 마주했다.

"아, 글쎄. 난 너무 멍청해서 세 번씩이나 낙제하고, 갈 대학이 없어서 엄마 집 지하실에 사는 루저는 아니야."

"그만들 해." 엄마가 말했다.

"새 여자친구한테 넌 여자애 안 좋아한다는 말 꼭 전할게. 대니가 그 애 오빠를 알더라." 누나가 말했다.

나는 고개를 젓고 어깨를 으쓱했다.

"무슨 말을 하는지 모르겠네. 어쨌든 확실한 건, 누나는 일자리 하나 못 구하는 루저라는 거야, 알아?"

문을 열고 주차장으로 가니 대니가 거기에 서 있었다. 확 달려들어 대니를 흠씬 패주고 싶었다.

"헤이." 대니가 말했다.

"헤이."

나는 그냥 짧게 대꾸하고 차고 앞에 있는 내 차로 갔다.

"스피드백 좀 써도 될까?" 대니가 물었다.

"안 돼."

나는 차에 타서 히터를 켜고 다시 차고로 갔다. 대니는 내가 방금 전 안 된다고 말했던 딱 그 자리에 여전히 서 있었다. 내가 학교에 가 있는 동안 스피드백을 해볼까 말까 고민하는 중인 것 같았다. 대니는 이제 파우스트 가족의 한 사람이다. 가족들이 바라마지않았던 얼뜨기 아들. 그가 내 자리를 대신할 수도 있겠다.

나는 집 안으로 들어가 부엌에 혼자 있는 엄마한테 말했다.

"엄마, 받고 싶은 생일 선물이 떠올랐어요."

"그래?"

"주유카드 어때요? 선불카드 같은 거 말예요. 대학교에 가려면 돈을 모아야 하니까요."

엄마가 살며시 웃었다.

"대학교?"

도시락을 챙겨 차고로 가니 대니는 여전히 거기 서 있었다.

"스피드백 마음껏 써도 돼. 근데 내 글러브에 땀 차게 만들면 안 돼. 알았어?"

내가 차고 문을 닫을 때 대니는 생쥐 같은 표정으로 나를 뚫어 져라 쳐다봤다.

●●●

학교 가는 길에 부족 음악을 틀지 않았다. 뒷자리에 일할 때 입는 바지를 챙겨 왔는지 두 번이나 확인했다. 오늘은 카키색을 골랐다. 이 바지를 입으면 내 엉덩이가 좀 더 탄탄하게 보인다. 나는 이제 7번 계산대에서 아이스하키 팬들에게 서빙을 하면서 이런 말도 안 되는 것에 신경을 쓰기 시작했다.

꽤 일찍 와서 그런지 학생 주차장이 텅텅 비어 있었다. 가방에서 도서관에서 빌린 〈로미오와 줄리엣〉을 꺼냈다. 한쪽은 평범한 영어로 되어 있고 다른 한쪽은 셰익스피어가 쓴 원문으로 되어 있는데, 지난밤부터 읽기 시작했다.

책을 읽으면서 화가 날 거라고 생각했는데 그런 생각이 안 든다는 게 신기했다.

나는 저능아가 아니다.

엄마는 정상이 아니다.

엄마는 타샤 누나가 행복하려면 내가 멍청해야 한다고 생각했다.

엄마는 타샤 누나의 행복을 위해 리지 누나가 대학을 안 갔으면 하고 바랐다.

빌어먹을. 유머 감각 좀 가져봐, 제럴드.

나는 이 점에 대해선 유머 감각을 가지려고 애썼다. *모든 걸 엉망으로 만들다니 웃기지 않아? 네가 아니라, 누나 때문이라구. 그 사람들 때문이라구. 웃기지, 그치?*

●●●

한나가 우리가 주로 앉는 점심 도시락 부스에 왔을 때 나는 여전히 〈로미오와 줄리엣〉을 읽고 있었다. 로미오가 "아, 비극에 빠진 내 운명이여"라고 말하는 단락에 다다랐다. 나는 두 번 읽었다. 21세기 영어로 되어 있는 다른 페이지를 확인했다. 웃음이 나왔다.

"뭐가 그렇게 웃겨?"

내가 저능아가 아니라서 기쁘다는 말을 한나한테 할 순 없었다. 그래서 이렇게 말했다.

"아, 아무것도 아냐. 셰익스피어, 웃기는 사람이야."

그녀가 고개를 끄덕이더니 부스로 들어왔다.

"맞아. 〈한여름 밤의 꿈〉 봤어?"

"아니."

"그거 정말 웃겨." 그녀가 말했다.

갑자기 다시 멍청이가 된 기분이었다. 멍청하다고 느끼는 건 무지 간단하다. 멍청이 마을에서는 물건에 똥을 싸든, 〈한여름 밤의 꿈〉을 안 읽든 똑같이 멍청한 인생이 되고 만다.

"제럴드?"

나는 그녀를 쳐다봤지만 멍청이가 되는 게 얼마나 쉬운지에 대해 생각하고 있었다.

"이런. 넌 가끔 대화하기가 너무 힘들어."

그녀가 말하면서 한숨을 내쉬었다.

"뭐라고?"

나는 좀 짜증난다는 듯이 대꾸했다. 그녀가 그런 식으로 말하는 게 싫었다.

"내 말은, 대화를 나누기가 좀 힘들다고. 넌 너만의 세계로 가 버리니까."

그녀가 말하면서 화가 나진 않았다는 듯 교과서를 휙휙 넘겨봤다. 실제로 화가 안 났을 수도 있지만 잘 모르겠다.

"넌 항상 그래." 그녀가 덧붙였다.

"그 말은 무슨 뜻이야? 내가 항상 그런다고? 네 말은 지난주 이후 쭉?"

"아니. 넌 어릴 때부터 그랬어. 텔레비전에서. 그때도 그랬어."

제럴드 파우스트에게 데이트가 왜 안 좋은 생각인지 이제야 알게 되었다.

모든 사람들이 제럴드의 비밀을 알기 때문에 제럴드 파우스트에게 데이트는 좋지 않다.

모든 사람들이 그의 문제가 무엇인지 알고 있다.

모든 사람들이 그의 마음에 응어리가 있다는 걸 안다.

모든 사람들이 어떻게 그를 도와야 하는지 안다고 생각한다.

왜냐하면 자기들이 텔레비전에서 본 걸 믿기 때문이다.

왜냐하면 어느 누구도 그게 다 엉터리라는 걸 깨닫지 못하기 때문이다.

"어릴 적 나에 대해 넌 아무것도 몰라. 이건 세 번째 규칙을 어긴 것일 뿐 아니라 말도 안 되는 얘기고, 빌어먹을, 넌 완전히 잘못 짚었어."

그녀가 나를 빤히 봤다. 꽤 놀란 것 같았다.

"사과해."

나는 그렇게 말하고 일어나서 내 물건들을 챙겼다.

"하지만 넌 그랬어. 넌 너 자신만의 세계로 빠져들곤 했어. 지금도 그렇고." 그녀가 말했다.

"넌 아무것도 몰라. 넌 그저 다른 사람들처럼 세뇌당한 멍청이일 뿐이야."

나는 그녀를 지나쳐 구내식당을 나갔다. 그리고 플레처 선생님 교실 밖 복도에서 점심을 먹었다.

40

"나더러 덜떨어진 멍청이라고 했지?"

한나가 차로 다가왔다. 타지 말라고 말하려는데 그녀가 차에 탔다. 이제부터는 문을 잠가야겠다.

"응? 네가 그러지 않았어?" 그녀가 소리쳤다.

"아니."

나는 지금 새된 소리를 지르는 여자애와 함께 추운 차에 갇혔다. 다섯 번째 규칙에 감사해야겠다. 그리고 우리 사이가 너무 멀리 가지 않은 것에도 감사한다.

"누가 차에 타라고 했어?"

"나더러 덜떨어진 멍청이라고 했잖아."

나는 그녀를 봤다.

"아니, 그렇게 말하지 않았어. '세뇌당한' 멍청이라고 했지. 제럴드 파우스트에 대해 잘 안다고 생각하지만 실은 아무것도 모르는 시청자들처럼 말이야. 그리고 난 사과 안 할 거야. 넌 세 번째 규칙을 어겼어. 텔레비전에서 한 번 본 걸 가지고 날 재단하려는 건 주제넘은 행동이야, 한나."

나는 차에서 내려 신사처럼 조수석 문을 열었다. 그리고 그녀가 차에서 내려 버스 쪽으로 갈 때까지 가만히 서 있었다.

차로 돌아와 보니 그녀가 계기판에 은색 마커로 '나쁜 놈'이라고 쓴 게 보였다.

나는 일하러 가려고 엄청 빠른 속도로 차를 몰았다. 도착하니 베스가 핫도그를 가득 채운 롤러를 돌리고 있었다.

"오늘 1달러 밤인 거 알지? 오픈 전에 40개는 만들어둬야 하는데 아직 시작도 못 했단다."

주머니에 든 휴대폰이 울렸다. 분명 한나가 '나쁜 놈' 놀이를 하려는 게 뻔했기 때문에 보고 싶지 않았다.

"다른 건 제가 다 할게요."

나는 얼음을 채우고, 잔돈을 세고, 양념통들을 챙기고, 오늘밤 나갈 엄청난 양의 나초를 위해 치즈통을 채웠다.

그 일을 다 하고 났을 때 한나는 1번 계산대에서 잔돈을 10분 동안이나 세고 있었다. 우리는 서로를 없는 사람인 듯 행동했다. 베스가 한나한테 핫도그 포장을 도와달라고 할 때까지는 완벽했다. 나는 이미 핫도그 포장을 하고 있었다. 그래서 우리는 같이 서서 말없이 포장만 했다. 나는 가끔 그녀를 기분 나쁜 표정으로 봤고 그녀도 몇 번 나한테 그랬다. 그리고 나서 우리는 서로 보지도 않고 각자 자리로 갔다.

잠시 뒤, 베스가 말했다.

"젠장, 이 빡빡한 긴장감은 뭐지?"

둘 다 대답이 없자 그녀가 웃더니 알아서 답도 내놓았다.

"네, 베스. 그래요. 우린 십대잖아요. 서로한테 어떻게 말을 걸어야 하는지 잘 몰라요."

"저기요! 난 그런 바보가 아니거든요." 한나가 말했다.

"아무렴." 내가 말했다.

"그럼 문제가 뭐지?" 베스가 물었다.

나는 그저 어깨를 으쓱하기만 했다.

한나가 말했다. "내가 오늘 제럴드한테 그랬거든요. 이제 그만 어릴 적 꿈의 세계에서 맴도는 건 그만하라고. 그럴 때 제럴드를 대하기가 너무 어려워서 그랬어요. 그랬더니 아주 괴팍하게 굴면서 나더러 덜떨어진 멍청이라고 했어요."

"덜떨어진 멍청이라고 하지 않았어. 텔레비전에 나온 다섯 살 때 모습으로 나를 판단하니까 세뇌당한 멍청이라고 했을 뿐이야. 젠장! 네가 다섯 살 때 너희 집에 관한 24시간 리얼리티 쇼를 보고 '감정적인 행동 좀 그만해. 넌 너무 감정적이야. 너 다섯 살 때 기억 안 나?'라고 하면 네 기분은 어떨 거 같아?"

그렇게 쏘아붙이고 나는 숨을 골랐다.

"어쨌든, 텔레비전에 나온 우리 집을 보고 그게 진짜라고 믿는다면 넌 틀렸어. 알아?"

"하지만 네가 가끔씩 멍하니 있는 건 사실이잖아." 한나가 쐐기를 박았다.

"그래, 나도 알아. 그래서 그게 뭐 어쨌다고? 누구나 때때로 자기 자신만의 시간이 필요해, 안 그래? 난 여행을 떠나는 것뿐이야. 나만의 공간으로. 아무렴 어때? 그렇다고 네가 나를 분석할 자격이 생기는 건 아냐."

한나가 한숨을 쉬었다. 그녀 눈에 눈물이 맺혔다.

"아까 난 그냥 가끔 너한테 말을 걸기가 어렵다는 말을 하려고 했을 뿐이야. 여러 면에서 내가 옳다고 너도 인정했잖아. 아무튼 네가 원한다면 그냥 미성숙한 채로 살아. 난 신경 끌게."

그렇게 말하고 한나는 핫도그 포장대를 떠나 저쪽으로 가버렸다.

주머니에서 휴대폰이 또 울렸다. 한나가 문자메시지를 보냈을 리는 없었다. 그래서 위생장갑을 벗고 메시지를 확인했다.

조한테서 온 거였다. *통화 가능해?* 그전에 온 첫 번째 메시지였다. *친구, 통화 가능해?* 이게 방금 온 두 번째 메시지였다.

베스한테 화장실에 갔다 오겠다고 말하고 나는 조를 처음 만났던 흡연 통로로 나갔다. 전화를 걸었지만 받지 않아서 음성메시지를 남겼다.

"안녕, 조. 문자를 이제 봤어. 근데 나 지금 일해. 곧 가봐야 해. 쉬는 시간에 다시 전화할게."

이런, 오늘은 쉬는 시간이 없는 1달러 밤이라는 게 떠올랐다.

"아니, 일 끝나고 전화할게. 나 지금 널 보러 가는 것에 대해 심각하게 고려 중이야. 일주일 뒤 내 생일인데 엄마한테 주유카드를 사달라고 해뒀어."

7번 계산대로 가면서 한나 옆을 지날 때 나는 이렇게 말했다.

"오, 계기판에 '나쁜 놈'이라고 멋지게 썼던걸? 넌 성숙미가 철

철 넘치는구나. 나를 분석하려는 데 시간 쓰느니, 왜 내 차를 지저분하게 만들었는지 자신한테 물어봐야 할 거 같은데?"

"네가 나쁜 놈처럼 굴었잖아." 그녀가 말했다.

"그건 네가 어떻게 바라보느냐에 따라 달렸어. 내 입장에서 보자면 내 차에 낙서하는 사람이 나쁜 놈인 거지. 내가 말한 건 다 진실이야. 네가 감당할 수 없다면 그건 내 잘못이 아냐."

"나도 마찬가지야. 나도 진실을 말한 거야."

그녀 눈에 더 많은 눈물이 맺혔다.

"넌 나에 대해 아무것도 몰라. 전혀."

이렇게 말하고 나는 7번 계산대로 걸어갔다.

나는 최소한 한나가 평생 박 터지게 머리싸움을 해온 아이와 머리싸움을 하는 건 좋은 생각이 아니라는 걸 배우기를 바랐다.

●●●

1달러 밤이 얼마나 끔찍한지 항상 까먹곤 한다. 우리는 세 번째 쉬는 시간 전에 400개의 핫도그를 다 팔았다. 창구를 닫기 전에 잠시 짬이 나서 한나한테 갔다. 그녀가 불쾌한 표정으로 나를 봤고 나는 이렇게 말했다.

"내가 가끔 대화하기 힘들다는 거 나도 알아. 나만의 세계로 빠진다는 것도 알고. 일부러 그러기도 해."

그녀 표정이 전혀 변하지 않아서 나는 자세를 살짝 바꿨다.

"그건 아무도 믿지 않기 때문이야. 너도 알겠지만, 음, 사람들은 정말로 믿을 수가 없어. 사람들은 늘 내 과거와 똥을 언급하거든. 그럴 때면 엄청 불편해."

그녀는 아무 말도 하지 않았다.

"점심시간에 그런 말 해서 미안해. 하지만 대부분의 사람들은 자기가 텔레비전에서 본 걸 믿어. 난 네가 그 사람들과는 달랐으면 해. 응? 그리고 네 마음이 좀 편해지면 내 차에 낙서한 걸 사과해줬으면 좋겠어."

이렇게 말하고 나는 양념통 쪽으로 갔다. 그리고 끙끙대며 커다란 케첩, 머스터드, 바비큐 소스 통을 채웠다.

1달러 밤의 관객들은 엄청 게으르다. 두 번이나 사람들이 어지른 것을 청소하고 양념을 채워야 했다. 쓰레기는 대부분 핫도그 포장지였다. 사방에 쓰레기통이 있는데도 사람들은 충분히 용납할 만한 행동이라는 듯이 그냥 아무 데나 버렸다.

용납할 만한 행동에 대해 제대로 알고 있는 사람이 있다면 그건 바로 나다.

41

내가 핫도그 롤러 닦는 일을 끝냈을 때, 한나는 센터 유니폼을 벗고 검정색 펑크록 민소매 티로 갈아입은 뒤였다. 티 앞면에는 '빌어먹을'이라고 쓰여 있었다.

다 씻어 깨끗하게 닦은 판을 롤러로 가져가면서 한나 옆을 지날 때 그녀한테 물었다.

"오늘 집까지 태워줄까?"

"무슨 뜻이야?"

나는 그냥 걸어갔다. 판을 넣고 7번 계산대 옆에 있는 보관함에서 코트를 꺼내서 화장실로 갔다. 볼일을 본 뒤 손을 씻고 얼굴에 기름이나 바비큐 소스가 묻지 않았는지 확인했다.

화장실에서 나오는 길에 어디서 많이 본 듯한 사람과 부딪쳤다. 그분이 웃으면서 나를 안으려고 두 팔을 펴자 그제야 생각났다. 하키 팬 아줌마가 나를 보며 잘 지내냐고 물었다.

"네, 잘 지내요."

나는 한나가 들을 수 있게 큰 소리로 말했다. 그녀가 보고 있는 게 느껴졌다.

"좋아. 다행이구나." 아줌마가 말했다.

"이번 주면 열일곱 살이 돼요. 집에서 떠나려면 딱 1년 남았어요."

아줌마가 고개를 끄덕였다.

"생일 선물로 뭘 달라고 했니?"

"주유카드요. 이 일로 번 돈은 대학 갈 때 쓰려고 저금할 거거든요."

"실용적이네. 넌 아빠를 닮았구나."

나는 이런 생각이 들었다. 가정생활엔 아무 관심 없이 맨날 혼자 잡지나 뒤적이는 괴짜 짓이 실용적인 거라면, 뭐 그럴 수도 있겠네요.

아줌마가 다시 나를 안아줬다.

"자, 다음 주 경기 때까지 널 못 만날 테니, 미리 열일곱 번째 생일 축하한다, 제럴드. 네가 잘하고 있어서 아주 기쁘단다."

"저도 그래요."

"사실 네가 잘할 수 있을지 미심쩍었거든."

그렇게 말하고 아줌마가 저만치 갈 때, 그 말이 내 머리 왼쪽에서 메아리쳐 울렸다. 사실 네가 잘할 수 있을지 미심쩍었거든.

매장을 마감 중인 베스가 보이기에 도와줄 일이 없냐고 물었다.

"아니." 그녀가 말했다.

"정말이죠?"

우리는 서로 웃었다. 베스는 내가 지금 왜 이러는지 잘 아는 게 분명했다.

"별 문제 없지?" 그녀가 물었다.

"전혀요."

그녀가 웃었다.

"지금 뒤돌아보진 마. 한나가 문 앞에서 널 기다리고 있어. 내일 2번 계산대로 바꿔줄까?"

"7번요. 전 언제나 7번이에요."

나는 꽤나 진지하게 말했다.

베스한테 작별 인사를 건네고 걸레질한 바닥을 피해 깨금발로 걸어 문 쪽으로 갔다. 베스 말대로 한나가 거기 서 있었다.

"안녕."

나는 한나가 계기판에 '나쁜 놈'이라고 쓴 적이 전혀 없는 것처럼 인사했다.

"안녕."

그녀도 그런 적 없는 것처럼 말했다.

다른 말을 꺼내기도 전에 내 휴대폰이 울렸다.

"미안해, 한나. 잠깐 통화 좀 할게."

번호를 들여다보니 조 주니어였다.

"여보세요?"

"어이 친구, 목소리가 왜 흔들려?" 조가 물었다.

"아무것도 아냐. 이제 막 일 끝내고 나왔어. 무슨 일이야?"

"어… 너희 집에 서커스 괴짜를 위한 공간 좀 있냐?"

"너, 가출했어?"

내 말에 한나가 귀를 쫑긋했다. 그녀는 여전히 가출에 관심이 많았다. 어디든. 행여 나쁜 놈이랑 같이 가더라도.

"아직. 하지만 생각 중이야." 조가 말했다.

"나도. 하지만 그럼 우리 부모님은 미쳐버릴 거야."

"난 버스 청소 말고 다른 것도 할 수 있어. 내 재능을 써먹을 다른 쇼를 찾을 때가 됐어. 안 그래?"

"너, 치과의사 어릿광대 아니지, 그치?"

조가 웃었다.

"아냐."

"그럼 뭔데?"

잠시 조용히 있더니 조가 말했다.

"이메일 주소 좀 알려줘. 링크 하나 보낼 테니까 집에 가서 봐."

"알았어."

나는 조한테 내 이메일 주소를 알려줬다.

"가끔은 내가 여기서 뭘 하는지 모르겠어." 조가 말했다.

"나도 마찬가지야."

"이런 젠장, 빌어먹을!"

"이런 젠장, 빌어먹을!"

그러고서 우리는 전화를 끊었다.

내가 그 애를 도울 수 있을지 모르겠다. 통화만 했는데도 오늘 밤 가출하고 싶어졌다.

"그래서?" 한나가 물었다.

"그래서… 뭐?"

"그 애 가출한 거래?"

나는 멈춰 서서 그녀를 바라봤다. 젠장. 그녀의 주근깨가 너무나 예뻐 보였다.

"한나 넌 왜 그렇게 가출에 관심이 많아?"

그녀가 어깨를 으쓱했다.

"그냥."

"너희 아빠는 언제 오신대? 난 이제 가봐야 해."

그녀가 고개를 떨궜다.

"아빠한테 알아서 타고 간다고 말했어."

그러고는 나를 봤다. 그녀는 입 안에 뭔가를 씹는 것처럼 입을 왼쪽으로 밀었다.

"나쁜 놈이랑 같이." 내가 말했다.

"그래, 나쁜 놈이랑 같이 타고 갈 거야." 그녀가 말했다.

나는 웃지 않았다. 나는 딴 생각을 하고 있었다. 미친 생각들. 한편으로는 그녀한테 격렬하게 키스하고 싶었다. 영화배우들이 하듯이. 다른 한편으로는, 그녀가 타샤 누나랑 어떤 면에서 같다는 생각이 들었다. 그녀는 누나처럼 여자고, 계기판에 나쁜 놈이라고 썼는데도 아직 사과하지 않았다. 만약 이대로 그냥 그녀를 집까지 바래다준다면, 내 인생에다 나쁜 놈이라고 쓴 타샤 누나를 한 번도 혼내지 않은 엄마아빠나 나나 다를 게 없다는 생각이 들었다.

"저기, 미안해. 내일 깨끗이 지울게. 약속해. 너한테 화가 나서 그랬어." 그녀가 말했다.

"네가 미친 짓을 했다는 뜻은 아니네."

그러자 그녀가 두 손을 번쩍 들었다.

"나, 미치지 않았어."

"네가 미쳤다곤 안 그랬어. 내 차에 나쁜 놈이라고 쓴 게 미친 짓이라고 했지."

나는 주차장 쪽으로 걸어 내려가면서 한나한테 따라오라는 신호를 했다. 바람이 거세게 불었다. 나는 코트의 지퍼를 목까지 올렸고 한나는 스카프를 뺨까지 두르고 단단히 여몄다. 그러고는 나한테 팔짱을 꼈다. 우리는 두 손을 주머니에 넣고 그렇게 붙어서 걸었다.

차에 타서 시동을 걸고 히터를 켰다. 그녀가 계기판에 쓴 글을 뚫어져라 봤다. 할 말을 찾아봤지만 다른 말은 떠오르지 않았다. 그저 내가 나쁜 놈 같다는 생각만 들 뿐. 나는 한숨을 내쉬었다.

"그거 인상적이다." 그녀가 말했다.

"뭐가?"

"방금 네가 내쉰 한숨."

"너 지금 네가 쓴 '나쁜 놈'이란 글자 앞에 앉아서 나더러 인상적이라고 하는 거니? 그건 숯이 검정 나무라는 꼴이라구."

"그건 인종차별적인 발언이야."

"아냐."

"맞아. 정말로."

"좋아. 그럼 넌 구름이 눈 하얗다고 나무라는 꼴이야."

더운 바람이 나와서 우리는 환풍구에 손을 대고 녹였다.

"너도 대화하기 쉬운 사람은 아니라는 거 알아?"

"오, 그래?" 그녀가 말했다.

"그래. 좀 더 친절해지면 좋겠어."

"글쎄. 적어도 난 너처럼 다른 세상으로 사라지진 않아. 그거 아주 이상해. 그리고 난 우리가 좀 더 나은 관계를 가졌으면 좋겠어."

나는 차를 후진했다가 출구 쪽으로 나왔다.

"너도 우리 관계가 좀 더 나아지길 바라는 거 아니니?" 그녀가 물었다.

나는 '나쁜 놈'이라는 글자를 가리키며 웃었다. 그러자 그녀가 내 팔을 가볍게 툭 쳤다.

"내일 아침에 나 데리러 오면 내가 확실히 지울게."

"내일 아침? 우리 관계가 좀 더 나아지는 것에 네 운전기사가 되는 것도 있니?"

"그럼. 그리고 세 번째 규칙을 다시는 어기지 않겠다고 맹세해. 네가 그런 얘길 원치 않는 건 네 정신적인 문제와 관계된 어떤 지점을 내가 건드리기 때문일 거야."

"그래, 맞아."

"사실 나도 미친 부모님과 살면서 매일 정신적인 문제를 일으켜. 문제는 우리 감정의 응어리를 풀 공간이 이 나쁜 놈의 차 안 뿐이라는 거지."

나는 웃음을 터트렸다. 그녀도 웃음을 터트렸다.

한나를 데려다주고 집에 가니 조 주니어의 이메일이 와 있었다. 유튜브 링크를 따라가봤다. 제목은 '위대한 트램펄린 공연'. 아래에 정보가 나와 있었다. '플로리다 보니페이에서 공연한 두 명의 트램펄린 곡예사.'

조가 같은 옷을 입은 다른 남자와 트램펄린에서 회전과 비틀기등 멋진 묘기를 보여주고 있었다. 둘이 아주 닮아서 다른 사람은 형이 분명해 보였다. 두 사람은 2분 가까이 연기했다. 관객석도 관객도 없는 아주 크고 텅 빈 창고에서 찍은 것인데, 둘 다 무대의상을 갖춰 입고 굉장한 묘기를 선보이고 나서 마치 관객들이 있는 것처럼 인사를 했다.

그게 바로 내 인생이었다. 관객들이 있는 것처럼 인사하기. 10년 전 방송 제작팀 사람들이 와서 벽에 카메라를 부착하느라 뚫었던 작은 구멍을 방송 후 말끔히 메우고 갔지만, 나는 여전히 내방에서 코를 후비지 못한다.

42

금요일 아침, 나는 제럴드데이의 백설공주 생활지도 상담실에 있었다.

"플레처 선생님 반에서 나가고 싶어."

그러자 상담 선생인 백설공주가 걱정스러운 표정을 지었다.

"나도 플레처 선생님을 좋아해."

나는 그렇게 말하면서 내 오른쪽에 앉아 있는 플레처 선생님을 바라봤다.

"하지만 난 장애아 특별반에 있으면 안 돼. 사연이 길지만, 어쨌 든 난 여기가 멀쩡하거든."

나는 검지로 내 머리를 톡톡 두들겼다.

"그리고 난 대학교에 가고 싶어."

"성적은 그리 좋지 않아. 그리고 너도 알다시피 생활기록부 역 시 굳이 내가 말할 필요 없겠지."

백설공주는 근엄한 척하기 위해 굳은 표정을 유지하려고 애썼다.

"하지만 난 할 수 있어, 그렇지? 대학교에 갈 수 있겠지?"

"노력해보자, 제럴드. 긍정적인 태도를 유지하고 문제를 일으키 지 않으면 가능할지도 모르지." 백설공주가 말했다.

내 안의 감독이 그렇게 하라고 해서 나는 고개를 끄덕였다. 나는 바로 이런 것이 텔레비전에 나오기를 원했다. 소년은 스스로 알아서 해낸다. 소년은 워키토키로 자신에게 신호를 보내고는 이렇게 말한다. *이봐 친구, 넌 이보다 더 잘할 수 있어. 왜 사람들이 너한테 이렇게 하도록 내버려둔 거니?*

소년은 소녀를 만난다. 소녀는 소년의 차 계기판에 '나쁜 놈'이라고 쓰고 다음날 아침 마법의 고물상 용액으로 그걸 지운다. 인생은 살 만한 가치가 있다는 걸 소년은 발견한다.

리얼리티 텔레비전 쇼는 이래야 한다. 하지만 보통 사람들이 평범하게 사는 건 재미가 없기 때문에 아무도 그런 쇼는 보지 않는다. 사람들은 행복한 이야기에는 전혀 흥미가 없다. 모두가 개떡 같은 샌드위치를 먹기를 원한다. 아니면 다른 사람들이 그걸 먹는 걸 보기를 원한다. 이국적인 벌레와 썩은 계란과 디젤 기름과 시청자가 채널을 바꾸지 않게끔 하기 위해 PD가 생각해낼 수 있는 모든 것들이 범벅된 샌드위치를.

나는 아니다.

개떡 같은 샌드위치라면 충분히 많이 먹어서, 이젠 사양하겠다.

●●●

나는 그렇게 생활지도 상담선생과 이야기하면서 제럴드데이에서 하루를 보냈다. 그러는 내내 리지 누나를 찾았지만 누나는 어디에도 없었다.

수업이 끝난 뒤 한나가 내 사물함 쪽으로 나를 보러 왔다. 내가 가방에서 책이랑 몇 가지를 바꿔 넣는 동안, 한나는 손에 휴대폰을 들고 문자메시지를 읽었다.

"굉장한 밤을 위한 준비가 됐니?" 한나가 물었다.

나는 무슨 말인지 모르겠다는 듯 얼굴을 찌푸렸다.

"라이벌. 빽빽이 들어찬 사람들. 하키 게임. 몰라? 우리 일?"

"아, 알겠어. 젠장, 바지를 깜빡했네."

그녀가 웃었다.

"아니, 내 말은 일할 때 입는 바지 말이야. 우리 늦겠다. 젠장."

"우리 같이 너희 집에 가서 챙겨 가면 안 돼? 그리 오래 걸리진 않을 거야."

'우리'와 '너희 집'이 같은 문장에 들어 있으니 뭔가 이상했다. 한나를 우리 집에 데려갈 수는 없다.

"쇼핑몰에 잠깐 들러 사면 되겠다. 그게 더 쉬울 거 같아."

"뭐보다 더 쉽다고? 너희 집에 바지를 가지러 가는 것보다?"

"어… 저기, 지금 출발하면 쇼핑몰에 잠깐 들를 수 있어."

"네가 원한다면 난 차 안에 숨어 있으면 돼. 그게 그렇게 나빠? 여자친구가 있는 게?"

우리는 출구 쪽으로 복도를 걸어갔다. 한나는 지금 슬퍼 보였다. 뭐가 문제인지 물어보고 싶었지만 다시 싸우고 싶지 않았다. 오늘은 그저 곧장 가고 싶었다. 대학교로 곧장.

"너, 가슴에 그건 뭐야?"

"내 가슴?"

"멍든 거. 어젯밤에 봤어."

"아, 젠장. 아무것도 아냐. 나, 권투 하거든. 월요일에 체육관에서 시합해서 그래. 폭주기관차 같은 애랑."

"음, 나 때문이지, 그렇지?"

차에 탔을 때 그녀가 물었다.

"뭐? 아냐. 젠장. 물론 아니지."

"내가 고물상의 딸이니까."

"넌 고물상의 딸이 아니잖아."

"그럼 너희 집에 가서 바지만 챙기면 되는데 왜 안 해?"

나는 깨끗해진 계기판을 봤다. 내가 싫다고 하면 그녀가 다시 쓸 것 같아 걱정됐다.

"좋아. 네 말이 맞아. 집에 가자. 뛰어들어가서 바지를 챙겨 나오면 되겠다."

"바로 그거야. 넌 50달러를 아끼게 해준 고물상 딸한테 고마워해야 돼."

웃음이 나왔다.

"네, 고맙습니다."

운전하면서 나는 드디어 공중곡예장에 있는 리지 누나를 찾았다. 나는 대학교에 대해 누나한테 얘기했다. 백설공주가 나더러 대학교에 갈 수 있다고 말한 것도.

"제럴드?"

"응?"

"내 말 듣고 있니?"

"이런, 미안. 나, 또 딴 생각 했어. 뭐라고 했어?"

"외부인 출입제한 주택에 가본 적이 한 번도 없다고 했어."

"아. 보기보단 특별하지 않아. 보안요원이 근무하는 경비실이 있는 거 빼곤."

"우리 집이랑 비슷하다는 것처럼 들린다?"

그러면서 그녀가 웃었다.

"저기, 네가 생각하는 것만큼 나쁘지 않아. 너희 집 말이야. 너한테나 이상한 거지."

"우리 가족으로 리얼리티 텔레비전 쇼를 만든다면, 그땐 너도 그게 얼마나 이상한지 알게 될 거야." 그녀가 말했다.

도착하자마자 나는 문 앞에 차를 세웠다. 나를 알아본 보안요원이 내가 비밀번호를 누르지도 않았는데 문을 열어줬다. 그가 손을 흔들었다. 한나도 손을 흔들며 웃어줬다.

한나는 차에서 기다렸고, 나는 집으로 달려가 바지를 갖고 나왔다. 딱 2분 걸렸다.

"엄청 빠르다." 그녀가 말했다.

차로 돌아왔을 때 엄마가 위층 창에서 내다보고 있다는 걸 알았다. 당장이라도 뛰어내려올 것처럼.

43
에피소드 2, 장면 23-25

타샤 누나와 마이크의 '데이트'는 우리 집에서 끝을 보고 말았다.
마이크와 누나는 부엌에서 수제 쿠키를 만들고 있었다. 아빠는
일하러 갔고, 엄마는 부엌 식탁에서 그토록 바라 마지않던 건전하
고 좋은 보호자인 듯이 쿠키 재료와 양을 알려주고 있었다.

내가 부엌으로 들어갔을 때 누나와 마이크는 서로에게 밀가루
와 설탕을 던지면서 즐거운 시간을 보내고 있었다. 감독이 나더러
들어가지 말라는 수신호를 보냈지만, 난 멍청이처럼 행동하면서
계속 들어갔다. 감독 앞에 있는 흰색 보드에 같은 장면을 세 번째
찍고 있다고 적혀 있는 게 보였다. 그래서 난 발끝을 들고 순진한
척하면서 찍고 있는 장면을 봤다.

그때 누나가 반죽이 범벅된 주걱을 집어 마이크 뺨에다 찰싹 쳤
다. 마이크 얼굴이 엉망이 됐다. 마이크도 숟가락으로 똑같이 했
다. 누나가 "아야!" 하더니 마이크한테 조심하라는 눈길을 보냈
다. 마이크가 미안하다고 말했지만 진심은 아니었다.

"넌 그냥 보기나 해. 네 바지를 내리고 통에 든 반죽을 확 부을
수도 있으니까." 누나가 말했다.

"컷!" 감독이 누나를 보며 말했다. "바지? 넌 열두 살이야!"

"이런. 셔츠라고 하려고 했어요. 근데 바지가 더 리얼하잖아요. 죄송해요."

"마이크 형은 바지도 안 입고 누나 침대에 늘 누워 있어요." 내가 말했다.

모두가 입을 다문 채 나를 봤다. 그러다 누나와 마이크를 봤다. 마이크는 도망갈 곳을 찾는 듯 보였고 타샤 누나는 한 대 칠 첫 번째 사람을 찾았다. 마이크가 가장 가까웠다.

누나가 마이크 뺨을 찰싹 때리고는 엄마한테 달려가 엄마 어깨에 얼굴을 묻었다. 엄마 스웨터에 쿠키 반죽이 묻었다.

엄마가 누나를 두 팔로 껴안으며 말했다. "그게 정말이니?"

"당연히 아니죠. 제럴드가 저능아인 거 아시잖아요. 엄마가 그렇게 말했잖아요."

"난 저능아 아니야." 내가 말했다.

"그래, 넌 게이지."

그 순간 보모가 돌변했다. 보모는 머리 스타일이 어떻게 보일지 신경 쓰지 않았다. 자기 옷이 그 장면에 잘 맞는 색인지도 신경 쓰지 않았다. 고급 브랜드 가방이 어디 있는지도 신경 쓰지 않았다.

보모가 카메라맨에게 그만 찍으라고 하더니 나랑 엄마를 거실로 데리고 갔다. 마이크와 누나는 부엌에서 여전히 싸우고 있었다.

"어린애한테 게이라고 부르는 건 끔찍한 일입니다. 용납할 수 없는 말이에요. 절대."

"애가 신발에 똥을 쌌어요. 그런데 타샤가 게이라는 말을 쓰는

237

게 해롭다고 하시는 건가요?" 엄마가 물었다.

"어머님!"

"뭐요?"

"애가 여기 앉아 있어요."

"그래서요? 내가 왜 이 애한테 문제가 있다고 여기는지 아시잖아요. 네?"

엄마가 일어나 부엌으로 돌아갔다. 마침 마이크도 밖으로 도망을 쳤다.

보모가 나를 돌아보며 동정 어린 표정을 지었다.

"마이크가 타샤 침대에 늘 있었다는 말, 사실이니?"

"네." 내가 말했다.

"그때 너도 이 집에 있었니? 너랑 리지랑?"

나는 고개를 끄덕였다.

"좋아. 이 집에서 뭘 해야 할지 알겠다."

그녀가 나를 보며 웃었다. 진짜 보모처럼.

● ● ●

다음날이 촬영 마지막 날이었다. 마지막 에피소드로 보통 가족 모임을 해야 했다. 아빠는 회사에서 잠시 자리를 비우고 집으로 왔고, 양복을 입은 채로 스트레스 받을 때마다 늘 하는 행동을 했다. 마치 목을 돌리듯이 발목을 돌렸다. 시계 방향으로 돌렸다가 반대 방향으로 돌렸다. 아빠의 발목뼈는 그때마다 팝콘처럼 딱딱 소리를 냈다. 리지 누나와 나는 아빠 옆에 앉아 있었다.

엄마와 타샤 누나는 2인용 안락의자에 같이 앉아 있었다. 두 집 건너 사는 마이크와 헤어진 그날부터 누나는 엄마 옆에 딱 붙어 있었다.

카메라가 돌아갔고 우리는 평소 하던 대로 하라는 지시를 들었다.

"이번엔 제럴드부터 갈게요. 제 생각엔 제럴드가 많이 나아진 거 같아요. 안 그래요?"

아무도 말하지 않았다.

"자자, 파우스트 가족 여러분. 거리낌 없이 말해보세요. 제럴드는 이제 벽을 치지 않아요. 그게 1년도 더 됐지요?" 보모가 말했다.

"맞아요." 아빠가 말했다. "그리고 매일 침대 정리를 하고 학교 갈 준비를 해요. 집 안 청소도 하고요."

"그래요, 더글러스. 작년을 생각해본다면 많이 나아진 거죠. 그렇지요?" 보모가 말했다.

감독이 고개를 끄덕이자 모두가 따라 했다. 타샤 누나만 빼고. 누나는 다시 울음을 터뜨릴 것처럼 보였다.

나는 벽을 쳤던 걸 까먹고 있었다. 에피소드 1에서 그랬었다. 그때부터 나는 똥싸개가 되었다. 벽을 치는 건 겁쟁이나 하는 짓이다.

"제럴드는 멋진 애 같아요. 전 언제나 제럴드가 멋지다고 생각했어요." 리지 누나가 말했다.

"그래, 걔가 네 것에는 똥을 싸진 않았지. 그러니까 네가 그렇게 생각하는 거지." 타샤 누나가 말했다.

우리 모두 타샤 누나와 자랑스러운 강아지라는 듯 누나 머리를 계속 쓰다듬고 있는 엄마를 쳐다봤다.

감독이 우리 쪽으로 와서 말했다.

"자, 우린 네 시까지 이 장면을 찍어야 합니다. 지금이 세 시예요. 어젯밤 있었던 자잘한 가족사는 앞으로도 끄집어낼 시간이 충분히 있어요. 그러니까 우리가 여기 있는 동안 이 프로가 여러분들에게 긍정적으로 작용한 것에 대해서만 집중하면 안 될까요?"

감독은 질문을 한 게 아니었다. 대답을 기다리지 않았다. 그냥 뒤돌아서 자기 의자로 돌아갔다.

'어젯밤'이라는 말에 타샤 누나는 다시 아랫입술을 삐죽였다. 어젯밤 엄마와 아빠는 타샤 누나를 아빠의 지하 작업실에 두 시간 넘게 두고 밤새 부부싸움을 했다. 내가 잠들 때까지.

이웃집 마이크 때문이었다. 나도 그건 알았다. 아빠가 그전에 나랑 리지 누나한테 몇 가지를 물어봤기 때문이다. *타샤가 마이크한테 방으로 들어오라고 했니? 마이크가 너희들도 만졌어? 그 애가 바지 안 입은 거 확실하니? 얼마 동안이나 둘이 한 방에 있었니? 어떤 소리를 들었는지 한번 설명해봐라, 제럴드. 타샤는 옷을 입고 있었니? 이상한 소리에 대해 한 번 더 설명해봐.*

보모가 앞으로 나왔다.

"이 아이들은 내가 여기 처음 온 날부터 집안의 규칙을 아주 잘 지켰습니다. 이 아이들은 자기 할 일과 책임을 잘 알고 있습니다."

보모가 리지 누나를 보며 말했다.

"생각났는데 말이야, 너를 위해 늦은 생일 선물을 가져왔단다."

그러고는 뒤에 있는 가방을 찾아 포장된 선물을 꺼냈다.

리지 누나가 앞쪽으로 당겨 앉았다.

"지금 열어봐도 돼요?"

"물론이지."

리지 누나가 선물을 열어 보니 워키토키 세트였다. 누나가 탄성을 질렀다. 우리는 오랫동안 워키토키 선물을 원했지만 산타클로스는 한 번도 주지 않았다.

누나가 워키토키 하나를 나한테 줬다.

"제럴드! 내 말 들리니?" 누나가 복도에서 말했다.

"잘 모르겠어. 누나가 너무 가까이 있어. 더 멀리 가봐. 안 들리는 데까지 더 멀리 가봐."

잠시 뒤 누나가 워키토키로 말하는 소리가 들렸다.

"제럴드 나와라, 오버."

보모가 미소를 지었다. 아빠도 미소 지었다. 나도 그랬다. 나는 워키토키 옆에 있는 노란 버튼을 눌렀다.

"이거 진짜 멋지다, 누나."

"자, 제럴드." 보모가 말했다. "넌 가서 리지랑 놀아라. 난 다른 가족이랑 좀 있어야겠다."

나는 고개를 끄덕이고 재빨리 지하실 문 쪽으로 뛰어갔다. 하지만 곧 멈춰 섰다. 대화가 충분히 들릴 만한 곳에 조용히 서서 리지 누나도 잘 들을 수 있게 워키토키 통화 버튼을 눌렀다.

보모가 말했다. "타샤, 네가 집에 초대한 남자애랑 무슨 일이 있었는지에 대해선 충분히 얘기했다고 생각한다. 하지만 네가 여동생이랑 남동생한테 한 행동에 대해선 아직 얘기를 나누지 않았어. 난 네가 그 점에 대해 좀 더 나아지기 위해 뭘 할 수 있는지 알고 싶구나."

아빠가 한숨을 내쉬는 소리가 들렸다.

"걔들하고 엮이고 싶지 않아요." 타샤 누나가 말했다.

"리지랑 제럴드는 타샤에 비하면 너무 어려요." 엄마가 말했다.

"난 나이 차이가 한참 나는 가족들도 많이 만나봤어요. 그 애들도 형제들과 이만큼 문제를 일으키진 않아요. 최소한 다른 형제한테 못되게 굴지는 않지요. 타샤, 넌 여동생이랑 남동생한테 아주 못되게 굴잖아. 난 그 이유를 알고 싶어."

리지 누나가 이층에서 낄낄거리는 소리가 들렸다. 누나가 조용히 하지 않으면 아주 곤란해질 것 같았다.

"걔들은 날 좋아하지 않아요. 아무도 날 사랑하지 않는다고요!"

타샤 누나가 이렇게 말하면서 흐느끼기 시작했다.

"그건 말도 안 되는 얘기야. 우리 모두 널 사랑한단다. 그리고 열두 살이 썩 재미있지 않다는 것도 잘 알아. 하지만 네가 친절하게 대하고 동생들을 조금만 더 생각한다면 훨씬 좋아질 거야. 별로 어렵지 않아. 응?" 보모가 말했다.

잠시 동안 아무 소리도 안 들렸다.

"책 읽는 거 말고는 할 줄 아는 게 없는 저능한 애들이랑 어떻게 잘 지낼 수 있어요? 진짜라고요. 난 이제 숙녀예요. 아시겠어요? 수준이 다르다고요." 타샤 누나가 말했다.

"예를 들자면…."

아빠가 말을 하려다 멈췄다. 하지만 아빠가 마이크를 말하려고 했다는 걸 모두가 아는 것 같았다.

"이 집에 학습장애를 가진 아이는 없단다. 다 정상이야. 난 진짜 문제가 많은 집에 너를 데려갈 수도 있어. 그럼 넌 네가 얼마나 행운아인지 알게 될 거다. 네가 이런 얘길 할 때면 아주 속상하단다." 보모가 말했다.

"이분 말이 맞아. 제럴드를 의사한테 데리고 가봤지만 모두 정상이라고 했어." 아빠가 말했다.

"하나 더. 넌 아직 숙녀가 아니란다, 타샤. 아직은 아니야. 네가 숙녀라고 생각하면 안 돼." 보모가 말했다.

타샤 누나가 또 울음을 터뜨렸다.

"이 애 맘을 상하게 하는 말은 이제 그만하세요. 타샤 잘못은 하나도 없어요. 잘못한 게 없다고요." 엄마가 말했다.

"그래, 잘못한 게 없겠지. 타샤는 집에 남자애를 끌어들였어. 그리고, 그리고 당신도 알잖아." 아빠가 말했다.

"나쁜 일은 없었다고요." 엄마가 말했다.

"마이크가 도둑질을 할 수도 있었어. 리지를 해칠 수도 있었고. 그 애가 한 짓보다 더 나쁜 짓도 할 수 있었어. 그 애가 한 행동은 충분히 나쁜 짓이야. 하느님 맙소사, 타샤는 겨우 열두 살이라고!" 아빠가 말했다.

20여 초 동안 침묵이 흘렀다. 타샤 누나는 계속 흐느껴 울었고 보모는 누나한테 자기 방으로 가라고 했다.

"나 좀 보세요. 어머님은 태도를 분명히 할 필요가 있어요. 여기 있는 다른 사람들은 모두 변했어요. 하지만 어머니만 전혀 변하지 않았죠. 제럴드는 매일 아침 침대 정리를 하고 리지는 어떤 문제도 일으키지 않아요. 심지어 아버님도 집안일을 더 하시죠. 촬영하는 동안 어머님을 도우려고 노력했어요. 지금부터는 어머님께 달렸어요."

한동안 침묵이 흐른 뒤 엄마가 말했다. 엄마는 울고 있는 것처럼 보였다.

"리지를 임신했을 때, 아시겠지만 타샤가 많이 놀랐어요. 타샤만큼 다른 애를 사랑해본 적이 없어요. 타샤한테 문제가 있다는 거, 나도 알아요. 하지만 난 걔 엄마예요. 내 말은, 어떻게 둘을 그만큼 사랑할 수 있을까요? 난 그럴 수 없다고 생각해요. 수많은 엄마들이 나처럼 느껴요. 그에 관한 기사도 본 적이 있어요. 그리고 남편은 항상 일만 했어요. 그래서 항상 타샤랑 나랑 둘만 있었죠. 리지가 태어나고 나서 난 그 애한테 어떤 애정도 느낄 수 없었어요."

그때 나는 워키토키의 빨간 버튼을 눌러 껐다. 리지 누나가 더이상 듣지 않기를 바랐다.

"노력해봤어요. 정말 노력했어요. 하지만 더 이상 그 애에 관한 모든 걸 참을 수 없었어요. 기저귀를 갈다 보면 토가 나왔어요. 밤 수유도. 여보, 기억나요? 리지는 울음을 절대 멈추지 않았던 거."

"집사람은 약간 신경이 쇠약해졌어요." 아빠가 한숨을 내쉬었다. "그리고 타샤는 혼자 내버려두는 걸 못 견뎌 했죠."

"그리고 리지한테 변기 훈련을 시킬 때쯤 제럴드가 생겼어요. 아." 그러면서 엄마가 다시 흐느끼기 시작했다. "보통 가족처럼 사내애를 위해 다시 노력했어요. 오랫동안 정말 노력 많이 했죠. 그런데 지금 상황을 보세요. 그 녀석 하는 걸 보라고요."

엄마가 리지 누나와 나에 대해 말하고자 하는 바는… 더 이상 들을 필요가 없었다. 엄마는 우리를 애완동물처럼 말했다. 가질 이유가 전혀 없는 애완동물처럼.

나는 부엌에서 꼼짝 않고 있었다. 내가 움직이면 내가 거기 있다는 걸 들키니까. 그래서 가만히 선 채로 들려오는 이야기를 듣지 않으려고 애썼다.

아빠는 엄마가 심리 상담을 받은 것과 결혼생활이 얼마나 힘들었는지를 설명했다. 보모가 엄마를 안는 소리가 들렸다.

"아직 시간이 있어요. 그 애들은 여섯 살, 여덟 살이에요. 아직 늦지 않았어요. 타샤는 교육이 더 필요하고 다른 두 애는 사랑이 더 필요해요." 보모가 말했다.

"그 애들은 나를 절대 좋아하지 않을 거예요. 그 애들을 탓할 순 없는 일이지만." 엄마가 말했다.

이 말을 들었을 때 나는 뭔가를 깨달았다. 여섯 살이었지만 알 수 있었다. 그리고 나는 그걸 감당할 수 있는 나이가 될 때까지 마음속 깊이 그런 깨달음을 밀어냈다.

그때의 깨달음은, 엄마의 사랑은 다른 것들처럼 거짓이라는 거였다.

이젠 그걸 감당할 만큼 충분히 나이를 먹었다. 나의 열일곱 번째 생일날.

44

열일곱 살 생일날, 나는 한나를 생각하며 눈을 떴다. 그런 쪽으로 말고. 그래, 인정. 그런 쪽으로도. 일 끝나고 어젯밤 집으로 오면서 그녀한테 사랑한다고 말할 뻔했다. 지난 며칠 동안 밤에 일 끝마치고 집에 오는 길이 아주 즐거웠다. 우리는 음악을 크게 틀었고 한나는 노래를 불렀다. 주말에는 야구장에 들러 누워서 별들을 올려다봤다. 월요일에는 맥도날드에 가서 따뜻한 캐러멜 선데를 마셨다. 어젯밤에 한나는 설명하기 어려운 표정으로 나를 보며 웃었다. 나 스스로에게 너무 서두르지 말자고 다짐했다. 겨우 2주 지났을 뿐이다. *한나도 너를 사랑할 거라고 생각하면 안 돼, 똥싸개야. 아직 아무도 그런 적이 없잖아.*

아래층으로 내려가니 부엌 식탁에 '제럴드'라고 적힌 카드가 놓여 있었다. 옆에는 도시락이 있었다. 엄마는 안 보였다. 아래층에서 생쥐들이 번식하는 소리도 안 들렸다. 아빠는 6시에 출근했다. 잠에서 깰 때쯤 아빠가 나가는 소리가 들렸다. 나는 카드와 도시락을 가방에 챙겨 넣었다.

생일 축하해, 제럴드.

이번 주는 아침마다 한나를 태우러 갔다. 덕분에 나는 아침에 더 일찍 일어났고 그녀의 딸기 향을 맡을 수 있었다. 8시까지 학교에 가야 하는데 7시 15분에 한나를 데리러 갔기 때문에 우리에겐 충분한 시간이 있었다. 그녀는 차도 끝에서 나를 기다렸고 우리는 시골길로 다녔다.

"생일 축하해!" 그녀가 말했다.

"고마워. 내가 뭘 샀게?"

"그 셔츠 맘에 들어."

"고마워. 주말에 쇼핑몰에서 샀어."

"섹시해."

"그러지 마."

"맞아. 다섯 번째 규칙이었지. 지금 생각났어."

그러면서 그녀가 내 다리에 손을 올렸다. 무릎 가까이에. 내 마음이 흔들리는 게 느껴졌다.

"너의 어떤 점을 좋아하는지 알아?" 그녀가 물었다.

나는 아무 말도 하지 않았다.

"넌 수수께끼 같아, 제럴드. 네가 주로 무슨 생각을 하는지 모르겠어. 그리고 언제 여기에 있고 언제 여기에 없는지도 모르겠어."

"나 여기 있어. 운전하고 있잖아."

"근데 수수께끼 같은 면이 좋아. 가령, 난 고물상의 딸이야. 누구나 그 사실을 알지. 그래서 나를 쉽게 인식할 수 있어. 사람들은 나를 보면 쓰레기를 생각해. 차 사고를 내거나 2001년식 혼다 조수석 문짝이 필요할 때가 아니면 나한테 말을 걸 필요를 못 느끼지. 안 그래?"

내가 똥싸개 제럴드라는 사실을 한나가 간과하고 있다는 생각
에 나도 모르게 콧소리를 내면서 웃었다. 사람들은 나를 보며 똥
을 생각하는걸 뭐.

"지금도 그래. 넌 뭔가를 생각하지만 말을 하지 않아. 수수께끼
같이."

"그냥 운전하는 건데. 학교 가는 거야. 잊었어?"

"빼먹자."

"학교를?"

"학교랑 일이랑 다. 그럼 안 돼? 오늘 하루만 여길 벗어나서 재
미난 데로 가자."

"어떤 데?"

"모르겠어. 필라델피아는 어때? 두 시간이면 되잖아. 팔짱 끼고
걷거나 예술 영화를 보거나 길거리 노점에서 핫도그를 사먹거나."

"멋진걸."

나는 제럴드데이의 생활지도 상담선생인 백설공주를 생각했다.

"하지만 정말 학교에 가야 해."

"지금은 수수께끼답지 않아."

"지금은 학교가 중요해."

"전혀 섹시하지 않은 말이야."

나는 한숨을 내쉬었다.

"뭐 물어봐도 돼?"

"그래."

"넌 왜 그렇게 가출하고 싶어 해? 고물상 딸의 문제 정도는 이해해. 하지만 그럴 정도야?"

"그럴 정도? 난 현대판 신데렐라야. 요리하고 청소하고 빨래하는. 거기다 샤워실 곰팡이도 닦고 가족들의 똥까지 청소해야 한다구. 정말 구역질 나."

그녀가 미친 듯이 몸을 흔들었다.

"그중에 최고는 일을 한다는 거야. 난 센터에서 끔찍한 하키 팬들을 감당해야 해. 재수 없는 애들과 학교에 다녀야 하고. 누가 여기 머물기를 원하겠어?"

"미안해."

"지금 내 인생은 엿 같아. 로널드 오빠가 돌아오면 좀 나아지겠지만."

로널드는 한나의 친오빠다. 아프가니스탄에 가 있는.

"어떻게?"

"글쎄, 오빠가 돌아오면 최소한 엄마가 지금처럼 게으름을 피우진 못하겠지."

학교로 가는 동안 우리는 아무 말도 하지 않았다. 만족스러운 생일날의 고요. 일주일 내내 계속되는 갈비뼈의 통증을 무시하는 고요.

주차장에 차를 댔을 때, 한나가 가방에서 CD 크기의 작은 포장 상자와 카드를 꺼냈다.

"내가 갈 때까지 열어 보면 안 돼."

그렇게 말하고 그녀는 차에서 내려 학교로 걸어갔다.

나는 먼저 선물을 열어 봤다. 그녀가 직접 만든 세련돼 보이는 커버에 이렇게 적혀 있었다.

제럴드를 생각하며 만든 노래. 고물상의 딸로부터.

지금은 들어볼 시간이 없었다. 사물함에 그걸 넣고 카드를 꺼내 봤다. 오랫동안 작은 노트에 글을 써오면서 단련된 게 틀림없는 그녀의 깨알 같은 글씨가 카드 속을 가득 채우고 있었다. 하지만 그걸 읽을 시간도 충분하지 않았다. 카드를 닫으면서 몇 개의 단어가 눈에 띄었다. 맨 아래 오른편에. 그 글자들은 쉽게 알아볼 수 있는 모양새였다. 아주 **빽빽하게** 작은 글씨로 써진 거였지만. 나는 카드를 덮고 CD랑 같이 사물함에 넣었다.

●●●

점심시간에 한나는 부끄러운 듯했다.

"안녕."

"안녕."

우리는 부스를 차지하고 앉았다. 그녀가 가방에 든 걸 쏟아냈다. 땅콩이 든 킷캣 초콜릿바 두 개, 막대사탕 하나, 육포 하나가 나왔다. 나도 가방에 든 걸 꺼냈다. 엄청 당황스러웠다. 엄마는 포장지로 도시락 하나하나를 모두 포장했다. 심지어 리본으로 샌드위치를 묶어두었다. 빵이 아니라 롤이었는데 두 배 크기였다.

"어머!" 한나가 말했다.

우리는 내 도시락의 포장을 풀기 시작했다. 엄마가 아침에 이걸 했다는 생각에 나도 모르게 머리를 절레절레 흔들었다. 엄마는 상담을 받으러 가거나, 타샤 누나를 내쫓거나, 자기가 얼마나 정신적으로 문제가 있는지에 대해 도움이 되는 기사를 읽었다면 더 좋았을 시간에 내 도시락을 포장했다. 엄마가 생일 카드에 '사랑해'라고 썼으면 얼마나 좋았을까. 한나가 그랬던 것처럼.

대신에 엄마는 이렇게 썼다. *누가 널 사랑하겠니, 애야.*

생일 축하 이메일이었다면 난 이렇게 답장을 썼을 거다. *모르겠네요. 누굴까요?*

"내가 쓴 카드 봤니?"

한나가 내 치킨샐러드 샌드위치 반쪽을 씹으면서 물었다.

"시간이 없었어. 일하러 가기 전에… 볼 수 있을 거야."

나는 거짓말을 했다.

"좋아." 그녀가 말했다.

"고마워. 정말 고마워."

그녀가 작은 노트를 꺼내 쓰기 시작했다.

"시디는 열어 봤어. 커버가 멋지던데? 네가 만든 거니?"

"내가 만들었어."

"정말 대단해."

나는 말을 하면서도 내내 그녀의 카드를 생각했다. 그녀는 널 사랑할 수 없어, 제럴드. 넌 사랑스럽지 않아. 너도 알다시피. 그녀도 곧 알게 될 거야.

"감사합니다. 고물상 아가씨를 칭찬해주셔서."

그녀는 몸을 굽힌 채 계속 글을 썼다.

"나의 고물상 아가씨에게 아름답다고 말해도 괜찮을까요? 그랬다가 그녀가 녹슨 흙받기나 농기구 조각을 들고 쫓아오지 않을까요?"

그녀가 머리카락 사이로 나를 올려다봤다.

"아니. 그녀는 안 그럴 거야."

"좋아. 다행이다."

그녀가 잠시 나를 쳐다봤다. 그러고는 다시 글쓰기로 돌아갔다. 그녀는 도수 없는 가짜 안경을 쓰고 있었다. 그녀는 센터에서도 안경을 쓴다. 사람들이 더 잘 대해주기 때문이라고 했다. 그녀가 토요일에 그 말을 했을 때 처음엔 믿기지 않았다.

"봤어?"

그녀가 작은 노트를 확 펼치며 말했다.

"평균적으로 안경을 안 꼈을 때 31퍼센트 나쁜 대우를 받아."

"노트에다 쓰는 게 그런 거니?"

그녀가 노트를 주머니에 넣었다.

"응."

나는 서둘러 점심을 먹었다. 플레처 선생님을 만나서 물어보고 싶었다. 내가 장애아 특별반에서 나와 대학 진학을 준비하는 것에 대한 선생님의 의견을 듣고 싶었다. 하지만 한나한테 이런 얘기는 비밀로 하고 싶었다.

"화장실에 갔다 올게."

"너무 오래 앉아 있진 말고." 그녀가 말했다.

플레처 선생님 반에 가니 데드리가 혼자 점심을 먹고 있었다. 데드리는 아주 천천히 먹었다. 보온병에 든 수프를 빨대로 후루룩거리며 마셨다. 잡담이나 하려고 했는데 그녀는 텔레비전 얘기만 줄곧 했다. 그래서 난 텔레비전을 안 본다는 말을 몇 번이나 반복해야 했다.

"도대체 뭐가 문제야, 응?"

한동안의 침묵 뒤에 그녀가 물었다.

"무슨 뜻이야?"

"넌 왜 이 반에 있는 거야? 똑똑해 보이는데."

"사연이 길어."

"나, 시간 많아. 갈 데도 없고."

그녀는 '봤지? 난 갈 데가 없어.'라고 말하듯이 휠체어 주위로 팔을 마구 흔들어댔다.

"뭣 때문에 넌 그렇게 부끄러워하는데?" 그녀가 물었다.

"친구야."

하지만 내 말은 그게 다였다.

그녀가 마치 울 듯이, 또는 나를 죽일 듯이 쳐다봤다. 어느 쪽인지는 나도 잘 모르겠다.

"난 바지에 똥을 싸야 해, 제럴드. 그게 뭔지 알아? 난 빌어먹을 기저귀를 차야 한다구. 사람들은 그걸 '팬티'라고 불러. 그럴듯하게 들리게끔 말이야. 하지만 바지에 똥을 싸는 건 마찬가지라구."

"미안해, 데드리. 열 받게 할 생각은 없었어."

"네가 그런 거 아니야. 네가 부끄러워하면 내가 얼마큼 부끄러워해야 하는지 깨닫게 해줄 뿐이야."

그게 무슨 뜻인지 깨닫는 데 잠시 시간이 걸렸다. 그걸 깨닫는 동안, 데드리가 말했다.

"나한테 네가 어떻게 보이는지 아니? 실망을 즐기는 애처럼 보여. 그거야말로 네가 부끄러워해야 할 부분이야."

나는 콧소리를 내며 웃었다. '하하하' 소리가 아니라, '젠장' 소리처럼.

"인생을 그렇게 내팽개쳐버리면 넌 결국 세계 최고의 루저가 되고 말 거야. 얼마나 시간 낭비냐?"

나는 인생을 내팽개치는 것에 대해 생각해봤다. 하지만 어디서부터 다시 시작해야 할지 모르겠다는 걸 깨달았다.

"젠장. 네가 텔레비전 스타가 됐으면 좋았을 텐데."

나는 다시 웃었다. '하하하' 큰 소리로.

"진지하게 말하자면 넌 이미 경험이 있잖아. 넌 이미 이름도 알려졌고 사람들도 널 알아. 넌 유명해."

"텔레비전에서 엄마 구두에 똥 싸고 누군가를 때린 걸로 유명하지. 그래서 난 텔레비전을 보지 않아."

255

그러자 그녀가 눈알을 굴렸다.

"너, 정말로 텔레비전을 안 보는구나."

종이 울리자 플레처 선생님이 들어왔다. 그래서 선생님과 얘기를 나눌 시간이 없었다. 하지만 데드리와 나눈 얘기가 생각 외로 도움이 되었다. 플레처 선생님과는 내일 얘기하면 된다.

● ● ●

수업을 마치고 차를 탔을 때 한나가 물었다.

"우리 좀 더 멀리 돌아서 일하러 가면 안 될까?"

내 대답은 예스다. 항상 그럴 거다. 예스. 예스. 예스. 나는 고개를 끄덕였다. 그러고 나서 사물함에서 카드와 CD를 꺼내려는데 그녀가 제지했다.

"아직 아냐. 일 끝나고. 괜찮지?"

"하지만 난 제럴드의 쓰레기더미 소녀를 떠올리는 노래를 듣고 싶어."

"야, 난 고물상 '딸'이거든?"

그녀가 사물함에서 CD를 꺼내 건네주며 덧붙였다.

"카드는 나중에 읽어. 읽을 게 꽤 많거든."

하지만 내가 봉투를 열어 봤다는 걸 그녀도 눈치챘을 거다.

45

　일은 미친 듯이 바빴다. 한나는 6번 계산대로 옮겼고 베스는 계속 "너흰 참 재밌는 애들이야." 하면서 우리를 격려했다. 배고픈 하키 팬들이 우리 앞에 줄줄이 서 있었지만 우리는 농담을 나누고 가끔 엉뚱한 행동을 하며 즐겁게 일했다. 베스도 엉뚱한 짓을 좋아했다.

　문 닫을 시간이 다 됐을 때였다. 한 남자가 여자친구랑 6번 계산대로 와서 한나한테 맥주 두 병을 주문했다. 한나가 신분증을 보여달라고 하자, 남자가 지갑에서 신분증을 꺼내며 크게 웃었다.

　"네 신분증도 보여주시지." 남자가 한나한테 말했다.

　그가 그렇게 말했을 때 뒷머리가 쭈뼛 섰다. 말투가 아주 못마땅했다. 나는 내 계산대를 벗어나 한나 쪽으로 갔다. 나는 한판 붙을 준비가 되어 있었다. *난 네놈을 한 방 갈겨주기 위해 태어난 제럴드라고 해.*

　남자가 한나한테 신분증을 줬고, 베스가 맥주를 따르러 갔다.

　"수학 숙제 하는 데 도움이 필요하지 않니, 얘야?" 남자가 말했다.

한나가 안경 너머로 남자를 보면서 말했다.

"스물두 살이시네요. 축하드립니다."

"남자는 나이 들수록 더 멋져 보인다고들 말하지." 남자가 말했다.

베스가 맥주를 가지고 와서 토끼처럼 허공을 쳐다보고 있는 남자의 여자친구를 봤다.

"그래요? 제 생각엔 여자도 그런 것 같은데요."

"그래서 당신이 하고 싶은 말이 뭔데요?" 남자가 말했다.

베스가 잠자코 남자한테 맥주를 건넸다. 나는 배스가 남자한테 맥주를 쏟거나 잔을 떨어뜨리길 바랐다. 아니면 얼굴에 확 부어버리거나. 한나는 그저 일만 했다. 그녀의 눈살이 찌푸려지는 게 보였다.

"시간이 당신한텐 그렇게 너그럽지 못한 것 같은데?" 내가 말했다.

봤나? 나는 이런 데 소질이 있다. *자, 내 분노 스위치를 어디 한 번 켜보시지.*

"무슨 말을 하고 싶은 거냐, 꼬마야?" 남자가 헐떡거리며 말했다.

"내 말은,"

그러면서 나는 목소리를 높였다.

"시간은 당신처럼 못생긴 얼굴에 그런 걸 허락해주지 않는 것 같다 이 말씀이야. 이 바보 머저리 얼간이야. 이번엔 잘 들었겠지?"

나는 미소를 지었다.

남자는 맥주를 든 채 가만히 서 있었다. 여자친구가 잘 안 들리게 뭐라고 조그맣게 말했다. *가자. 얼른. 게임에 늦겠어.* 남자는 듣지 않았다. 나를 노려보더니 맥주를 카운터에 내려놨다.

"빌어먹을, 책임자 어디 있어?"

베스가 손을 들었다.

"더 쉬운 방법 알려줄까? 먼저 널 한 대 치는 거야. 그랬으면 좋겠어?"

나는 정말 남자를 한 대 치고 싶었다.

남자가 베스를 봤다.

"이놈 해고해요."

그러자 베스가 남자의 귀 가까이 다가가 손을 동그랗게 모아 쥐었다.

"죄송합니다. 당신 말을 듣기엔 제가 너무 못생겼거든요. 다시 한 번 말씀해주실래요?"

남자가 우리 셋을 한동안 노려보더니 맥주를 들고 자리를 떴다.

베스가 나한테 하이파이브를 했다.

"너, 괜찮아?"

나는 고개를 끄덕였다.

"엄청 멋졌어요. 저런 나쁜 놈 얘긴 들을 필요 없어요."

내 말에 하나도 동의했다. 하지만 그녀는 충격으로 약간 얼떨떨한 상태였다. 그녀는 여전히 얼굴을 찡그리고 있었다. 몇 분 전까지 딴 세상에 갔다 온 것처럼. 시간여행에 대해 나만큼 잘 아는 사람이 있을까.

●●●

주차장으로 가면서 한나가 말했다.

"아까 너, 엄청 무서웠어."

"뭐가?"

"네가 무서웠다고. 넌… 음… 내가 모르는 모습이 많은 거 같아. 아무것도 아냐. 잊어버려."

"네가 잊으라면 잊을게."

이렇게 말했지만 나는 우리 둘 다 잊지 못하리라는 걸 알았다.

우리는 조용히 걸어갔다.

가로등 아래까지 갔을 때 그녀가 나를 바라봤다.

"너, 진짜 잘생겼어. 너도 알아, 그거?"

나는 무슨 말을 해야 할지 알 수 없었다. 기분이 얼떨떨했다. 내가… '잘생긴' 기분이 들었다. 웃음이 났다. 갑자기 한나한테 키스를 하고 싶어졌다. 하지만 하지 않았다.

차에서 사물함을 열어 카드를 꺼냈다. 한나가 그걸 뺏기 전에 얼른.

나는 작은 글씨들을 읽기 시작했다.

제럴드에게.

이런 말 하기엔 좀 이르다는 거 알지만, 넌 나한테 최고의 친구인 거 같아. 난 지금까지 최고의 친구를 가져본 적이 없어. 한때 최고의 친구라고 생각했던 애가 있었는데, 걔가 옷에 관심을 가지기 시작해서 더 이상 친구 관계를 이어갈 수 없었어.

나, 넌 아주 많이 좋아해. 넌 관계에 신경 쓰기 때문이야. 넌 정말 세심해. 규칙 때문에 우리가 그런 거에 대해 얘기를 많이 나누지 않았다는 거 잘 알아. 하지만 한나 매카시한테 그렇게 신경 써주는 사람을 만난 적이 없거든. 대부분의 사람들은 나를 고물상의 딸로만 알아. 하지만 얼마 전부터 난 그런 거에 신경 안 쓰기로 결심했어. 내가 달리 할 수 있는 게 없으니까.

너도 텔레비전에 나온 애지만 그거에 대해 네가 할 수 있는 게 없잖아. 넌 항상 텔레비전에 나온 애일 거고 난 항상 고물상의 딸일 거야. 그래서 난 너랑 유대감을 느껴. 오늘 넌 열일곱 살이 됐어. 우리 둘 다 여기서 행복하지 못하고 벗어나고 싶어 해. 이 동네에서, 내 인생에서, 우리 집에서 난 벗어나고 싶어. 너도 그런 거 같아. 지난번 일터에서 어떤 여자를 알게 됐는데, 그 여자도 가족으로부터 벗어나고 싶어 했어. 그래서 열일곱 살이 됐을 때 결혼을 했어. 걱정마. 너한테 프러포즈 하는 거 아니니까. 하지만 나도 그게 빨리 벗어날 수 있는 길이라고 생각해. 난 신데렐라 인생을 하루도 더 살기 싫어. 고물상의 딸로는 하루도 더 견디지 못할 거 같아. 난 그냥 한나가 되고 싶어. 너도 텔레비전에 나온 꼬마가 아니라 제럴드가 되길 바 랄게.

어쨌든, 생일 축하해. 넌 내 최고의 친구야. 난 네가 이상해지지 않았으면 좋겠어. 왜냐하면 내가 널 사랑한다는 걸 확신하니까.

한나

아주 작은 카드여서 얼굴로 바짝 당겨 읽어야 했다. 나는 할 말을 생각하느라 다 읽고 나서도 한동안 그러고 있었다.

"음, 좀 창피해." 그녀가 말했다.

나는 카드를 의자 사이에 내려놨다.

"창피해하지 마. 넌 나한테도 최고의 친구야. 나도 그런 친구를 가져본 적이 없어. 난 단지 우리가 너무 빨리 가고 있는 건 아닌가 싶어 두려운 거뿐이야. 너도 알다시피, 깨질까 봐."

우리는 잠시 가만히 아래만 내려다봤다. 슬쩍 보니, 한나가 무슨 말을 하고 싶어 하는 것 같았다.

"뭐 잘못된 거라도 있니?"

"넌 날 두렵게 해." 그녀가 말했다.

지난번에도 그녀에게 들었던 말이다.

"그리고?"

"그리고 난 그런 사람을 사랑할 순 없어. 너도 알다시피, 사람들을 때리고 똥을 싸는."

"젠장."

순간 내가 다시 똥싸개가 된 기분이 들었다.

"미안해." 그녀가 말했다.

"오늘은 내 생일이야."

"나도 알아. 네 기분 망치고 싶지 않아."

"너무 늦었어."

"하지만 난 진지하게 말하는 거야. 난 아직 준비가 안 돼 있어. 사랑하는 사람을 감옥으로 면회하러 가는 거."

"젠장. 그럼 넌 도대체 뭘 하고 싶은 건데?"

"얘기하고 있잖아."

"그래, 듣고 있어. 오케이?"

"오케이."

지금 그녀는 겁을 먹은 것처럼 보였다. 젠장.

"난 너 같은 사람은 절대 패지 않아. 무슨 일이 있든."

"젠장. 내 말은 그런 뜻이 아냐, 제럴드."

"그런 거 같은데."

"그렇지 않아."

그녀 눈에 눈물이 차오르는 게 보였다. 주차장 불빛에 반사돼서 잘 보였다.

"우리 다시 해보자." 그녀가 말했다.

"해보자고?"

"제발, 화내지 마."

"넌 언젠가 내가 널 때릴 거라고 생각했어. 아주 개떡 같은 기분이야. 네가 만약 나라면 너도 개떡 같은 기분일 거야. 장담해."

"난 그렇게 말하지 않았어."

나는 차를 빼서 주차장 출구 쪽으로 나왔다. 한나가 작은 소리로 울기 시작했다. *생일 축하해. 제럴드.*

주차장에서 나와 다리 쪽으로 갈 때 그녀가 장황하게 말하기 시작했다.

"저기, 내 잘못이야. 미안해. 하지만 네가 무서웠어. 네가 그 남자를 거의 죽일 거 같았어. 네 목의 핏줄이 튀어나왔어. 권투로 아직 네 가슴이 엉망이라는 거 잘 알아. 그것도 무서웠어. 네가 권투 하는 거 몰랐어. 난 권투 싫어. 너무 폭력적이야. 다른 사람을 때리고 싶어 하는 사람을 이해할 수 없어. 그래서 겁을 먹은 거야. 네가 말하기 전에 네가 날 때릴 거라는 건 생각도 못 했어. 우린 소울메이트라고 생각했어. 소울메이트는 그렇게 하지 않잖아."

"지금도 우리가 소울메이트니?"

내가 왜 그렇게 비꼬고 있는지 나도 알 수 없었다. 하지만 난 그러고 있었다. 그녀한테 상처를 주고 있었다. 멈출 수가 없었다. *넌 나쁜 놈이니까.*

"사실 지난 3주를 거슬러 올라가 생각해봤어." 그녀가 말했다.

"3주 동안 우린 많은 얘기를 나누지 않았어."

그녀가 작은 노트를 꺼냈다.

"증명할 수 있어. 그 부분 읽어줄까?"

"아니. 널 믿어."

"그럼 화난 거 아니지?"

나는 한숨을 쉬었다. 화가 났다. 우편번호 00000. 하지만 그녀에 대한 것은 아니었다.

"난 멋진 생일을 보내고 있었어. 난 그저 그런 놀이를 했을 뿐이야. 절대 그 남자를 칠 생각은 아니었어."

완벽한 거짓말이었다.

"이 부분 읽어줄게. 바로 여기. 3주 전 그날 말이야."

나는 손을 들었다.

"그러지 마. 그건 첫 번째 규칙을 어기는 거야. 그 노트 절대 읽지 않겠다는 규칙. 왜 우리가 규칙에 번호를 매겼지?"

"불가침 규칙이니까."

"그러니까 넌 그걸 나한테 읽어줄 수 없어. 주머니에 넣어."

한동안 우리는 아무 말도 하지 않았다. 그녀가 손을 내 다리에 다시 얹었다. 무릎 가까이. 나를 다시 뒤흔들어놓았다.

"소울메이트라고 했지?"

"응." 그녀가 답했다.

나는 웃었다.

그녀 집 앞 차도로 들어섰을 때 그녀가 물었다.

"요구사항 리스트 다 썼어?"

"해보려 애썼는데 실패했어. 말 되는 요구사항이 없더라구."

"그래서? 어쨌든 해봐. 내가 너라면 지금 당장이라도 아주 길게 쓸 수 있어."

"난 아무래도 요구를 잘 못 하는 거 같아."

그녀가 차에서 내렸다.

"카드 고마워. 내가 신경 잘 쓴다는 말 좀 웃겼어. 너도 알다시피, 그게 내 삶이잖아. 사람들을 신경 쓰는 거. 그 사람들이 고마워하지 않는다는 문제가 있긴 하지만… 어쨌든 카드 고마워. 정말 사랑스러웠어."

"내가 좋아서 그랬는걸. 시디 들어보는 것도 잊지 마."

"알았어. 어쨌든 내 말은, 천천히 가자는 거야. 괜찮지?"

●●●

집에 도착해서 곧장 부엌 식탁으로 갔다. 내 생일 선물과 메모가 보였다. *미안하다, 만나서 주려고 했는데.*

300달러짜리 주유카드였다. 지하실에서 텔레비전 소리가 크게 들렸다. 당장 짐을 꾸려 300달러어치 기름으로 갈 수 있는 데라면 어디든 떠나고 싶었다.

방에 가서 자기 전에 모나코 공중곡예 비디오를 두 번 봤다. 연기자들이 마치 새 같았다. 저 사람들은 아마 태어난 그 순간부터 하루 22시간, 일주일 내내 공중곡예 연습을 해야 했을 거다. 하지만 저 사람들은 자유로워 보였다. 적어도 공중에서는.

46
에피소드 3, 장면 2, 테이크 2

에피소드 3은 에피소드로만 채워지지 않았다. 일부는 우리의 지난 가족사를 돌아보고 우리가 얼마나 에피소드를 잘 해냈는지 보는 거였다. 하지만 우리 가족 중 누구도 잘 해낸 사람은 없었다.

잘 해낸 사람은 아무도 없었다.

타샤 누나는 늘 엄마를 때렸지만, 그리고 쿠션으로 리지 누나랑 나를 겁주는 기술이 점점 늘어갔지만, 엄마는 여전히 누나를 공주 대접 했다. 내가 발로 차고 비명을 지르다 거의 의식을 잃을 때까지 타샤 누나는 쿠션으로 내 얼굴을 눌러댔다. 그럴 때마다 나는 제럴드데이에 가 있었는데, 투명인간 타샤 누나는 누워 있고 리지 누나는 걱정스러운 표정으로 내 옆에 있었다. 쿠션을 치운 뒤 타샤 누나는 엄마한테 쪼르르 달려가 내가 나쁜 짓을 했다고 일렀고, 엄마는 내가 멍하니 허공을 보며 내가 좋아하는 만화 캐릭터가 그려진 아이스크림을 먹는 동안 나를 꾸짖었다.

아빠는 늘 멀찍이 떨어져 있었다. 그때는 시장 상황이 좋아서 집들이 날개 돋친 듯이 팔렸다. 어느 날 아빠가 이사를 가자고 했다. 너무나 많은 사람들이 우리를 알고 있기 때문이었다. 사진기자들이 우리 집 앞에 와서 사진을 찍어 갔고 지역신문에 기사가 났다. 그걸 본 사람들은 신문 편집자에게 편지를 썼다. 그때 난 여섯 살이라서 그런 걸 잘 몰랐다. 나중에 그 편지들을 읽은 적이 있는데 잔인한 사람들이 참 많았다. 하지만 안 그런 사람들도 있었다. 꿈속의 엄마, 하키 아줌마도 그중 하나일 거다.

리지 누나도 괜찮지 않았다. 누나는 타샤 누나가 접근할 수 없는 자기 방에서만 지내면 쿠션 공격을 피할 수 있다는 걸 알았다. 그래서 늘 자기 방에 틀어박혀 책을 읽고 숙제를 하고 작은 자물쇠가 달린 일기장에 뭔가를 썼다.

엄마도 괜찮지 않았다. 엄마의 눈은 반투명으로 텅 빈 듯했다. 엄마는 한 번에 몇 시간씩 걷기 시작했다. 일자리를 알아보러 다니기도 했는데 아무도 엄마를 채용하지 않았다. 엄마는 빌어먹을 집안일 말고는 뭘 해야 할지를 몰랐다. 아무도 나를 돌보는 일에 대해서는 얘기해주지 않았다.

엘리자베스 해리엇 스몰피스이자 레이니 처치인 보모와 제작진이 우리 집에 도착한 날, 그 사람들은 마치 제 집처럼 들어왔다. 보모는 보모다운 복장에는 더 이상 신경 쓰지 않았다. 그녀는 몸매가 잘 드러나는 가슴골이 파인 드레스를 입고 있었다. 제작진은 벽에 카메라를 숨기지도 않았다. 그들은 3일 동안 머무르며 촬영을 하겠다고 했다.

아이들을 찍는 첫 번째 장면은 장면 2였다. 우리는 깨끗이 씻고 말끔히 옷을 차려입고 식탁에 둘러앉았다. 엄마와 아빠는 상석에, 보모는 내 옆에, 타샤 누나와 리지 누나는 나와 보모 맞은편에 앉앗다. 식탁 한가운데에 투명한 내 똥이 보였다. 거기에 똥을 쌌던 때가 생각났다. 다섯 살 때가 아주 오래전 같았다.

　내가 일곱 살보다 훨씬 더 나이 든 것처럼 느껴졌다. 어떤 일곱 살짜리 애가 자기 누나가 열두 번씩이나 자기를 죽이려 해서 가까스로 도망쳐 나왔다고 말하겠는가? 어떤 일곱 살짜리 애가 학교에 가면 친구들이 자기를 일부는 영화배우처럼 보고 일부는 미치광이 보듯 한다고 말하겠는가?

　"다시 여러분을 만나게 돼서 반가워요." 보모가 운을 뗐다. "여러분이 많이 진저~언됐다는 걸 듣게 돼서 정말 기뻐요."

　보모는 진전을 아주 길게 발음했다. 우리에게 많은 진전이 있었다고 생각하는 그녀의 천진무구함에 기가 막혀 그녀 입을 찰싹 때려주고 싶었다.

　"지난주에 타샤 누나가 또 날 죽이려고 했어요."

　첫 번째 테이크에서 나는 이렇게 말했다. 누나가 즉시 항변했다. 그 때문에 주위가 시끄러워졌다.

　누가 "컷!" 하고 소리쳤다. 그래서 우리는 다시 시작했다. 나한테 바로 질문할 때까지 아무 말도 하지 말라는 지시를 받았다.

　하지만 보모는 걱정스러운 표정이었다. 그녀는 타샤 누나를 주시하고 있었다.

　"액션!"

　"다시 여러분을 만나게 돼서 반가워요. 여러분이 많이 진저~언됐다는 걸 듣게 돼서 정말 기뻐요."

엄마는 미소를 지으며 우리의 행동이 훨씬 좋아졌다고 말했다. 집안 규칙도 잘 지키고 집안일도 잘하고 있다고, 지금은 가족을 충분히 잘 건사할 수 있다고 했다.

아빠는 보통 때보다 일이 더 바빠졌고, 아이들은 '아주' 잘하고 있는 것 같다고 말했다.

보모가 물었다.

"자, 제럴드. 학교에서는 어떻게 지내니? 지금 1학년이지?"

내가 말할 차례였다. 이번 장면을 망치지 않으면 자연스럽게 장면 3으로 넘어갈 터였다. 나는 이렇게 말하도록 되어 있었다. *학교생활은 재밌어요. 선생님들도 정말 좋은 분들이고요.*

하지만 나는 질문에 대해 생각해봤다. *학교에서는 어떻게 지내니?* 뭐라고 대답할지 생각해봤다. *내가 어떻게 지낸다고 '생각'하나요? 당신은 나한테 '진짜로' 관심이 있기나 한가요? 순 헛소리.*

나는 말했다.

"타샤 누나가 날 죽이려고 하지 않으면 학교생활은 더 좋아질 거예요."

"컷!"

47

나는 엄마가 이런 사람이 아니기를 요구한다.

내가 아파서 오늘 학교에 못 가겠다고 하자 엄마의 반응은 이랬다. "글쎄. 오늘 아빠랑 어디 가야 해서 곤란한데." 그러고는 이마에 주름을 잔뜩 만들었다.

아빠는 약간 혼란스러운 표정으로 앉아 있었다. 나는 어깨를 으쓱하고는 죄송하다고 했다.

"한참 전에 결혼식 간다고 약속했단 말이에요. 열 시엔 출발해야 해요." 엄마가 툴툴거렸다.

"죄송해요."

"당신은 가서 짐 챙겨요. 내가 제럴드랑 얘기할 테니." 아빠가 말했다.

엄마 구두에 똥을 싼 것도 아닌데 엄마는 필요 이상으로 짜증을 내며 갔다.

나는 엄마 구두에 똥을 싸기를 요구한다. *마지막으로! 한 번!*

"괜찮니?" 아빠가 물었다.

"좀 아파요."

그러면서 나는 내 배를 가리켰다.

"생일 축하파티 숙취니?"

"그건 이틀 전이잖아요. 그리고 저, 일했어요. 기억 안 나요?"

아빠가 고개를 끄덕였다.

"뭐 하고 싶은 말 없니?"

"아뇨."

"너, 마약 하는 거 아니지, 그치?"

"아녜요."

"술은?"

"아빠 없는 데서는 안 마셔요."

"여자친구 생겼니?"

"아마도요. 심각한 사이는 아니에요."

나의 포커페이스는 완벽했다.

"우리 없을 때 집에 여자애 데려오고 그러면 안 된다. 알지?"

"절대 그럴 일 없어요."

나는 지하실에 서식하는 설치류들의 쿵덕거림을 생각하며 말했다.

아빠가 나를 걱정스러운 듯 빤히 봤다.

"잘못된 일 같은 거 없는 거지?"

나도 걱정스러운 듯이 아빠를 빤히 봤다.

"모든 게 잘못됐잖아요. 전 그냥 리지 누나처럼 떠날 날만 기다리고 있어요."

"허…."

아빠가 탄식했다.

"그게 아니면 풀장 딸린 집을 사면 돼요."

아빠가 한숨을 쉬었다.

"한번 생각해보세요."

아빠가 시계를 보더니 나더러 따라오라고 손짓했다. 아빠 작업
장으로 들어가 문을 닫은 뒤 아빠는 장식장에서 술병을 꺼내 작
은 잔에 술을 따랐다. 그러면서 중얼거렸다. "엄마가 운전할 거니
까." 아침 9시였다.

"결혼식에 가기 싫구나. 행복한 미래와 축하인사, 그게 다잖니.
다들 결혼이 마치 꿈으로 가득 찬 케이크인 듯이 행동하지."

"안 그런가요?"

아빠가 나를 보며 히죽히죽 웃었다. 아빠가 다른 말을 하기 전
에 소음이 시작되었다. 처음엔 조용하게. *바방-바붐-바방-바붐.*
느리게.

아빠가 술을 꿀꺽꿀꺽 마셨다.

"엄마가 집을 비우면 타샤가 지배하겠지. 엿 같은 거 나도 안다.
친구 집에서 자고 싶으면 난 괜찮아."

아빠는 내가 친구가 없다는 잘 알고 있었다.

"타샤가 엉뚱한 짓 하면 나한테 전화해라."

바방-바붐-바방-바붐.

"아빠 휴대폰은 무제한 요금제예요?"

우리는 웃음을 터트렸다.

엄마아빠가 나가고 나서 나는 한나를 태우러 학교로 갔다. 한나는 밴드 동아리 방에서 몰래 나와 길거리에서 나를 만났다. 우리는 프랭클린 거리로 갔다. 가는 길에 내가 무슨 생각을 했는지 한나한테 말했다.

"난 플레처 선생님 반에 소속감이 없어. 절대로. 난 정상이니까."

그녀가 고개를 끄덕였다.

"하지만 우리 엄마는 내가 뒤처지길 바라. 그래야 타샤 누나가 행복하니까. 누나는 항상 엄마를 때렸고 나랑 리지 누나도 때렸는데, 그래서 더더욱 타샤 누나가 행복하길 바라는 거 같아. 자기 애가 뒤처지길 바라는 엄마가 세상에 또 있을까?"

"학습장애부터 먼저 얘기해보면 어때?"

"그게 바로 엄마가 나보고 하는 소리야. 젠장."

너희 엄마가 얼마나 좋은지 너도 알겠지?

그녀가 내 팔을 꽉 잡았다.

"엄청 열 받겠다. 안 그래?"

"난 정상이야. 그치? 난 학습장애 아니라구. 내가 그래?"

나는 운전하면서 그녀 쪽을 봤다.

"제럴드, 이런 생각 안 해봤어? 너희 엄마가 널 그렇게 부르는 건 엄마가 너한테 한 모든 것으로부터 자유롭기 위한 것인지도 몰라. 그 쇼에 나온 것처럼 말이야."

"무슨 말이야?"

"이건 세 번째 규칙을 완전히 어기는 건데…."

"계속해봐."

"글쎄. 어쩌면 너희 엄마는 네가 한 행동에 근거가 필요했던 거야. 알지, 네가 한 거? 엄마는 너한테 문제가 있다고 결론 내린 거야. 자신이 아니라."

"똥을 싼 행동에 대한 근거를 말하는 거야?"

"응."

"허."

머리가 팽팽 돌았다. 그러니까 엄마는 나한테 학습장애가 있다는 게 필요했다. 왜냐하면 〈우리 아이가 달라졌어요〉를 촬영하는 동안 내가 왜 똥을 쌌는지에 대한 설명이 되니까.

젠장.

엄마는 자기가 좋은 엄마가 되는 쪽보다 이게 더 쉬우니까 내가 저능아가 되길 바란 거였다.

젠장.

● ● ●

네이선과 애슐리는 심해(深海)에 대한 내셔널지오그래픽 시리즈를 보고 있었다. 오늘은 둘 다 쉬는 날이라고 했다.

애슐리는 쿠키를 굽지 않았고 네이선은 술을 마시기엔 너무 이르다고 했다. 오늘 아침 9시에 아빠가 위스키를 털어 마시는 걸 본 나로서는 역설적이었다.

나는 네이선과 애슐리한테 입양되기를 요구한다.

한나는 수족관 세 개로 둘러싸인 의자에 몸을 동그랗게 말고 앉아 롤라와 드레이크한테 인사했다. 그러더니 물고기 한 마리가 안 보인다고 말했다.

"그래. 열대어 한 마리가 지난주에 죽었어." 네이선이 말했다.

한나가 얼굴을 찡그렸다.

"불쌍한 루이스. 걘 세계 최고의 청소부였는데."

나는 소파에 혼자 앉아서 한나를 쳐다봤다. 한나는 내가 보고 있는 걸 알지 못했다. 애슐리가 부엌으로 가면서 소다 마시겠냐고 물었는데도 몰랐다. 애슐리와 네이선이 자기를 보면서 웃는 것도 몰랐다. 주머니에서 휴대폰이 울리는 것도 알아채지 못했다. 한나는 수족관 안에서 물고기 친구들과 함께 해조류가 가득 덮인 가짜 성과 유목 주위를 헤엄치고 있었다.

마치 한나가 제럴드데이에 있는 것 같았다.

그녀를 지켜보면서 내가 피곤하다는 걸 깨닫고 눈을 감았다. 나는 낮잠을 잘 안 잔다. 내가 어렸을 때 낮잠은 위험한 거였다. 낮잠을 자면 나는 아주 쉬운 타깃이 되었다. 여기선 아무도 나한테 신경 쓰지 않는다. 그러니까 좀 자야겠다.

기억나는 다음 순간은 한나가 나를 깨워서 점심을 먹겠냐고 물었을 때였다.

"내가 살게. 중국식당에서 할인도 받을 수 있어." 네이선이 말했다.

"배고프지 않아요."

낮잠을 자서 그런지 배가 고프지 않았다. 나는 하품을 했다.

"나랑 나눠 먹으면 될 거 같아요." 한나가 말했다.

30분쯤 뒤 우리는 식탁에 둘러앉아 중국음식을 먹었다. 지방에 있는 가전제품 회사의 운전기사인 네이선은 자기 일에 대해 이야기했다. 애슐리는 한나한테 자기도 PEC 센터에서 일하면 어떨 것 같냐고 물었다.

"좋죠. 바뀐 매니저가 아주 쿨해요." 한나가 말했다.

"너도 거기서 일한다고 했지. 그치?" 애슐리가 나한테 물었다.

나는 여전히 피곤했다. 낮잠을 자고 나서 위가 더 뒤틀렸다.

"네."

"에그롤 줄까?" 네이선이 물었다.

"아뇨. 괜찮아요."

세 사람은 최근 텔레비전에 나온 이야기를 나누기 시작했다. 폭탄 협박을 한 것 때문에 학교에서 퇴학당한 고등학생에 대한 이야기였다. 네이선은 애슐리의 말에 동의하지 않았고 한나는 동의했다. 그들은 의견이 일치하지 않아도 웃었다. 마치 이 집에 있는 아흔아홉 마리의 물고기들이 그들에게 극적인 사건에 의지하지 않고도 같은 수족관에서 잘 살 수 있는 방법을 가르쳐주기라도 한 것처럼 거기엔 차분함이 있었다. 그들은 단지 헤엄을 치고 먹고 숨을 쉬었다.

어쩌면 내 어릴 적 파우스트 가정에 필요한 건 수족관이었을지 모른다.

그랬다면 모든 게 더 나았을 거다.

수족관에 똥을 싸는 건 힘든 일이다. 나는 아주 큰 수족관을 뚫어지게 보면서 꼬마 제럴드가 어떻게 똥을 쌀 수 있을까 생각해보려고 애썼다. 거의 불가능했다.

"제럴드?"

나는 식탁에 있는 사람들을 쳐다봤다. 그런데 애슐리와 네이선과 한나가 아니었다.

백설공주, 도널드덕, 신데렐라였다. 난 이런 상황을 원한 건 아니었다.

"응?"

"넌 어떻게 생각해? 그 애가 나중에 학교로 돌아갈 수 있다고 생각해?"

나는 이런 질문을 하는 애슐리를 빤히 봤다. 하지만 그녀는 어깨에 파랑새를 얹고 있는 백설공주였다.

"제럴드는 텔레비전을 안 봐요." 신데렐라가 말했다.

"바람직하네."

도널드덕이 대답했다. 그러고는 하이파이브를 하기 위해 하얀 날개를 들어올렸다.

"바보상자는 사람들을 멍청하게 만들거든."

나는 그의 날개에 하이파이브를 했다. 깃털이 만져졌다.

나는 내 다리를 꼬집어봤다. 하지만 아무리 세게 꼬집어도 제럴드데이에서 벗어날 수 없었다.

"어쨌든 그 애는 폭탄 협박만 했어요. 실제 폭탄을 설치한 것도 아니고요. 제 생각엔 그 애가 학교를 통째로 날려버릴 이유가 충분했어요. 다른 애들 모두 그 애를 개똥같이 대했거든요." 신데렐라가 말했다.

"그게 사람들을 위협할 이유가 되진 않아." 도널드덕이 말했다.

"사람들을 위협하는 게 범죄야?" 백설공주가 말했다.

"음, 그렇지. 폭탄 협박은 불법이야."

나는 다리를 좀 더 세게 꼬집었다. 눈물이 찔끔 나오려는 걸 참았다. 숨을 들이쉬었다 내쉬었다. 발을 톡톡 굴려봤다. 손톱으로 손바닥을 꾹 눌렀다.

나는 여전히 백설공주와 도널드덕과 신데렐라와 함께 식탁에 앉아 있었다. 그래서 화장실이 어디 있냐고 물었다. 화장실로 가서 문을 잠그고 거울을 들여다봤다. 나는 디즈니 캐릭터가 아니라 제럴드였다.

나는 제럴드다. 제럴드 말고 다른 어떤 사람도 못 될 거다.

세수를 하고 변기 물을 내렸다. 그리고 한 번 더 내 얼굴을 봤다. 제럴드를 때리고 싶지 않았다. 여기서 폭력은 안 될 것 같았다.

다시 부엌으로 가서 한나와 애슐리와 네이선이 식탁을 치우고 있는 걸 보자 마음이 놓였다. 노란 물갈퀴 발을 가진 이도, 촌스러운 무도회장 옷을 입은 이도 없었다.

"너, 이거 남은 거 먹을래?" 네이선이 물었다.

나는 자리에 앉아 남은 볶음국수를 먹었다.

네이선과 애슐리는 금요일의 전통으로 영화 〈조스〉를 보는 것에 대해 흥분하며 이야기를 나눴다. 한나는 커다란 수족관 앞 의자에 앉아서 불가사리가 붙어 있는 유리를 만지고 있었다. 나는 의자 팔걸이에 앉아 그녀한테 물었다.

"그 녀석은 뭐야?"

"얘는 자웅동체야."

내가 잘 모르겠다는 표정을 짓자, 그녀가 덧붙였다.

"정자와 난자를 혼자 다 만든다고."

"나도 자웅동체가 무슨 뜻인지는 알아. 난 그냥 이름이 뭐냐고 물은 거야."

"아, 미안. 샐이야. 샐리를 줄여서 부르는 거, 알지?"

"알아."

우리는 샐을 한동안 바라봤다. 한나는 다른 물고기 이름도 알려줬다. 해리, 새디, 킹슬리, 밥. 커다란 파랑쥐치의 이름은 보조였다.

"물고기들이 희망의 느낌을 주지 않니? 언젠가는 우리도 자유로워질 수 있을 거야." 그녀가 말했다.

나는 760리터짜리 물탱크에 갇힌 물고기들이 어떻게 나한테 희망을 준다는 건지 알 수 없었다. 이 물고기들은 원래 있던 바다에 있을 때가 더 자유로울 거라는 생각이 들었다.

"자유?"

"얘들은 자기 집도 있고 일도 있고 자기들이 원하는 건 다 있잖아. 여름이면 원시림으로 휴가도 가고. 그게 바로 희망이지."

"물고기에 대해 얘기하는 거 아니었어?"

"아."

"하지만 맞아. 이 녀석들이 희망을 주긴 하는 거 같아. 얘들은 항상 이렇게 얌전해?"

"응."

"난 그런 거에 익숙하지 않아. 차 안에서 말했듯이 말이야."

그녀는 물고기를 보면서 한동안 생각에 잠겼다.

"젠장. 자웅동체에 대해 말한 거, 너희 엄마가 말하는 것처럼 하지 않았니?"

그녀의 느닷없는 말에 나는 웃음을 터뜨렸다. 진짜 웃음이었다.

"우리 엄마는 아마 자웅동체가 무슨 뜻인지 모를 거야. 잡지 기사에 나왔으면 모를까."

그때 네이선이 소리쳤다.

"너희들, 앞부분 놓쳤잖아. 금요일에 〈조스〉를 안 보면 여기 있을 수 없어. 이건 우리 집 규칙이야. 너도 마찬가지야. 물고기 소녀, 너도 이리 와."

한나는 물고기랑 텔레비전을 동시에 볼 수 있는 자리에 앉았고 나는 아까 낮잠을 잤던 소파에 앉았다. 영화가 반쯤 흘러 조스가 퀸트 선장의 보트를 쫓아가고 있을 때 네이선이 부엌에 가서 맥주를 챙겨 왔다. 우리는 넋을 놓고 영화를 봤다.

엔딩 크레디트가 올라가자 한나가 말했다.

"난 해양생물학자가 되고 싶어."

"그래, 해. 넌 소질이 있으니까."

네이선의 말에 애슐리가 고개를 끄덕였다. 아무도 "해양생물학자? 네가?" 하며 무시하듯 낄낄대지 않았다.

순간 이런 생각이 떠올랐다. 밖에는 아주 큰 세상이 있다. 나는 멍청한 가족과 멍청한 집, 멍청한 학교, 멍청한 일만 알고 있다. 하지만 그 밖에는 넓은 세상이 있다… 넓은 바닷속.

48

한나를 집에 데려다줬을 때 오늘 밤 우리 집이 비었다는 이야기를 했다.

"내가 너네 집에 가도 괜찮다고 생각해?"

"나도 모르겠어. 아마 안 되겠지."

나는 다섯 번째 규칙을 깨기를 요구한다.

지금 당장 한나한테 키스하기를 요구한다.

나는 몸을 기울여 그녀 입술에 키스했다. 그녀 입술이 나를 받아들였다. 우리는 10분 동안 다섯 번째 규칙을 어겼다.

집에 오면서 그녀에 관해 떠올린 걸 말하긴 좀 곤란하다. 아주 야한 생각이었다. 그렇지만 내 안은 아주 부드러워졌다. 누가 사탕이랑 크림 캐러멜이 내 안에 가득한 것 같았다. 이 기분을 누군가에게 말하고 싶었다. *다섯 번째 규칙을 어겼어. 하지만 행복해. 나 정말 여자친구가 생긴 거 같아.*

그런데 이야기할 사람이 없었다. 난 친구가 없다. 조 주니어한테 열일곱 살에 여자애랑 처음 키스한 걸 말하면 내가 내숭떤다고 생각하겠지. 베스는 내 친구가 아니라 매니저고, 장애아 특별반 아이들은 말해봤자 아무도 신경 쓰지 않을 거다. 아니면 아주 엉뚱한 말만 하겠지. 데드리는 평생 다섯 번째 규칙을 어길 수 없기 때문에 마음만 상할 테고.

지금 당장 전화하고 싶은 사람은 딱 한 사람밖에 없었다. 스코틀랜드에 사는 그 사람은 나를 이 빌어먹을 소굴에 혼자 두고 갔고 절대 나한테 전화하지 않는다. 누가 사탕이 딱딱해졌다. 크림 캐러멜도 단단해졌다. 리지 누나한테 왜 화가 나지? 왜? 누나는 그저 행동으로 옮겼을 뿐이다. 그렇게 하겠다고 말한 걸 정확히 이행했을 뿐이다. 누나는 집을 나갔다.

나한테 전화기가 없는 것 같았다. 누나의 전화번호를 누를 손가락도 없는 것 같았다. 언제든 누나한테 전화할 수 있다면 얼마나 좋을까. 뭣 때문에⋯ 못 하는 거지?

나는 혼자 감당해야 한다고 생각했다.

나는 혼자 감당하지 않기를 요구한다.

문을 통과하면서 보안요원한테 손을 흔들자 그가 눈살을 찌푸렸다. 무슨 일인지 우리 집 앞이 차로 가득했다. 대충 스무 대도 넘는 것 같았다. 차고에서 아래쪽으로 가득했다. 다른 차들은 막다른 골목 주위에 흩어져 있었다.

나는 차를 세우고 창문을 열었다. 음악 소리가 이웃집을 뒤흔들 만큼 울려 퍼졌다. 얼마나 오랫동안 파티를 했는지 궁금했다. 그리고 경찰이 얼마나 빨리 올지도 궁금했다.

나는 경찰이 왔을 때 내가 여기 없기를 요구한다.

주차하고 앞마당을 걸어가 문을 열고 내가 처음 한 건 그 장면을 휴대폰으로 찍어 아빠한테 보낸 거였다.

나는 집 안에 가득 찬 낯선 사람들을 뚫고 계단으로 갔다. 타샤 누나는 취해 있었다. 부엌에 맥주통이 두 개 있었고 식탁 위에 술병이 가득했다. 소파 주위로 겹쳐져 있는 사람들이 보였다. 다른 사람들은 대니가 오디오를 세팅해둔 방 근처에서 춤을 추고 있었다. 어떤 여자애는 속옷만 입은 채 춤을 추고 있었다. 뭘 해야 할지 알 수 없었다.

나는 내 방으로 가서 문을 잠갔다. 그러고 나서 휴대폰을 들여다봤다. 좀 전까지 난 너무 기쁜 일에 대해 누구한테 전화해야 할지 몰랐다. 지금은 너무 개떡 같은 이 상황에 대해 누구한테 전화해야 할지 모르겠다.

나는 리지 누나한테 전화했다. 문득 누나가 있는 곳은 지금 새벽 3시라는 걸 깨달았다. 하지만 전화를 끊기 전에 누나가 전화를 받았다.

"누나."

"제럴드? 잘 지냈니?"

나는 아래층 파티 소음이 들리게 그냥 뒀다. 누나가 듣기를 바랐다.

"집을 나가야겠어. 지금 말이야."

"무슨 일이야?"

"타샤 누나가 파티를 열었어. 우리 집에 촌뜨기들이 득실득실해. 엄마랑 아빠가 어디 가셨거든."

285

"이런."

"지금 얘기해도 돼?"

"그럼. 무슨 얘긴데?"

불이 탁 켜지는 소리가 들렸다.

"타샤 누나가 날 익사시키려고 했을 때…"

전화기 저편으로 침묵이 흘렀다.

"누나?"

"듣고 있어."

"타샤 누나가 날 익사시키려고 했을 때 기억나?"

"응."

"그날 밤 리지 누나가 나한테 뭐라고 했잖아. 나 기억해."

"그때 넌 세 살이었어. 세 살 때 일을 어떻게 기억해?"

"다 기억나. 그때 누나는 말했어. '이제 넌 나처럼 너 혼자 쓰는 욕조를 갖게 될 거야.' 하고."

"내가 그랬어?"

"응."

주위가 조용해졌다. 사실 아래층 파티 소음이 여전히 시끌시끌해서 완벽하게 조용한 건 아니었다.

"언니는 나한테도 그랬어." 리지 누나가 말했다. "엄마는 시간을 아끼려고 우릴 같이 목욕시켰어. 근데 언니가 갑자기 내 머리를 물 밑으로 집어넣었어. 엄마가 와서 언니를 말렸지만 난 기침을 하고 토했어. 꽤 오랫동안 물속에 처박혀 있었거든."

"젠장."

"근데 그 뒤에도 엄마는 우리 둘을 같은 욕조에 넣으려고 했어. 그래서 난 흥분했고 정신을 잃었지. 기억이 잘은 안 나. 넌 그때 아기였어. 내가 네 살도 안 됐을 때였던 거 같아."

누나가 말하는 동안 나는 적어도 10데시벨은 될 정도로 쿵쾅거리는 음악 소리를 막아보려고 애썼다.

"이번 학기 심리학 수업에서 언니 같은 사람들에 대한 걸 읽었어. 제럴드, 언니는 사이코패스야. 언제나 그랬고, 앞으로도 그럴 거야."

나도 가끔 그런 생각을 하곤 했지만 입 밖에 낸 적은 없었다. 사이코패스는 〈뻐꾸기 둥지 위로 날아간 새〉에 나오는 남자 같은 사람 아닌가? 사이코패스는 연쇄살인범이자 학살자다. 나는 그 사람들도 자기 형제를 욕조에 익사시킨 적이 있을까 궁금했다.

"사이코패스?"

"내 말 믿어도 좋아. 언니는 정말 그래."

"엄마가 어떻게 반응할지 모르겠다."

"엄마는 사이코패스 엄마가 되는 거지 뭐."

그렇게 말하고 누나가 웃었다. 누나 웃음소리가 너무 그리웠다.

"보고 싶어, 누나."

"나도 그래. 하지만 집은 하나도 안 그리워."

"그래."

"계획이 있어?"

"오늘 밤 말하는 거야?"

"오늘 밤, 내일, 인생 다."

"모르겠어."

나는 서커스단으로 가출할 것을 요구한다.

"나, 여자친구 생겼어."

"굉장한데! 그 애 이름이 뭐야?"

휴대폰이 울렸다. 누나한테 잠깐 기다리라고 하고 아빠한테서 온 문자메시지를 봤다. 집에서 나와라. 내가 경찰에 전화하마. 메시지는 그게 다였다.

"젠장. 아빠한테 문자가 왔어. 아빠가 경찰에 전화할 거래. 나, 나가야겠어."

"너, 갈 데는 있니?"

"물론. 밤 열 시에도 문 열어줄 친구는 엄청 많아."

나는 학교 가방을 열고 며칠 지낼 수 있을 만한 옷들을 쑤셔 넣었다.

"진짜 갈 데가 있긴 한 거야?"

"괜찮을 거야. 다시 전화할게. 나 지금 나가."

"사랑해, 제럴드."

"나도 사랑해."

방문을 여니 타샤 누나가 문 앞에 서 있었다. 스토커처럼 거기 서서 엿듣고 있었던 거다.

"걔가 여자친구냐?" 누나가 물었다.

나는 방문을 당겨 잠갔다. 그리고 누나를 지나쳐 계단 쪽으로 뛰어갔다. 누나가 내 팔을 잡았다. 나는 팔을 뿌리치고 계단을 내려갔다. 17년 동안 나는 계단 아래로 쫓아오는 타샤 누나를 피하는 방법을 완벽하게 터득했다.

"야! 거기 서봐. 여자애 소개시켜줄게." 누나가 말했다.

현관문으로 향하다가 취한 사람들 사이를 헤엄치듯 해서 부엌으로 가 냉장고 음식을 좀 챙겼다. 엄마가 치킨샐러드를 엄청 해둔 걸 알고 있었다.

플라스틱 그릇과 빵 한 덩이를 집었을 때 누군가 등을 밀쳤다. 뒤돌아보니 검은 머리에 헤나 타투를 한, 열다섯 살도 채 안 돼 보이는 여자애였다. 타샤 누나가 그 애 뒤에 서 있었다.

여자애는 휘청거릴 정도로 취해 있었다. 그 애가 웃었다.

"얘가 너 좋대. 학교에서 너한테 고백하기엔 너무 부끄럼을 많이 타서." 누나가 말했다.

하지만 모르는 애였다.

그 애가 내 쪽으로 휘청거리더니 나한테 키스하려고 했다. 타샤 누나가 마치 못되게 인형을 조종하듯 그 애를 내 쪽으로 밀었다.

나는 입을 꼭 다물고 빠져나가려 애썼다. 하지만 타샤 누나가 그 애를 부추겼다.

"해, 스테이시! 키스해!"

그 말이 내 귀엔 '똥싸개한테 키스해'로 들렸다. 나는 몸을 비틀어 빠져나와 거실 문 쪽으로 달려갔다.

마침 가짜 자메이카인 재코가 막 뛰어 들어오고 있었다. 녀석이
내가 도장에서 녀석을 날려버리기 전에 하곤 하던 웃음을 날렸다.
녀석의 얼굴은 여전히 멍과 혹, 찢어진 상처로 가득했다. 녀석을
그렇게 뭉갠 게 자랑스러워서 나도 웃음을 날려줬다.

"너, 방금 내 여친한테 키스했어. 나쁜 자식!"

녀석이 나한테 달려들기 전에 마지막으로 들은 말이었다.

온 세상이 하얘졌다. 아무 느낌이 없었다. 나는 공중그네 위에
서 리지 누나랑 아이스크림을 먹고 있었다. 나는 파랑새를 어깨에
얹은 채 춤을 췄다. 제럴드데이로 비집고 들어오는 현실의 유일한
소리는 타샤 누나의 끝도 없는 웃음소리였다.

나는 그 웃음소리를 더 이상 듣지 않기를 요구한다.

49

무슨 일이 일어난 건지 잘 모르겠지만, 어느 순간 내가 재코 위에 올라타 있고 주먹으로 녀석의 얼굴을 치고 있었다. 주먹이 끈적끈적했다. 주먹을 들어올렸다 다시 내려칠 때 아주 짧은 순간 내 피부가 녀석 피부에 쩍쩍 달라붙는 게 느껴졌다.

누군가 나를 재코한테서 떼어냈다.

녀석은 의식이 있었지만 정신이 쏙 빠진 듯했다. 녀석의 검은 머리 여자친구는 울고 있었다.

타샤 누나는 여전히 웃고 있었다.

나는 누나가 웃음을 그치기를 요구한다.

나는 웃음을 멈추게 하려고 누나한테 달려들어 목을 그러쥐었다. 누나가 미친 듯이 공포가 가득한 눈빛으로 나를 봤다. 살인자의 눈빛 같기도 하고 상처받은 숲속 동물 같기도 했다. 리지 누나가 전화로 말한 게 생각났다. 나는 사이코패스를 죽인 죄로 법정에 서는 걸 생각했다. 사이코패스 엄마가 어떻게 어린 사이코패스를 방어하려고 평생을 다 바쳤는지에 대해 생각했다. 그리고 내가 똥을 싸는 장면들을 생각했다.

제정신인 배심원들은 타샤 누나가 아니라 나를 선택할 거다.

나는 누나를 풀어준 뒤 내 가방과 치킨샐러드 그릇, 찌그러진 빵을 챙겨서 꽉 찬 찻길을 지나 내 차로 갔다. 치킨샐러드를 엎지 않으려고 그릇을 다리 사이에 끼우고 운전했다. 한 번도 뒤돌아 보지 않았다.

길이 풍선껌 아이스크림으로 보였다. 울퉁불퉁했다. 나는 한나의 CD를 넣고 볼륨을 폭탄 소리보다 더 크게 올렸다. 고막이 엄청 떨렸다. 귀가 윙윙거려서 소리를 낮췄다. 뺨에 땀 같은 게 흘러 내렸다. 손으로 닦아 보니 땀보다 더 끈적거렸다.

"피야, 제럴드. 차 세워. 안 다쳤는지 봐야겠어." 백설공주가 말했다.

"여기가 어딘지 모르겠어."

"쇼핑센터 근처야. 주차장에 들어가면 되겠다."

그러고는 백설공주가 크게 미소 지었다. 그녀는 동화 속에 사는 게 행복해 보였다. 지저분한 난쟁이들을 위해 집안일을 하는 게 행복한 것 같았다.

"넌 왜 그 난쟁이 똥자루들한테 스스로 청소하고 정리하는 걸 가르쳐주지 않는 거야? 그 녀석들도 스스로 할 줄 알아야 해."

백설공주는 혼란스러워 보였다.

"여기서 좌회전해, 제럴드. 깜빡이 켜고 차선으로 들어서."

나는 깜빡이를 켜고 좌회전 차선으로 들어섰다. 그 차선은 스카치 사탕으로 잔물결을 이루고 있었다. 브레이크를 걸고 차에서 내려 도로를 핥고 싶었다.

"파란불이야. 지금 좌회전해, 제럴드."

좌회전하니 비어 있는 큰 주차장이 나왔다. 쇼핑센터는 아직 문을 닫지 않았다. 그리고 주위에 움직이는 차는 보안 트럭밖에 없었다. 나는 여전히 아이스크림과 백설공주가 보였다.

백설공주가 실내등을 켰다. 나는 선바이저 거울을 봤다. 눈썹이 약간 찢어졌다. 백설공주가 사물함에 있는 구급상자를 건넸다.

"반창고를 붙여야겠어." 백설공주가 말했다.

나는 그녀를 봤다.

"뭐라고?"

"반창고를 붙여야겠다고."

나는 밴드를 꺼내서 붙였다. 그렇게 피를 많이 흘리지는 않았다. 거울을 다시 보니 코에서도 피가 났었나 보다. 내가 아는 한, 혹도 없고 어디 부러진 데도 없었다. 그런데 여전히 감각이 안 느껴졌다. 아드레날린 때문에 너무 흥분되어 있었다. 온몸이 스펀지처럼 말랑말랑했다.

"넌 미국인이야. 근데 왜 그렇게 말해?"

백설공주가 뭔 말인지 모르겠다는 표정을 지었다.

"미국인은 반창고라고 말하지 않아. 밴드라고 하지."

나는 헤드라이트 아래 길을 내려다봤다. 분명 아스팔트였다. 내 다리 사이의 그릇을 내려다봤다. 분명 치킨샐러드였다. 갑자기 엄청 배가 고파졌다. 그래서 뒷자리로 손을 뻗어 가방에서 빵을 꺼냈다. 빵에 치킨샐러드를 올리고 다른 빵으로 덮었다.

나는 당장 치킨샐러드 샌드위치를 먹기를 요구한다.

그때 아빠한테서 문자메시지가 왔다. *나왔니?*

나는 답을 하지 않기로 마음먹었다.

뭐로부터 나왔다는 거지? 정말 이 빌어먹을 소굴에서 빠져나올 기회를 잡았다고 생각하나?

50

"너 때문에 깼어." 한나가 말했다.

"얘기가 길어."

"무슨 얘긴데?"

"30분 뒤에 널 태우러 갈 거야."

"자는 중인데."

"난 지금 떠날 거야."

"서커스단으로?"

"어디든. 뭐든. 난 이제 안 돌아갈 거야."

그녀가 일어나 앉아 불을 켜는 소리가 들렸다.

"진심이야, 제럴드?"

"응."

"나랑 같이 가고 싶어?"

"그게 내 계획이야."

"내가 널 납치할게, 너도 날 납치해줄래?"

"그래."

"아직 요구사항 리스트 안 만들었어?"

"엄청 길어."

나는 거짓말을 했다.

"난 아직 하나도 없는데."

그녀 목소리에 부끄러움이 배어나왔다.

"우린 시간이 아주 많아."

"진짜지, 제럴드? 우리가 그걸 하는 거야?"

"진심이야, 한나."

그녀가 한숨을 내쉬었다.

"30분 안에 온다는 거지?"

"20분 정도면 갈 거 같아."

"언제까지 짐을 싸면 될까?"

이 질문에 나는 당황했다. 아직 조 주니어한테 연락하지 않았다는 사실이 떠올랐다.

이 계획은 완벽하게 실패할 거라는 생각이 들었다. 난 열일곱 살이고 한나는 열여섯 살이라는 사실도 떠올랐다. 가출하기엔 너무 어렸다.

"제럴드?"

"응?"

"언제까지 짐을 싸면 되냐고."

"잘 모르겠어."

"알았어."

그녀가 전화를 끊었다.

•••

나는 백설공주가 여전히 영국인처럼 구는 게 화가 났다. 그녀는
건전한 미국 만화 캐릭터 말고 다른 걸 하면 안 된다. 일곱 난쟁
이를 씻기고 빨래하고 청소하고 신발 고치는 것만 해야 한다. 자
신이 미국인이고 엄청 유명하다는 것에 대해 행복할 줄 알아야 한
다. 그런데 백설공주는 어떻게 유명해진 거지? 난쟁이들의 노예가
돼서?

나의 노예 이름은 똥싸개다. 내가 맡은 노예 일은 똥 싸는 거
다. 그게 수백만 명의 난쟁이들을 행복하게 만들었다.

나의 또 다른 노예 이름은 제럴드다. 내 노예 일이란 엄마가 평
생 나를 저능아라고 부르도록 내버려둬서 미친 타샤 누나를 똑똑
하게 보이도록 하는 거다.

나는 시간을 때우기 위해 주유소로 들어갔다. 10분이나 일찍
왔다. 휴대폰으로 조 주니어한테 문자메시지를 보냈다. *너 플로리
다 어디에 있냐? 주소를 안 알려줬어.*

얼간이 같은 기분이 들었지만 그렇게 문자메시지를 보냈다. 내
가 조한테 주소를 알려준 적이 있었나? 한나는 누구한테 주소를
알려준 적이 있을까? 조는 나한테 주소를 알려주지 않을 거다.
그러니 내가 아는 건 유튜브 비디오에 있던 설명뿐이다. 플로리다
보니페이.

나는 아빠한테 문자를 보냈다. *집 나왔어요.*

치킨샐러드 샌드위치를 하나 더 만들어 먹고 한나네 집으로 갔다. 도착하니 한나가 우체통 옆에서 기다리고 있었다. 등에는 빨간색 가방을 메고 가죽 재킷에 찢어진 청바지를 입고 있었다.

한나가 조수석으로 뛰어 들어왔다.

"젠장, 무슨 일이 생긴 거야?"

로저 선생님이 '사고'라는 표현을 썼던 게 떠올랐다. 그래서 한나한테 다 이야기했다. 재코가 누구인지도 설명했다. 권투도장에 관해서도. 로저 선생님에 대해서도. 어릴 때 타샤 누나가 나랑 리지 누나를 어떻게 익사시키려고 했는지, 어떻게 수많은 죽을 고비를 넘겼는지에 대해 말할 때는 갑자기 숨이 턱 막혔다.

"이게 멍청한 일인지 아닌지 모르겠다."

유료 고속도로 쪽으로 향할 때 한나가 이렇게 말했다.

"뭐가?"

"이거."

"안 괜찮으면 다시 집으로 데려다줄게."

"모르겠어."

나는 속도를 늦춰 은행 주차장에서 유턴 한 뒤 다시 한나네 집으로 향했다. 내 가슴은 부서져내리고 있었다.

"돌아가자고 말한 거 아냐." 그녀가 말했다.

"네가 원치 않는 건 뭐든 나도 원치 않아."

"잠깐 차 세워볼래?"

나는 차를 세웠다.

"널 화나게 하고 싶지 않아. 알지?" 그녀가 말했다.

"알아."

"하지만 네가 옳았어. 나, 거짓말했어. 떠나기 전에 이 얘길 먼저 하지 않으면 안 될 거 같아서⋯."

내 가슴은 계속 무너지고 있었다. 나는 한나가 나한테 무슨 거짓말을 했을까 생각하느라 바빴다.

"네가 날 때릴 수 있다는 게 무섭지 않다고 말한 거, 거짓말이었어. 무서웠어. 넌 급작스레 화를 냈어. 남편한테 맞고 사는 이모가 생각나서 무서웠어. 미안해. 어떤 변명도 안 할게. 그냥 그렇게 말해야 할 거 같아서 그랬어."

젠장. 나의 분노 게이지가 막 올라갔다. 로저 선생님이 가르쳐준 대로 그걸 낮추는 데 안간힘 썼다. 하지만 느낌이 좋지 않다. 한나는 내가 자기를 때릴지도 모른다고 생각한다. 마치 짐승처럼. *그녀가 너 같은 루저를 사랑할 거라고 생각한 네가 바보천치지.*

"제럴드?"

나는 제럴드데이로 갔다. 공중그네에서 누나를 만났다. 그런데 리지 누나가 아니라 타샤 누나가 파란색 스팽글을 단 공중곡예 옷을 입고 있었다. 그래서 한나가 다음 말을 할 때 서둘러 제럴드데이를 나왔다.

"널 사랑해. 하지만 우리가 떠나면 무슨 일이 생길지 난 잘 모르겠어." 그녀가 말했다.

내 목소리가 예상 밖으로 약간 커졌다.

"우리가 떠나면 무슨 일이 일어나냐고? 우린 떠날 거야. 네가 원한다고 했잖아, 안 그래? 생일 카드에도 그렇게 썼고. 지난 2주 동안 날 들들 볶았잖아, 안 그래?"

"젠장. 그렇게 나쁜 놈처럼 말할 필요는 없잖아."

나는 의자 사이에 있는 마커펜을 잡았다.

"해. 다시 써. 네가 그랬을 때 적어도 배짱은 있었잖아."

"지금도 있어."

"그런데?"

"그런데 잘 모르겠어." 그녀가 말했다.

나는 5분 전에 그녀를 태웠던 곳에 차를 세웠다.

"난 여길 떠나야 해. 그 녀석이 경찰을 불렀을 거야. 권투 링이 아니었으니까. 잘 먹고 잘 살아, 한나."

그녀가 한숨을 내쉬었다.

"난 내 결정을 다른 사람이 하는 거 원치 않아. 생각할 시간을 조금 줘."

"난 시간이 없어."

한나가 빨간 가방을 들고 차에서 내리더니 헤드라이트 앞에 섰다. 나는 차를 후진시켜 이웃집 찻길에서 유턴을 했다. 그런 뒤 뒤돌아가려는데 한나가 여전히 길 위에 서 있었다. 그녀 옆으로 돌아갈 수 없었다. 내가 핸들을 돌릴 때마다 같은 방향으로 움직였기 때문이다.

나는 좌절감을 느끼지 않으려고 애썼다. 하지만 그랬다.

"난 시간이 없다고!"

나는 창밖으로 소리 질렀다.

"차에 타게 해줘." 그녀가 말했다.

"안 돼."

"타게 해줘, 제럴드."

차를 세우자 그녀가 차에 탔다.

"넌 지금 완벽하게 나쁜 놈 모드야."

"나 지금 완전 맛이 갔거든?"

"그래서?"

"그래서 피곤해. 그리고 도망가는 길이야. 너의 미친 개소리 들을 시간이 없어."

"나더러 미쳤다는 소리 좀 그만해!"

"네가 미쳤다고 하진 않았어. 너의 개소리가 미쳤다고 했지."

우리는 냉담하게 서로를 노려봤다.

우리는 다시 출발했다.

●●●

초반에 우리는 아주 조용했다. 나는 아드레날린 게이지가 내려가게 두었다. 나를 잡으러 올지 모르는 경찰에 대해 생각하지 않으려고 애썼다. 내가 자기를 때릴 수 있다고 생각하는 한나에 대해서도 생각하지 않으려고 애썼다.

한나가 잠이 든 것 같아 돌아보니 한나는 깨어 있었다. 창밖 도로의 거리 표지판 너머를 뚫어져라 보고 있었다.

"넌 왜 날 사랑해?" 그녀가 물었다.

"와우. 내가 묻고 싶은 게 그거야."

젠장.

한나는 건방지게 또는 애원하듯 말하지 않았다. 그저 창밖을 노려보기만 했다.

"1번 계산대에 있는 널 보던 그 순간 널 사랑하게 됐어. 넌 작은 노트에 뭔가를 쓰고 있었어. 나를 의식 못 하더라. 난 그게 좋았어."

"내가 널 의식하지 않아서 날 사랑한다고?"

"응. 넌 다른 사람들이 어떻게 생각하는지 신경 안 쓰잖아. 내가 얼마나 오랫동안 사람들이 어떻게 생각할까 신경 썼는지 알지?"

그러고서 나는 큰 소리로 깔깔거렸다.

"그리고 물고기를 좋아하는 것도. 그것도 사랑스러워."

"물고기?"

"네이선과 애슐리의 물고기."

"아."

나는 그녀를 건너다보며 말했다.

"너 괜찮아?"

"응."

"진짜? 우린 지금 함께 도망가는 중이야. 네가 괜찮지 않으면 다음 출구에서 나갈 거야. 다시 돌아갈 거야."

"괜찮아. 난 그냥 무슨 일이 일어나고 있는지 생각하려고 애쓰는 중이야. 네가 진짜 한나를 사랑하는지, 가짜 한나를 사랑하는지 잘 모르겠어." 그녀가 말했다.

비상 간선도로라는 표지판이 보여서 거기에 차를 댔다.

한나가 울고 있었다. 그녀를 안아줬다가 다섯 번째 규칙이 떠올라 더 세게 안아줬다. 나는 그녀 얼굴에 내 얼굴을 바짝 갖다 댔다.

"당연히 진짜 너를 사랑하지. 가짜 너가 뭘 뜻하는 건지도 모르는걸."

"충격적인 소식이 있어. 나도 사람들이 어떻게 생각할까에 대해 신경 써."

나는 고개를 끄덕였다.

"그리고 난 학교 졸업하면 뭔가 재미난 일을 하고 싶어. 영화나 펑크록 노래에 나오는 것처럼 말이야."

"서커스도 아주 재미있을 거야."

"잠 좀 자야겠어. 피곤하면 나 깨워. 내가 운전할게."

"너 운전할 줄 알아?"

"어이, 친구. 난 고물상의 딸이야. 당연히 운전하지. 불도저도 운전해본 적 있는걸."

그녀가 몸을 말고는 머리와 창 사이에 스웨터를 끼우고 의자를 조금 뒤로 젖혔다. 나는 다시 유로 간선도로로 빠져서 차를 몰았다.

내가 지금 어디로 가야 할지 전혀 모르고 있다는 걸 깨달았다. 하지만 남쪽이 좋을 것 같았다. *남쪽. 남쪽으로 가자.*

리지 누나의 질문이 귀에 울렸다.

계획은 있니?

51

에피소드 3, 장면 12, 테이크 17

촬영 둘째 날이 끝나가자 보모는 격렬하게 화를 내기 시작했다. 심리학 용어를 주절대는 보모의 헛소리는 나한테 하나도 먹히지 않았다. 그녀가 얼마나 훌륭한지 과시하기 위해 만든 새로운 행동표는 만드는 족족 내가 찢어버렸다. 우리 가족이 얼마나 잘 교정됐는지 보여주기 위해 보모가 애쓸 때마다 내가 방해했다. 나는 그게 게임이라고 생각했다.

"네가 프로그램을 망치고 있잖아!"

테이크를 열 번째 찍고 나자 타샤 누나가 소리 질렀다.

"저 사람들이 하라는 대로 하란 말이야."

열두 번째 테이크를 찍고 나자 리지 누나가 나를 한쪽으로 데리고 갔다.

"저 사람들이 떠났으면 좋겠지? 영원히?"

"응."

"그럼 저 사람들이 하라는 대로 해. 그럼 떠날 거야. 영원히."

리지 누나를 사랑하지만 그렇게 할 순 없었다. 그 사람들이 하라는 대로 할 순 없었다. 그들은 잘 길들여진 사랑스러운 아이를 원했다. 그들이 잘못된 걸 하라고 시키는 대신 나한테 말할 기회

를 준다면 나도 착한 아이로 행동할 수 있을 텐데. 나는 살인광
과 함께 살고 있어요.

하지만 그들은 그러지 않았다. 그래서 나는 똥 축제를 열었다.
나의 마지막 똥 축제.

"테이크 17."

촬영팀 남자가 이렇게 말하고 슬레이트를 탁 쳤다.

"제럴드. 우리 모두 널 사랑하는 거 알지?"

보모가 엄청 부드러운 소리로 말했다.

나는 즐기기로 마음먹었다. 내가 자기들 지도를 잘 따른다고
생각하게 만들기 위해 고개를 끄덕여줬다.

"우린 널 사랑하기 때문에 네가 좀 더 나아지길 바라는 거란다.
나아지려면 이 보모가 말하는 걸 잘 들어야 해. 이해하겠지?"

보모가 거울로 머리를 확인하는 동안 나는 다시 고개를 끄덕
였다.

"알겠어요."

감독이 안심하는 게 보였다. 엄마는 리지 누나를 보며 엄지손가
락을 들어올렸다.

"좋아. 자, 이제부터 뭘 할 거냐면, 넌 타샤 누나 인형에다 한
행동에 대해 누나한테 사과를 할 거야. 그리고 함께 이층으로 가
서 누나 방을 어떻게 청소해야 하는지 알아볼 거야."

나는 보모를 따라 계단을 올라가 문 앞에 섰다. 벽이 똥으로 칠
해져 있는 타샤 누나 방을 카메라가 와이드 샷으로 찍었다. 냄새

가 굉장했다. 타샤 누나처럼 아주 역겨웠다.

"어디서부터 시작하면 될까? 벽부터 해야겠지?" 보모가 물었다.

감독이 엄마한테 사인을 보내서 엄마가 말했다.

"저걸 청소하려면 전문가를 불러야겠어요. 제가 전화할게요. 몇 시간 내로 올 거예요."

그러자 보모가 손을 들어올렸다.

"이건 제럴드가 엉망으로 만든 거예요. 그러니 제럴드가 치워야 해요. 책임감을 배우는 부분이니까요."

보모가 나를 보면서 내 눈높이에 맞게 무릎을 꿇었다.

"넌 왜 그렇게 타샤 누나를 괴롭히니? 누나는 널 사랑한단다. 모르겠어?"

나는 하고 싶은 말이 너무너무 많았다.

하고 싶은 말이 너무너무 많았다.

대신에 나는 주먹을 뻗어 보모 코를 아주 세게 쳤다. 보모의 코에서 피가 흘러내렸다.

"컷!"

사람들이 보모 주위를 에워쌌다. 엄마가 내 팔을 잡더니 나를 내 방에 밀어 넣었다.

"제기랄, 젠장." 보모가 소리쳤다.

뭘 집어던지는 소리와 문이 쾅 닫히는 소리가 났다. 엄마와 나는 내 방 안에 가만히 서서 듣기만 했다.

엄마가 허리를 굽히고 말했다.

307

"다 끝났어. 저 사람들은 이제 떠날 거야. 받은 돈도 다 돌려줘야 할 거야."

나는 어깨를 으쓱했다.

"우린 돈이 필요해, 제럴드." 엄마가 나를 흔들며 말했다. "가서 죄송하다고 말씀드려. 이제 찍을 장면도 얼마 안 남았잖아. 조금만 더 참고 하면 돼."

"난 아무것도 안 할 거예요."

그러자 엄마가 내 팔을 잡고는 손에 힘을 꽉 줬다.

"넌 사과를 해야 해. 그래야 네 방에서 쉴 수 있을 거야."

그래서 우리는 밖으로 나갔다. 엄마는 오른손으로 여전히 내 오른팔을 으스러지게 쥐고 있었다.

제작진이 집 앞에 세워둔 차에다 장비를 실어 나르고 있었다. 밖으로 나가는 감독을 엄마가 붙잡았다.

"한 번만 기회를 더 주세요." 엄마가 말했다.

"충분히 찍었어요."

"하지만 얘는 아직 고쳐지지 않았어요."

감독이 웃음을 터뜨렸다. 웃고 또 웃더니 나를 똑바로 보고 말했다.

"행운을 빈다."

엄마의 말이 내 머릿속을 스쳐 지나갔다. 우린 돈이 필요해, 제럴드.

보모가 촬영팀 트럭에서 나왔다. 엄마가 나를 끌고 그녀 앞으로 데려가더니 나를 보며 말했다.

"자, 말해봐."

그래서 나는 말했다.

"뒈져버려."

엄마가 내 팔을 아프게 꽉 쥐었다.

보모는 여전히 코에 얼음팩을 대고 있었다. 보모는 몸을 구부리더니 이렇게 말했다.

"감옥에서 온 네 편지를 기대하마."

그러고는 트럭으로 가서 문을 쾅 닫았다.

엄마가 또 내 팔을 꽉 잡았다. 이젠 내 손이 저릿저릿했다. 엄마는 다시 나를 끌고 집으로 들어갔다. 그리고 우리는 봤다. 우리 다섯 식구는 모든 쇼가 끝난 우리 집과 잔디밭, 텅 비어버린 길을 지켜봤다. 10여 분 동안이나. 그러는 동안에도 엄마는 내 팔을 꽉 잡고 있었다.

엄마가 한숨을 내쉬었다.

"감독이 그러는데 우리 돈은 안 줘도 된대." 아빠가 말했다.

타샤 누나는 내가 볼 때까지 나를 노려봤다.

"누나한테 사과해라. 당장." 엄마가 말했다.

그래서 나는 말했다.

"미안해, 누나."

그들이 갔으니까. 누나 인형은 망가졌고 방은 똥으로 칠해졌다. 이제 내 일은 끝났다.

그래서 나는 내 방으로 가서 낮잠을 잤다. 10년 동안의 길고 긴 낮잠. 길고 긴 낮잠을 안 자고 싶어도 제럴드는 달리 할 게 없었다.

그리고 이제 자기 삶을 감당할 수 있게 된 제럴드가 다시 깨어났다.

좋은 아침.

잘 잤니?

52

워싱턴 D.C.를 지나자 좀 힘이 부쳐서 한나가 대신 운전대를 잡았다. 그런데 한나는 꼭 미친 사람처럼 운전했다.

면허증이 있는지 묻자 그녀가 내 팔을 아주 세게 쳤다. 지금도 아플 만큼.

"첫 번째 요구사항이 생겼어. 나는 사람들이 나를 과소평가하는 걸 그만두길 요구한다." 그녀가 말했다.

"납치 문구로는 너무 추상적인 거 같은데."

한나가 나를 다시 쳤다. 어떻게 그렇게 쉽게 나를 칠 수 있는 거지? 마음이 좀 불편했다.

"잠이나 자둬. 난 D.C. 근처로 갈 거야. 뭘 먹으러 가자. 좋지? 하루 종일 치킨샐러드만 먹을 순 없잖아." 그녀가 말했다.

나는 한나의 스웨터를 동그랗게 말아 엉망이 된 내 얼굴에 댔다. 내 요구사항을 생각했다. 한나가 때리는 게 느낌이 좀 이상했다. 내 팔은 여전히 아팠다. 더 이상 나를 치지 말라고 말해야 한다는 걸 깨달았다.

나는 더 이상 때리지 않기를 요구한다. 장난일지라도.

주머니에 든 휴대폰이 울려서 잠이 깼다. 아빠였다. 무시했다. 시간을 확인해보니 한나랑 내가 일하러 가야 할 시간이 이미 지났다. 베스한테 미안했다. 적어도 베스한테는 무슨 일인지 전화해서 알려야 했는데… 우린 납치를 당했다고. 설명하기 어려운 일이긴 하지만.

"노스캐롤라이나에 온 걸 환영해, 서커스 보이. 꼭 죽은 사람처럼 자더라. 누구야?" 한나가 말했다.

"아빠."

"난 몇 시간 전에 전화기 껐어."

"커피 마시러 잠깐 내릴까? 아님 뭐라도 먹든가."

"게 좋아해?"

"응."

나는 고개를 끄덕였다.

차창 밖을 내다보며 그녀가 말했다.

"광고 게시판에 따르면, 우린 곧 천국을 발견하게 될 거래."

우리가 들어간 식당은 손님이 원하면 게 다리를 하루 종일 먹을 수 있는 곳이었다. 계산대 뒤의 앞치마를 한 남자가 그렇게 말했다. 무제한이라고.

우리는 게 다리를 몇 개 먹었다. 한나는 옥수수빵도 시켰다. 내가 옥수수빵을 하나 먹었을 때 그녀가 내 인생은 바뀌어야 한다고 말했다. 나는 실제보다 그 말을 더 좋아하는 척했다. 그녀를 기분 좋게 해주기 위해. 한나가 여기에 앉아서 내가 먹는 걸 지켜보고 있다. 그래, 충분하다. 정말 좋다. 하지만 내 인생은 바뀌지 않는다. 똥싸개의 인생에 들어온 걸 환영합니다.

"부탁 하나 해도 될까?"

한나가 옥수수빵을 먹으며 고개를 끄덕였다.

"네가 쿨한 척하느라 그러는 건 알겠는데, 날 때리지 않았으면 좋겠어."

내 말이 무슨 뜻인지 보여주기 위해 나는 팔을 문질렀다.

"오, 제발. 유머 감각 좀 가져." 그녀가 말했다.

나는 '유머 감각 좀 가져'라는 말을 듣지 않기를 요구한다.

나는 그녀를 진지하게 바라봤다.

"타샤 누나는 항상 나를 때렸어. 그래서 나도 누군가를 때리기 시작했고. 말 되지 않아?"

"그런 거 같아."

"네가 재미로 그러는 거 나도 알아. 하지만 자꾸 그때가 떠올라서 누가 날 때리는 게 싫어. 이해해?"

"근데 왜 너희 집에 촬영팀이 가게 된 거야?"

나는 어깨를 으쓱했다. 마음이 불편했다.

"엄마가 편지를 써서 오게 됐어. 내가 벽을 쳐서 구멍을 냈거든. 타샤 누나가 날 때려서."

게 다리를 실컷 먹어대던 한나가 딱 멈추고 나를 봤다.

"진짜 무슨 일이 있었는지 안다면 사람들은 네가 왜 그렇게 엉망이었는지 이해할 거야."

"다른 사람 다 필요 없고, 너만 이해해주면 돼."

"때려서 미안해." 그녀가 말했다.

나는 계산대로 가서 앞치마를 입은 남자한테 연필과 종이를 달라고 했다. 그런 뒤 다시 테이블에 앉아 그녀를 바라봤다.

"자, 너의 첫 번째 요구사항은 뭐야?"

"씻고 싶어. 얼른." 그녀가 말했다.

"사실 어젯밤 호텔에 차를 세울까 생각했었어."

"그건 다섯 번째 규칙을 깨는 거잖아?"

"우린 이미 깼잖아."

"더 깨고 싶은데." 그녀가 웃으며 말했다.

나는 목을 가다듬었다.

"내 첫 번째 요구사항은 살기 편한 장소야. 타샤 누나가 없는."

그녀가 게 다리를 씹으면서 고개를 끄덕였다.

"그거 좋다."

"태어난 뒤로 난 줄곧 강요받기만 했어. 이젠 그러기 싫어."

"내 첫 번째 요구사항은 내 빨래만 하는 거야. 엄마 페디큐어도 더 이상 칠해주지 않을 거야. 엄마 발은 온통 무좀이라 역겨워."

한나는 그런 말을 하면서 어떻게 저리도 잘 먹을 수 있는지 모르겠다. 나는 식욕이 떨어져서 게를 더 먹기 전에 잠시 쉬어야 했다. 어쨌든 나는 우리의 첫 번째 요구사항과 생각을 적었다.

"그리고 내 두 번째 요구사항은 졸업 후 대학에 바로 가지 않을 거라는 거야. 난 잠시 쉬고 싶어. 아직 내가 뭘 하고 싶은지 모르겠어. 사람들은 내가 해양생물학자가 되는 건 말도 안 된다고 생각하거든."

나는 고개를 끄덕였다. 그리고 썼다. 나는 졸업 후 바로 대학에 가지 않기를 요구한다.

"너의 두 번째는 뭐야?" 그녀가 물었다.

"엄마가 내 미래에 대해 비웃지 않았으면 좋겠어. 엄마는 내가 감옥에 가거나 그 비슷하게 되길 바라는 거 같아."

오 마이 갓!

토할 것 같았다. 어떻게 그전엔 그걸 몰랐지?

젠장.

"제럴드, 너 괜찮아?"

나는 제럴드데이에 있었다. 제럴드데이에서는 우리 가족이 세 명이다. 나, 리지 누나와 아빠. 나는 아이스크림과 공중그네에 신경 쓰지 않았다. 단지 오늘 밤 탈출하기를 원했다. 그런데 백설공주가 거기에 있었다. 그녀의 어깨에 앉은 파랑새가 말했다.

"백설공주는 네가 감옥에 갈 원해. 그래야 자기가 옳았던 걸로 보일 테니까."

그러자 난쟁이들이 나타났다.

투덜이: 엄마는

잠꾸러기: 네가

315

행복이: 감옥에

재채기: 갔으면

박사: 하고

부끄럼쟁이: 바라고

멍청이: 있어.

"제럴드?"

한나를 봤지만 대답을 할 수 없었다. 마치 왜곡된 시간 속에 갇힌 것 같았다. 할머니와 할아버지도 태어나기 전인 1937년 월트 디즈니 영화와, 열아홉 살의 제럴드데이 사이에 갇혀버린 것 같았다.

그녀가 내 팔을 잡고 내가 말을 할 수 있을 때까지 꽉 쥐었다.

"아야. 알았어. 나 여기 있어. 아."

"대체 무슨 일이야?"

"엄청 묵직한 게 날 누르는 거 같았어."

"그리고?"

"시간이 좀 필요해."

마치 내 머릿속에서 뭔가 큰일이 일어난 걸 다 안다는 듯 그녀가 내 팔을 토닥여줬다.

나는 화장실로 가서 볼일을 봤다. 그리고 손을 씻으면서 작고 더러운 거울을 통해 나를 바라봤다. 씩 웃음이 나왔다. 왜 그런지 알 수 없었다.

울음이 나올 것 같았다.

"요구사항 리스트가 너무 어이없다는 생각이 들기 시작했어."

내가 돌아가자 한나가 말했다. 그녀는 나를 위해 그러는 거였다. 그게 아주 잘 보였다. *그녀가 똥싸개한테 신경을 쓴다.*

"그래, 우리가 영영 돌아가지 않는다면 요구사항 리스트 같은 게 무슨 소용이겠어?"

그녀는 목 깊숙이 소리를 냈다. 그 소리는 이렇게 말하고 있었다. *우리가 돌아가야 한다는 걸 너도 잘 알잖아.*

그녀는 작은 노트를 꺼내서 뭔가 끼적거리기 시작했다. 나는 머리를 감싸 쥐며 좀 쉬었다. 눈을 감고 내가 무엇을 요구하는지에 대해 생각했다.

나 자신에게 물었다. *네 요구사항은 뭐야?*

내 대답은 어떤 것도 가능한 게 없었다.

나는 다른 어린 시절을 원한다.

나는 신경을 써주는 엄마를 요구한다.

나는 다시 하기를 원한다.

한나를 바라보니 그녀는 백설공주였다. 그녀는 나를 보며 웃고 있었고 어깨에는 파랑새가 앉아 짹짹거리고 있었다.

나는 짹짹거리는 나만의 파랑새를 요구한다.

백설공주가 나한테 레고 스타워즈 세트를 줬다. 11년 전 내가 부엌 식탁에 마지막으로 똥을 싼 뒤 엄마가 뺏어 갔던, 그 유명한 '밀레니엄 팔콘'을. 진짜였다. 한나한테 어떻게 설명해야 할지 모르겠다. 어디에서도 보이지 않던 것이었다.

317

"좋다. 진짜 좋아."

"뭐가 좋은데?" 한나가 물었다.

나는 눈을 뜨지 않았다. 내가 눈을 뜨면 한나는 안 보일 테니까. 백설공주가 내 옆에 여전히 앉아 있을 테니까.

"제럴드?"

나는 눈을 떴다. 한나였다. '밀레니엄 팔콘' 레고 세트도 없고 백설공주도 안 보였다.

"젠장, 미안해."

"어디 갔었어?" 그녀가 물었다.

"나도 몰라. 내가 늘 가는 데… 아주 멋진 곳이지."

한나한테 백설공주와 파랑새 얘긴 하지 마.

"어떤 점이 멋진데?"

"타샤 누나가 없으니까. 거긴 아이스크림이랑 공중그네가 있어."

그 말에 우리 둘 다 웃었다. 뭔가 잘 모면한 느낌이 들었다.

나는 모면을 그만둘 것을 요구한다.

나는 옥수수빵을 집어먹으며 엄마가 얼마나 정신적으로 문제가 있는 사람인지에 대해 생각했다. *엄마는 어디가 고장 난 사람이다.* 내가 엄마를 안쓰럽게 여기게 되기까지는 꽤 시간이 걸렸다.

이런, 젠장. 알고 보면 엄마도 불쌍한 사람이야.

53

남쪽으로 내려가면서 나는 휴대폰을 다시 확인했다. 조 주니어 한테 문자메시지가 왔는가 싶어서. 하지만 메시지는 오지 않았다. 내가 아는 거라곤 플로리다 보니페이밖에 없었다.

우리는 주로 음악을 들었는데, 한나가 가끔 소리를 낮추고 자기한테 운전대를 달라고 조르거나 뭔가 물어봤다. 식당에서 멍청한 요구사항에 대한 얘기를 나눈 뒤로, 그녀는 세 번째 규칙 주위를 아슬아슬 넘나들고 있었다.

"우리 엄마 말이야." 사우스캐롤라이나 경계 근처에서 내가 먼저 말을 꺼냈다. "그리고 타샤 누나도."

"응?"

"그 방송 보면서 뭔가 잘못된 거 같다는 생각 안 들었어? 네가 봤을 때 말이야."

"응, 그랬어."

"타샤 누나가 제정신이 아니라는 걸 알아봤어?"

"너희 누나는 수동적 공격성을 가진 사람이야. 징담해. 완벽한 샤덴프로이데지. 대부분의 사람들은 쇼에 나오는 사람보다 자기 형편이 더 낫다는 것에 쾌감을 느끼려고 쇼를 보거든."

"샤덴 뭐?"

"샤덴프로이데. 다른 사람들의 고통이나 굴욕을 보며 쾌감을 느끼는 걸 뜻하는 말이야."

"아."

이런. 평생 내가 고통받아온 것에 대한 전문 용어가 있는 줄은 몰랐다.

"그런 용어가 있는 줄 몰랐어."

"독일어야."

"그럴 거 같았어."

나는 잠시 멈췄다가 말을 이었다.

"우리 엄마도 제정신이 아닌 거 같아?"

"잘 모르겠어. 그건 생각해본 적 없어. 엄마도 그러셔?"

나는 한숨을 내쉬었다.

"응, 아주 많이."

"세 번째 규칙을 깨면 안 될까?" 그녀가 물었다.

나는 여전히 앞만 바라보며 잠시 조용히 있었다.

"엄청 많은 장면이 편집됐어. 그 프로그램 말이야. 넌 제작진이 보여주고 싶은 것만 본 거지."

"엄청 많이?"

"거의 대부분이 그래."

매우 중요한 똥들도 포함해서.

우리는 잠시 동안 조용히 있었다. 그러다 내가 먼저 입을 열었다.

"타샤 누나가 방송에서 정말 미친 것처럼 보였어? 왜 그걸 더 잘 보여주지 않았는지 난 이해가 안 돼."

"솔직히 말하면, 너희 누나가 그렇게 나쁘게 보이진 않았어. 제작진이 초점을 맞춘 건 바로 너야. 너도 알잖아. 너희 가족 중 네가 주인공이었지."

"하긴."

"하지만 네가 몰랐다는 게 잘못은 아니잖아. 안 그래?"

"난 여태 몰랐어. 완전 꽝이야."

내 인생. 그래, 내 인생은 완전 꽝이다.

●●●

한나가 운전하는 동안 지도를 찾아보니 플로리다 보니페이는 팬핸들 지역에 있었다. 그래서 고속도로를 나가 서쪽으로 가기로 결정했고, 사우스캐롤라이나 서쪽에서 우리가 머물 모텔을 찾았다.

조 주니어한테서는 아직 문자메시지가 오지 않았다.

아빠는 세 번쯤 전화를 했는데 첫 번째 말고는 문자메시지를 남기지 않았다. 아빠가 보낸 문자메시지는 이 계획이 실현될 거라는 기분이 들게 했다.

이게 바로 보모가 나한테 가르쳐준 것 아닌가? 아이에게 책임감을 느끼는 부모의 기본적인 자질 아닌가? 나는 그저 부모가 가져야 하는 책임감이 뭔지를 알려줬을 뿐이다. 나의 부모에게.

나는 그들을 처벌할 것을 요구한다.

어쨌든 아빠가 보낸 문자메시지는 왠지 모든 게 잘될 것 같은 느낌을 줬다. *우리가 해결하마. 네가 원하는 대로 뭐든지.*

"제럴드?"

한나의 말이 들렸지만 나는 모텔 창밖을 뚫어져라 보면서 이 모든 것에 대해 생각했다. *우리가 해결하마. 네가 원하는 대로 뭐든지.*

"제럴드?"

"응?"

"우리 같이 샤워할래?"

뒤돌아보니 한나는 이미 옷을 다 벗고 있었다.

나는 할 말을 찾지 못해 가만히 앉아 바라보기만 했다.

지겹게 들리겠지만, 나는 타샤 누나와 엄마아빠와 내 삶에 대한 생각을 없앨 수 없다. 한나는 어떻게 홀딱 벗고 거기 서 있을 수 있지? 고물상 가족은 전혀 생각이 안 나나? 한나는 로봇인가? 아니면 내가 너무 감정적인가?

나는 한나 네가 로봇인지 아닌지 알기를 원한다.

"제럴드?"

나는 일어나서 옷을 벗었다. 우리는 같이 샤워기가 틀어져 있는 욕실로 갔다. 안개 자욱한 꿈속으로 들어가는 것 같았다. 안개 자욱한 멋진 꿈.

322

우리가 뭘 했는지에 대해 어떻게 표현해야 할지 모르겠다. 어쨌든 우리는 다섯 번째 규칙을 어겼다. 우리는 풍선처럼 튀어 올랐다.

함께 샤워를 할 때 제일 맘에 드는 건 아무도 말을 할 필요가 없다는 거였다.

54

"엄마한테 전화해야 해."

주문한 중국음식을 먹은 뒤 한나가 말했다.

"엄마는 아마 정신이 나가 있을 거야."

"그게 네 의도 아니었어?"

나는 게 요리 식당에서 가져온 종이를 앞에 두고 있었다. 그 종이에는 설득력이 없는 우리의 요구사항이 적혀 있었다. 나는 좀 더 생각해보기로 했다.

"넌 이해 못 해. 우리 엄마는 나 없이 못 살아."

"젠장. 그렇게 말한 적 없잖아."

"호들갑스럽게 들리는 거 나도 알아."

"너 없다고 너희 엄마가 죽지는 않아."

"그래. 하지만 엄마는 엄청 놀랐을 거야. 그리고 난 우리가 자는 동안 경찰이 들이닥치는 거 싫어."

"그건 좀 별로다."

지금 우리가 처한 상황을 생각하니 식은땀이 났다. 경찰은 나를 찾아올 거다. 재코의 얼굴을 또다시 처참하게 뭉개놓았으니까. 게다가 난 한나를 여기로 끌고 온 장본인이다.

"별로라고?"

"응."

한밤중에 형편없는 모텔 밖에서 체포되는 나를 한나가 지켜보는 모습을 그려봤다. 그 장면이 머릿속에 영화처럼 상영되었다.

한나는 문을 열고 나가 난간에 서서 콩팥 모양으로 생긴 모텔 풀장을 내려다봤다. 시즌이 아니라서 덮개로 덮여 있었다. 나는 창밖의 한나를 봤다. 그리고 제럴드데이로 미끄러져 들어갔다. 여자애와 무엇을 해야 하는지 잘 아는 열아홉 살 제럴드가 있는 곳으로. 열일곱 살 제럴드는 좀 전의 샤워실을 떠올리면 힘들기만 했다.

"우리 모두 하면서 배우는 거야. 전체적으로는 아주 로맨틱했어." 백설공주가 말했다.

백설공주가 나를 데리고 어디로 가면 좋을지 잘 모르겠다. 나는 공중그네에 가고 싶지 않았다. 한나랑 같이 샤워한 걸 리지 누나한테 얘기하고 싶지 않았다. 아무래도 그건 이상했다.

그래서 나는 제럴드데이의 거리를 혼자 걸었다. 딸기 소프트아이스크림콘을 먹었다. 가족도 없고 친구도 없었다. 길 끝에 한나가 있었다. 어깨 위에 파랑새가 앉아 있었다. 소매를 옷핀으로 꽂은 가죽 재킷을 입고 있었다. 그녀는 머리도 빗지 않았다.

거리 중간쯤에서, 타샤 누나가 골목을 막 나오고 있었다. 누나는 나한테 손가락질하며 견딜 수 없는 끔찍한 소리로 소리 질렀다. 그러더니 총을 꺼냈다.

젠장.

백설공주, 현실로 나를 돌려보내줄 것을 요구한다.

테이블에서 눈을 들자 나한테 말하고 있는 현실의 한나가 보였다. 한나가 나한테 소리치고 있었다. 그녀의 얼굴은 화가 나서 일그러져 있었다. 하지만 그녀 말이 들리지 않았다.

그녀가 재킷과 휴대폰을 챙겨 문으로 걸어갔다. 문을 꽝 닫고 나가버렸다. 그녀의 입술을 읽으려 애써봤다. 내 생각엔 이렇게 말한 것 같았다. 좀 있다 다시 올게.

나는 한숨을 내쉬고 휴대폰을 확인해봤다. 다시 한숨. 다시 휴대폰 확인.

조 주니어한테 '전화 좀 줘'라고 문자메시지를 보내려 했는데 막상 보내기 전에 지워버렸다. 그러고는 모텔 방을 서성거렸다. 텔레비전 보는 것 말고는 할 게 없었다. 하지만 나는 텔레비전을 보지 않는다. 그래서 그저 서성댔다.

나는 내 생각과 씨름하고 있었다. 타샤 누나한테 연민을 찾아보려고 애썼다. 하지만 찾을 수 없었다. 엄마에 대한 느낌도 가져보려 애썼지만 딱히 별 느낌이 없었다.

나는 소리 질렀다. "이런 젠장, 빌어먹을!" 그러곤 의자를 걷어차고 한나를 찾으러 나갔다.

먼저 모텔 내를 뒤져봤다. 자판기, 피트니스 센터, 로비—어디에도 없었다.

어두운 고속도로를 따라 걸어갔다. 10분 정도 걸었는데 아무래도 멍청한 짓 같았다. 한나는 납치나 그 비슷한 걸 당했을지도 모른다. 그래서 모텔로 급히 돌아와 차를 끌고 나갔다.

고속도로변을 걷고 있는 사람들이 몇몇 보였다. 그러니 더 긴장되었다. 오늘은 토요일 밤이고 난 여기가 어떤 곳인지 잘 모른다. 딸기 향을 풍기는 소녀가 실종되기 좋은 곳일까?

30분 정도 운전하는 동안 나는 제럴드데이로 가지 않았다. 제럴드데이에서는 타샤 누나가 총을 들고 나를 죽이려고 하기 때문이었다. 이제 제럴드데이에는 가지 않을 거다. 제럴드데이는 항상 한나와 나 사이에 문제를 일으키기 때문이다. 난 어디도 안 갈 거다. 아름다운 소녀와 샤워를 하려면, 아름다운 소녀와 사랑을 나누려면, 아름다운 소녀와 도망을 치려면 계속 여기에 있어야 한다.

백설공주는 나의 생활지도 상담선생님이 될 수 없다. 길은 더 이상 피칸이나 풍선껌들로 보이지 않을 것이고 공중그네를 타는 일도 없을 거다.

1.6킬로미터쯤 가자 한나가 시골길을 걸어가고 있는 게 보였다. 그녀는 이어폰을 꼽고 머리를 흔들고 있었다. 차를 천천히 몰아 그녀 옆으로 가까이 다가갔다. 그녀는 나를 쳐다보지도 않고 가운뎃손가락을 들어올렸다.

"제발, 한나."

하지만 한나는 내 말을 듣지 않았다.

"한나!"

갑자기 한나가 왼쪽 작은 길로 들어갔다. 마지막 순간에 한나가 꺾어서 나는 좌회전을 할 수 없었다.

"젠장!"

나는 차를 뒤로 돌렸다.

길을 돌아가니 한나는 길 한가운데를 걸어가고 있었다. 그녀는 길을 비키지 않았다. 나는 경적을 울렸다. 여러 번. 작게, 크게. 그녀가 다시 손가락을 들었다. 길이 좁았다. 나는 차를 멈추고 주위를 돌아본 뒤 차에서 내려 그녀를 따라갔다.

그녀가 터벅터벅 걷기 시작했다. 나도 그렇게 따라갔다. 그런데 왠지 기분이 오싹해졌다. 그녀가 스스로 멈추지 않는 이상 그녀를 강제로 멈추게 할 수는 없다는 생각이 들었다. 우리는 나란히 서서 가볍게 뛰었다. 길이 어두워서 우리는 몇 번이나 발을 헛디뎠다.

"제발!"

하지만 그녀는 계속 뛰었다.

나는 가까이 달려가 이어폰 줄을 잡아당겼다. 이어폰이 딸려 나오면서 그녀 핸드폰에서 선이 뽑혔다. 나는 그저 이어폰 줄만 잡은 채 남겨졌다.

"한나, 제발. 미안하다고! 응?"

그녀가 멈췄다.

"정말 미안해. 알았어, 다 안다고. 응?"

"넌 아무것도 몰라." 그녀가 말했다.

"방으로 돌아가자."

한나는 오솔길 너머 가로등 쪽으로 걸어갔다. 황야처럼 보이는데 그 가운데에 가로등이 왜 있는지 이해할 수 없었다.

"난 널 믿어." 그녀가 말했다.

"알아."

"너 말고 나한텐 아무도 없잖아."

"알아."

"안다는 말 좀 그만해! 넌 몰라." 그녀가 소리쳤다.

"알았어. 난 잘 몰라."

그러자 그녀가 양손을 쳐들었다.

"오 마이 갓!"

그녀가 두 발짝 더 앞선 채 우리는 관목숲을 지나 빛을 향해 걸어갔다. 우리는 일종의 사우스캐롤라이나 식 천국에 도착했다. 멋진 폭포가 연속으로 펼쳐진 강이 있었다. 주립공원 관광객들을 위한 정보가 적힌 표지판을 가로등이 비추고 있었다.

한나는 천국을 눈치채지 못한 것 같았다. 그녀는 그냥 콘크리트 바닥에 주저앉아 노트를 꺼내 뭔가를 쓰기 시작했다. 내 얼굴이 화끈거리는 게 느껴졌다.

"한나, 할 얘기가 있어."

"미안해, 제럴드. 난 지금 행복한 곳에서 아이스크림을 먹고 있어."

한나는 계속 글을 써나갔다.

"부당해."

"공정한 건 없어." 그녀가 말했다.

"내 말은, 의도적으로 나 들으라는 듯이 그 말을 쓰는 건 부당하다고."

"나도 알아. 하지만 공정한 건 애초에 없어. 그게 뭐든 간에."

얼굴이 더 화끈거렸다. 나는 그녀 앞에 앉아 그녀 얼굴에 내 얼굴을 갖다 댔다.

"한나, 얘기 좀 하자. 쓰는 것 좀 그만해. 제발, 멍청한 짓 말고."

그녀가 나를 봤다. 나를 째려보고 있었지만 나는 두어 시간 전 샤워실에서의 그녀를 떠올릴 수 있었다.

"뭐가 멍청한 짓인지 알고 싶어? 나한테 제일 멍청한 짓은 너 같은 얼간이가 남자친구가 될 수 있을 거라고 생각했던 거야. 그보다 더 멍청한 짓은 나 같은 빌어먹을 애가 누군가의 여자친구가 될 수 있을 거라 생각했던 거고."

나는 무슨 말을 해야 할지 알 수 없었다.

"그런데도 얘기하고 싶어? 대화?"

그렇게 묻고 그녀는 다시 쓰기 시작했다.

"정말 미안해. 나랑 대화하기 어렵다는 거 잘 알아. 내가 미친 놈, 형편없는 놈이라는 거 잘 알아. 하지만 더 이상 안 그럴 거야. 난 여기 있어야 해. 할 수 있어. 어디로 가는 건 이제 안 할 거야."

나는 사랑한다고 말하고 싶었지만 그러지 않았다.

그녀는 계속 썼다.

"나한테 일어나는 빌어먹을 일들, 넌 다 알 수 없어. 알아? 네가 아는 것보다 더 이상하고 말도 안 되는 일들이 많아. 난 그냥…"

나는 말을 멈추고 그녀가 쓰는 걸 바라봤다. 그녀는 내 말을 듣지 않았다. 내 얼굴이 더욱 화끈거렸다.

"내 말을 들어줬으면 좋겠어."

그리고 나서 나는 노트를 잽싸게 빼앗았다.

그녀의 첫 번째 반응은 나를 때리는 거였다. 여전히 멍든 갈비뼈가 있는 가슴, 딱 거기를 때렸다.

나는 노트를 들고 몇 발짝 걸었다. 그러자 그녀가 비명을 질렀다.

"노트 돌려줘."

"나랑 말하기 전엔 안 돼."

그녀가 다가와 노트를 뺏으려 했다. 나는 뒤로 물러났다.

"제발 줘."

"나랑 말하기 전엔 안 돼. 미안하다고 했잖아."

"넌 별로 미안하지 않잖아." 그녀가 말했다.

나는 멈춰 서서 그녀를 봤다. 그녀는 여전히 예뻤다. 하지만 이 모든 일이 그녀로부터 빛을 앗아갔다. 그녀도 사람이다. 가끔은 그녀도 머저리가 될 수 있다. 때때로 아무 이유 없이.

나도 사람이다. 나는 작은 노트를 프리스비처럼 강으로 휙 던졌다. 노트가 슬로모션으로 날아가는 걸 보면서 우리는 둘 다 충격에 빠졌다.

내가 그랬다는 게 믿기지 않았다. 그녀도 내가 그랬다는 걸 믿지 못했다.

우리는 아무 말도 못 하고 가만히 서 있었다. 폭포 소리가 엄청나게 시끄러웠지만 그녀가 숨을 멈추고 우는 소리가 들렸다.

"왜 그랬어?"

그녀가 내 팔을 아주 세게 때렸다. 이번에는 그녀가 때리는 걸 신경 쓰지 않았다. 그녀가 차라리 은색 마커펜으로 내 얼굴에 '나쁜 놈'이라고 써주면 얼마나 좋을까.

"나도 모르겠어."

그녀가 나를 뚫어져라 봤다. 나는 그녀 너머의 폭포를 봤다. 내가 물이라면 얼마나 좋을까. 내가 바위라면 얼마나 좋을까. 그 둘의 조합을 아름답게 만드는 중력이라면 얼마나 좋을까.

자연은 운이 참 좋다. 사람들은 그걸 보고 아무 생각도 하지 않는다. 아무도 그걸 분석하지 않고 아무도 비난하지 않고 아무도 과소평가하지 않는다. 사람들은 자연을 존중한다. 바다에 기름이 유출된 걸 보면 우리는 연민을 가진다. 그런 일이 일어나지 않기를 바라고 더 나아지길 희망하며 거기 사는 물고기들이 죽지 않고 머리 둘 달린 새끼를 낳지 않기를 바란다. 자연처럼 우리 자신을 바라본다면 우리는 좀 더 친절한 사람이 될 거다.

한나가 소매로 얼굴을 닦았다. 나는 한숨을 내쉬었다.

"정말 미안해, 한나. 이제 돌아가자."

"아니, 안 돌아갈 거야. 난 빌어먹을 내 노트가 필요하다고!"

그녀가 옷을 벗고 강으로 뛰어들었다. 내가 할 수 있는 일이란 그저 입을 딱 벌리고 아무 말도 하지 않는 거였다.

나는 이런저런 생각들로 머리가 복잡했다. *한나가 가라앉으면 어쩌지? 물 아래 바위는 없을까? 나도 뛰어들어 한나를 구해야 할까? 그게 그녀가 뛰어든 이유일까? 난 왜 노트를 강에 던진 걸까? 난 왜 이리 나쁜 놈일까? 높은 데 서서 한나한테 노트가 어디 있는지 알려줘야 할까? 한나를 찾을 수 있을까? 강이 한나 키보다 깊으면 어쩌지? 한나가 가라앉으면 어쩌지?*

한나가 물 위로 떠오르더니 웃었다. 아니면 울었거나. 아니면 둘 다이거나. 나는 노트가 어느 쪽으로 떠내려가고 있는지 알려줬다. 그런데 그녀는 엉뚱한 쪽으로 헤엄쳐 내려갔다. 빛이 없는 쪽으로 헤엄쳐 갔다. 가라앉는 건 아닐까 두려워졌다.

나는 옷을 벗고 강으로 뛰어들었다. 거기엔 바위가 없었다. 강바닥도 디뎌지지 않았다. 6미터 앞에 한나가 보였다. 그녀는 바위 더미로 나아가고 있었다. 폭포가 겨우 9미터 뒤쪽에 있었다. 엄청 시끄러웠다. 헬리콥터 바로 옆에 있는 것 같았다.

그녀가 나를 봤다. 나한테 소리치는 것처럼 입을 움직였다. 그러고는 바위 쪽으로 헤엄쳐 갔다. 순간 소용돌이 쪽이 아닌지 걱정됐다. 소용돌이는 폭포 가까이 있고 순식간에 사람을 잡아당길 수 있다.

한나가 소리 질렀다. 그녀가 보이지 않았다. 나는 그녀를 구하러 헤엄쳐 갔다. 하지만 거기 다다르니 머리 쪽에 작은 노트를 꽉

움켜쥐고 울다 웃는 한나가 보였다. 그녀가 처음 뛰어들었을 때
랑 비슷했다.

●●●

한나는 홀딱 젖은 채 앉아서, 웃고 있었다. 가까이 다가가니,
그녀가 물밑을 보고 있는 게 보였다. 아주 친숙한 장면이었다. 그
녀는 보이지도 않고 이름도 아직 안 지어준 물고기들과 얘기하고
있었다.

"미안해."

나는 그녀 발이 있는 바위 쪽으로 앉으며 소리쳤다.

그녀가 나를 지나쳐 물을 바라봤다.

나는 아까 물에 뛰어들었던 곳으로 가서 옷을 챙겨 들고 돌아
왔다. 한나를 몇 번이나 불렀지만 폭포 소리에 묻혀 그녀는 전혀
듣지 못했다.

나는 티셔츠로 몸을 닦고 바지를 입었다. 그리고 그녀가 준비될
때까지 기다렸다. 30분이 넘도록 젖은 노트를 들고 물속을 들여
다보던 그녀가 드디어 일어나 내 쪽으로 왔다. 그녀는 말없이 옷
을 입었다. 그녀의 기분이 어떤지 종잡을 수 없었다.

한나가 걷기 시작했고, 나는 잠자코 따라갔다.

"어서 와." 그녀가 말했다.

"하지만…."

하지만 뭐? 무슨 말을 하려는 거야?

"어서 오라고."

그녀가 내 손을 잡았다.

우리는 빠른 걸음으로 오솔길을 되돌아가서 차를 타고 모텔로 출발했다. 한나는 아무 말도 않고 젖은 머리칼을 손가락으로 쓸어내렸다. 뺨으로 조용히 흘러내리는 눈물을 그냥 둔 채 길만 뚫어져라 바라봤다. 나도 아무 말 하지 않았다. 제럴드데이로 가지도 않았다. 나는 100퍼센트 '여기'에 있었다.

모텔이 보일 무렵 나는 목을 가다듬었다.

"집에 가고 싶지 않은 거 확실해? 짐 챙겨 떠나면 내일까지 집에 갈 수 있어."

그녀는 한동안 가만히 있었다.

"난 말이야, 음, 이건 완벽한 아이디어라고 생각했어. 알지?"

그녀가 말했다. 그러고는 훌쩍였다.

"알아."

"널 사랑한다고 말할 때는 진심이었어. 진짜 그랬어."

나는 이 문장이 과거형이라는 걸 알아챘다. 그녀가 다음에 무슨 말을 할까 두려웠다.

"도망치는 게 그 답인지는 나도 모르겠어. 하지만 난 안 돌아갈 거야. 오늘도 아니고 내일도 아니고. 난 시간이 좀 필요해. 알겠어?" 그녀가 말했다.

"응, 알아. 우리가 여기까지 온 이유가 바로 그거잖아."

그녀가 울기 시작했다. 나도 덩달아 울었다. 그녀는 좀 놀란 것 같았다. 우는 남자애랑 뭘 해야 할지 몰라 난처한 것 같았다.

모텔 주차장으로 들어갈 무렵, 우리는 서로 껴안고 자연스럽게 멈출 때까지 울었다. 가슴에 얹힌 부담감이 풀리는 것 같았다. 가벼워진 느낌이었다. 한나는 가벼워 보이지 않았지만. 그녀는 여전히 걱정하는 듯 보였다.

우리는 방으로 돌아가 마른 옷으로 갈아입었다. 한나는 히터를 켜고 젖은 노트를 그 위에 올려놓았다. 그리고 한 장 한 장 마를 때까지 그 앞에 서 있었다. 그녀는 그에 관해서는 아무 말도 하지 않았다.

나는 욕실 불만 빼고 모든 불을 껐다. 욕실 문은 열어뒀다. 한나는 말도 안 되고 핵심적이지도 않고 반쯤 어이없는 요구사항 리스트가 놓인 테이블 앞에 앉았다.

"엄마가 휴대폰 위치 추적을 할 거야." 그녀가 말했다.

나는 그녀 옆으로 가서 의자 옆에 쭈그리고 앉아 그녀 등에 팔을 둘렀다.

"휴대폰 켜서 엄마한테 온 문자메시지가 있는지 보자."

"벌써 그렇게 했어."

"그랬더니?"

한나가 휴대폰을 건네줬다. 전장의 군인들처럼 한나 엄마한테서 온 메시지가 엄청나게 많았다.

'지금 어디니?' '당장 집에 와!' '너 없으면 안 돼.' '우유는 어디

있니?' '시리얼은?' '분홍파랑 줄무늬 양말은?' '아빠가 두통이 있
대. 아스피린이 어디 있는지 모르겠어.' '경찰 불렀다.' '너 납치된
거니?' '어디로 납치된 거야?' '니 오빠가 한 짓이냐?' '오빠가 와서
널 데리고 간 거니?' '너희 둘 다 당장 돌아와.' '아빠가 천식 호흡
기가 필요하시대. 어디다 둔 거야?' '경찰은 네가 정말 일하러 가
지 않았는지 알 때까지는 실종 신고를 할 수 없대. 그래서 센터로
전화했는데 책임자가 네가 출근했는지 아닌지 말해줄 수 없다고
하더라.' '너희 매니저는 나쁜 년이더라.' '네가 납치됐다는 걸 사람
들이 믿지 않아.' '납치범!! 내 딸을 돌려줘.' '난 걔가 필요해.' '그
애한테 손만 대봐. 가만 안 둬. 그리고 로널드 너라면 당장 집으
로 와. 한나 데리고.' '지금 어디니?' '경찰이 휴대폰으로 추적 가
능하다네.' '너한테 알려주라고 했어.' '납치범에겐 아무 말도 마.'
'흰색 브라는 어디 있니?' '그리고 아빠 줄무늬 양말은 어디 있어?'
'스토브를 어떻게 켜야 할지 모르겠다.' '전화해서 스토브 켜는 법
좀 알려주면 안 되겠니?'

내가 침대 끝에 앉아 한나 엄마한테서 온 문자메시지를 죽 훑어
보는 동안 한나는 닭고기볶음밥을 먹었다. 나는 몇 번이나 멈추
고 그녀를 봤다. 그리고 이건 신데렐라 농담이나 고물상 딸의 CD
그 이상이라는 걸 깨달았다. 로저 선생님은 나더러 나 외엔 아무
도 보지 않는다고 말했는데 로저 선생님 말이 옳았다는 걸 깨닫
게 될 줄은 꿈에도 몰랐다. 우리가 서로를 좀 안다고 생각했는데
아니었다.

나는 똥싸개보다 더 나쁜 인생을 사는 사람이 있을 거라고 생각해본 적이 없다. 똥싸개보다 더 도망치기에 좋은 이유를 가진 이가 있을 거라고 생각해본 적이 없다. 똥싸개보다 더 울기에 좋은 이유를 가진 이가 있을 거라고 생각해본 적이 없다. 나도 아프리카의 배고픈 아이들을 잘 안다. 전쟁으로 피폐해진 망명자들이나 집 현관을 한 발짝 나오기만 해도 죽음에 이르는 여인들이 있다는 거 안다. 하지만 그들은 적당한 거리 밖에 존재한다. 한나 엄마한테서 온 문자메시지를 하나하나 보면서 나는 내가 이기적인 나쁜 놈이라는 걸 깨달았다.

"문자에서 너희 엄마가 오빠에 대해 말한 건 무슨 말이야?"

하지만 한나는 머릿속에 노랫소리가 들리는 듯이 고개를 끄덕이기만 했다.

"재촉하진 않을게. 뭐든 말하고 싶을 때 하면 돼. 나도 아직 말하지 않은 게 엄청나게 많아."

그녀는 상상의 음악 소리에 따라 계속 고개를 끄덕이면서 중국음식을 먹는 사이사이 조용히 흘러내리는 눈물을 닦아냈다.

"먼저 내가 얘기해볼까?"

그녀는 계속 음악에 맞춰 고개를 끄덕였다.

"타샤 누나는 내가 세 살 때 욕조에서 처음으로 나를 익사시키려고 했어. 누나는 리지 누나한테도 그랬어. 타샤 누나는 항상 우리를 익사 아니면 질식시키려고 했어."

"젠장." 그녀가 말했다.

"그래. 리지 누나가 그러는데 타샤 누나는 사이코패스래."

"젠장."

그녀는 여전히 고개를 끄덕였다. 그래서 나도 끄덕이기 시작했다. 마치 우리 머릿속에 같은 음악 소리가 들리는 것처럼.

문득 먹는 걸 멈추더니 그녀가 입을 열었다.

"오빠는 아프가니스탄으로 파견되기 전에 무단이탈을 했어. 남쪽 어딘가로. 우리 가족은 1년 넘게 아무 소식도 못 들었어."

"아."

"오빠는 정신적으로… 음… 약간… 좀 느려. 그래서 우린 오빠가 길을 잃은 건지, 진짜 도망을 간 건지 모르겠어. 아니면 다른 일이 있었거나. 아무도 우리한테 말해주지 않았어."

나는 한나와 내가 새로 시작하기를 요구한다.

"그래서 난 저능아라는 말을 싫어해."

나는 아무도 다시는 '저능아'라는 말을 쓰지 않기를 요구한다.

"내가 엄마아빠 일을 다 하는 것도 그 때문이야. 그 모든 것들이 엄마아빠를 미치게 만들었거든."

나는 한나가 내가 앉아 있는 침대 바로 옆으로 와서 앉을 때까지 고개를 끄덕였다. 우리는 다섯 번째 규칙을 다시 깼다. 깨고 또 깼다.

55

조지아 주를 지나는 길에, 한나는 모타운 음악(1960–1970년대 모타운이라는 음반회사가 유행시킨 흑인 음악 형태:옮긴이)만 틀어주는 라디오 방송을 찾아 틀었다. 한나는 모타운 노래를 엄청 많이 알고 있는 것 같았다. 펑크록 고물상 딸에겐 놀라운 점이었다. 하지만 보이는 게 다는 아니다.

바로 나처럼.

한나는 내가 운전하는 동안 내 허벅지 위에 계속 손을 올려두었다. 모텔에서 무슨 일이 있었는지 자꾸 생각나게 만들었다. 다른 모텔에 가고 싶게 만들었다. 그녀랑 결혼하고 싶게 만들었다. *천천히 가자, 천천히. 천천히.*

한 시간에 한 번씩 한나가 내 다리를 쿡 찌르면서 말했다.

"내 노트를 찾았다는 게 믿기지 않아." 아니면 "그 강에 우리가 뛰어들었다는 게 믿기지 않아." 아니면 "내 노트를 빌어먹을 폭포에 집어던졌다는 게 믿기지 않아. 이 나쁜 놈아."

그때마다 나는 미안하다고 말했다. 하지만 한나는 신경 쓰지 않았다. 노트를 무사히 찾았기 때문일 거다. 어떤 부분은 글씨가 번져서 잘 보이지 않았지만 그녀는 화를 내지 않았다. 내가 보기에 그건 불가능한 일이었다. 한나는 어떻게 화를 안 내지?

나는 한나한테 랩으로 꽁꽁 싸인 내 심장에 대해, 그녀가 그걸 벗겨낸 것에 대해 내가 어떻게 생각하는지 말해주고 싶었다. 하지만 멍청한 생각 같았다. 내 심장보다 더 꽁꽁 싸인 것이 있었다. 내 입과 뇌는 여전히 꽁꽁 싸여 있었다. 가상현실의 땅에서 자라나면서 그렇게 됐다. 난 살아남기 위해 꽁꽁 싸고 또 싸고 또 쌌다. 안전해질 때까지. *제럴드데이는 빌어먹을 것들로 가득 차 있다. 진짜는 하나도 없다.*

하늘이 맑고 파랬다. 구름은 아주 컸다. 햇살은 따스했다. 어제게 다리를 먹을 때는 추웠는데 여긴 더웠다. 나는 차창을 아주 조금 내렸다. 한나는 여전히 스티비 원더의 노래로 짐작되는 노래를 부르고 있었다. 모든 게 아주 썩 잘 되어가는 것 같았다.

나는 모든 게 잘되기를 요구한다.

내 휴대폰이 울렸다.

"너네 아빤데." 한나가 말했다.

"젠장. 그냥 울리게 둬."

그녀가 음악 소리를 줄였다.

"기분이 나빠지려고 해."

나는 시골길에서 차 댈 곳을 찾았다. 그리고 그녀한테 키스했다. 지난밤처럼 끈적끈적한 키스는 아니었다. 그녀의 기분을 좋아지게 하려고 그저 입술에 갖다 대는 사랑의 키스.

"우리, 그 리스트 진짜 끝낼까? 난 돌아가고 싶지 않아. 변하는 게 하나도 없잖아."

그녀가 나를 보며 미소 지었다.

"모텔 쓰레기통에 버리고 왔어."

"잘했어, 한나."

"우리의 진짜 요구사항은 멀쩡해 보이는 게 하나도 없지 않아? 내가 어떻게 '미친 짓 좀 그만해요. 그리고 온갖 집안일에 노예처럼 부려먹지 말라고요!' 하고 쓸 수 있겠어. 너도 큰누나를 어떻게 사이코패스 아닌 걸로 만들 수 있겠어?"

"어젯밤 이후로 내가 진정 원하는 요구사항은 딱 하나야."

그녀는 몹시 궁금하다는 표정을 지었다.

"난 네가 진짜 내 여자친구이길 원해."

"아, 그거."

그녀의 표정이 심드렁하게 바뀌었다.

"난 누군가를 진심으로 믿고 싶어. 누가 날 진심으로 믿어줬으면 좋겠어."

그녀는 고개를 끄덕였다.

"난 평범한 삶을 원해. 말 되지 않니?"

그녀는 길을 바라보면서 대답했다.

"난 네이선과 애슐리처럼 살고 싶어. 직업이 있고 집도 있고 쿠키도 있고 수족관도 있는 인생 말이야. 넌 어릴 때 집에서 놀았던 거 기억해?"

나는 어릴 때 집에서 한 번도 놀아보지 않았다. 집에 있는 누군가가 나를 익사시키고 싶어서 같이 놀아줬던 걸 제외하면.

"난 그 집에 가기 전까지 수족관을 좋아하지 않았어. 우리 집은 애완동물을 키워본 적이 없거든."

"물고기는 빌어먹을 애완동물이 아니야. 물고기는 새랑 같아. 자유롭지." 그녀가 말했다.

"수족관 안에서."

"하지만 물고기들은 수족관 안에 있다는 걸 몰라."

"맞아. 하지만 우리도 그래."

내가 이렇게 말하면서 웃었을 때 그녀가 나를 빤히 쳐다보는 게 느껴졌다.

수족관 안에 있다는 걸 깨닫지 못하는 물고기가 되는 게 더 나을 거야. 한나랑 같이 수족관을 나눠 쓰면 좋겠다. 물속에서 숨을 쉬려면 아가미가 필요하겠지.

"내가 운전해도 될까?" 그녀가 물었다.

조지아의 시골길은 울퉁불퉁했고 때때로 구불구불했다. 한나는 나보다 더 빠른 속도로 아주 잘 운전했다. 그녀는 제럴드를 위한 고물상 딸의 CD를 틀어놓고 나한테 펑크록을 가르쳐주려고 애썼다. 하지만 엄청 큰 소리로 부르는 한나의 노래가 들리지 않았다. 내 어깨에 파랑새가 앉아 있었다.

하루 종일 나는 제럴드데이에 가지 않았다. 가고 싶지 않았다. 파랑새가 자꾸만 날아왔지만 나는 무시했다.

계속 듣다 보니 펑크록 음악이 좋아졌다. 내 인생의 트랙 중 하나 같았다. 흥분해서 두서없이 외치는 가수는 〈우리 아이가 달라졌어요〉 유튜브 비디오와 완벽하게 잘 맞아떨어졌다. 연기하고, 빌어먹을 것을 치고, 똥을 싸고, 울고.

조 주니어한테 문자메시지를 보냈다. *친구, 몇 시간 안에 플로리다로 들어갈 거야. 네가 있는 데랑 가까워. 가도 될까?*

아빠가 다시 보낸 문자메시지를 확인했다. *어떤 부인이 전화해서 네가 자기 딸을 납치했다고 하더라. 집으로 돌아와라. 우리가 다 해결할게. 약속하마.*

나는 그 문자메시지를 한나한테 읽어줬다. 그녀는 엄마가 우리 부모님 전화번호를 찾을 수 있었다는 게 놀랍다고 했다.

"우리 집은 전화번호부에 없어. 아마 다른 사람을 통해 알아냈거나, 아니면 우리 아빠가 거짓말한 건지도 몰라. 처음도 아닌걸 뭐." 내가 말했다.

한나가 다시 음악을 틀었다. 나는 오직 한나만 보이게끔 자리를 잡았다. 그녀가 덥다며 가죽 재킷을 벗었다. 하얀색 티셔츠에 찢어진 청바지를 입고 발끝이 둥근 부츠를 신고 있었다. 창문을 열자 그녀의 머리카락이 거칠게 춤을 췄다. 그녀의 얼굴은 완벽했다. 광대뼈는 높고 눈은 크고 입술은 도톰했다. 그런 그녀를 바라보노라면 가끔 숨이 막혔다.

나는 그녀를 텔레비전에 나오는 사람 보듯이 봤다. 아니다. 그건 모욕이다. 나는 그녀를 박물관의 위대한 예술작품 보듯이 봤다. 가만히 뚫어져라 보면서 미스터리를 풀어보려고 애썼다.

미스터리: 완벽한 피부색과 큰 눈을 가진 아름다운 여자애들은 많다. 그런데 왜 한나일까? 왜 나는 그녀 없이는 숨조차 쉴 수 없을 것 같은 느낌이 들까?

어떤 애가 페로몬에 대해 얘기해준 적이 있었다. 그것 때문에 내가 한나를 사랑하는 걸까. 한나는 향이 난다. 딸기 향이 아니라 한나 냄새. 한나 향.

나는 음악 소리를 줄였다.

"한나 넌 페로몬에 대해 믿어?"

"산소에 대해 믿는 것과 비슷하지 않을까?"

"페로몬이 사람들을 끌어당긴다는 걸 믿어?"

"아마도. 보통 그렇게들 말하잖아."

"그래."

나는 음악 소리를 원래대로 올렸다. 하지만 그보다 더한 것을 알았다. 과학보다 더한 것. 나는 한나를 사랑한다. 나는 한나가 나를 필요로 하는 방식대로 그녀가 필요하다. 한나가 나를 구하기 위해 여기에 있고 나도 한나를 구하기 위해 여기에 있다. 그리고 우주의 창조자는 그녀를 1번 계산대에, 나를 7번 계산대에 배치했다.

56

우리는 플로리다 메리애나 외곽에 있는 식당에 차를 세웠다. 갑자기 머릿속에 이상한 생각이 떠올랐다. 아빠와 얘기하고 싶었다. 아빠가 정말 하려고 하는 게 뭔지 알고 싶었다. 아니면 좀 더 정확하게 내가 뭘 할 것인지 아빠한테 말하고 싶었다. 한나가 자기 엄마한테 전화해서 경찰이 우리를 쫓지 않는 걸 확인했으면 좋겠다. 조지아 주 남쪽에서 경찰차를 봤을 때 내 기분은 정말 끔찍했다. 경찰을 보니 지난 3년 동안의 제럴드 기도문이 떠올랐다. *감옥은 안 돼, 감옥은 안 돼, 감옥은 안 돼.*

나는 더 나은 기도문을 요구한다.

한나는 계란과 베이컨을 곁들인 옥수수죽을 먹었다. 나는 감자튀김과 토마토베이컨 샌드위치를 먹었다.

"아빠한테 전화하고 싶어."

"그럼 전화해." 그녀가 바로 대답했다.

"난 요구사항을 다 쓸 때까지 기다리고 있었어. 하지만 우린 그걸 버렸잖아."

"그 요구사항은 말도 안 되는 소리였어. 우린 어떤 것도 요구할 수 없어, 제럴드. 우린 수족관 속 물고기라구."

"우리가?"

"응."

"하지만 우린 수족관에 있는 걸 알고 있어."

"바로 그거야."

"그럼 대체 우린 뭘 해야 하지? 그저 계속 도망가는 거?"

"우린 돌아가야 해." 그녀가 말했다.

"젠장."

나는 아가미를 만들어낼 것을 요구한다.

"우리, 엄마아빠한테 동시에 전화할까?" 그녀가 휴대폰을 보며 말했다. "여긴 수신 상태가 괜찮네."

"나도 모르겠어. 난 상징적인 뭔가를 아빠한테 보낼 거야. 내가 심각하다는 걸 의미하는."

"네가 심각하지 않다는 생각이 들게 하는 메시지는 어떤 건데?"

"모르겠어. 난 우리한테 요구사항이 있다고 생각했어."

한나가 반짝거리는 스테인리스스틸 냅킨 그릇에서 냅킨을 집었다. 그리고 펜을 꺼내 쓰기 시작했다.

우리는 서로를 납치했어요.

우리는 안전합니다.

부모님이 우리를 대하는 것에 신물이 납니다.

그녀는 휴대폰으로 냅킨을 찍었다. 그런 뒤 사진 앱을 이용해

조도를 좀 더 밝게 만들고는 그걸 잘라냈다. 찍고 보니 후추통이 같이 찍혀서였다.

그녀는 그 사진을 나한테 보냈고, 나는 그걸 받아서 아빠한테 보냈다. 문자메시지와 함께. *나중에 전화할게요.*

●●●

우리는 다른 모텔에 머물렀다. 늦은 밤에 조 주니어한테 부탁하는 게 편치 않았고, 또 조한테 문자메시지를 두 번 더 보낼 시간을 벌기 위해서였다. 하지만 조한테서는 여전히 아무 연락이 없었다. 한나가 목욕을 하는 동안 나는 서커스단 웹사이트를 휴대폰으로 찾아봤다. 하지만 통신 상태가 아주 나빴다.

다섯 번째 규칙을 깨고 나니, 나는 새로운 주에 가 있었다. 마술 같았다. 우편 약자는 '마술'. 너무 커서 우편번호는 필요 없다.

●●●

아침에 모텔 로비에서 컴퓨터로 웹사이트를 찾아 주소를 적은 뒤 우리는 조의 서커스 타운으로 갔다. 우리는 둘 다 여전히 '마술'에 있었다. 우리를 기다리고 있는 게 뭐든 간에 그걸 유지하고 싶은 게 내 목표였다.

나는 어젯밤 아빠와 통화했다.

"타샤 누나가 집에 있는 한 난 돌아가지 않아요. 다른 곳에서 살 거예요. 나만의 장소로 이사 갈 거예요. 룸메이트를 찾은 거 같아요."

"금요일 밤에 엄마랑 싸웠다."

"잘됐네요. 하지만 좀 늦은 거 같네요. 안 그래요?"

"지금 어디에 있는지 말해주면 안 되겠니?"

"안 돼요."

"너도 알다시피 그건 내 차다. 공식적으로."

"그래서요?"

"내 차를 훔친 죄목으로 널 체포할 수 있다는 뜻이지."

"젠장, 아빠!"

"진짜로 여자애랑 같이 간 거니? 네가 보낸 메모에 '우리'라고 썼던데 그 애니?"

아빠가 실눈을 뜨고 의심스러워하는 표정이 눈앞에 보이는 듯 했다.

"그 애를 끌고 온 건 아녜요. 그 애가 나랑 같이 도망친 거지. 엄청 다른 이야기죠."

"네 생활기록부에 좋지 않다는 건 너도 잘 알지?"

"언제부터 여자친구가 생기는 게 문제가 됐죠? 그런 엉망진창 생활에 이젠 신물이 나요."

"나도 그렇다."

나는 아빠가 무슨 뜻으로 한 말인지 알 수 없었다.

"저, 이제 가봐야 해요. 내일 밤에 다시 전화할게요. 그 집에서 우리의 삶이 어떤지 생각해보세요. 거긴 안전하지 않아요, 아빠."

"좀 많이 나간 거 같구나. 안 그러니?"

"리지 누나한테 전화해보세요. 누나가 설명해줄 거예요. 타샤 누나랑 더 이상 같이 안 살아도 될 때까지 난 안 돌아갈 거예요. 너무 호들갑 떨어 죄송해요. 버릇없이 말한 것도 죄송해요. 아빠가 나한테 원하는 게 뭐든지 간에 이젠 입장을 분명히 해야 할 때예요. 아시죠? 리지 누나랑 통화해보세요. 누나가 진실을 알려줄 거예요."

전화를 끊고 나서 그럭저럭 괜찮은 마무리를 했다고 생각했다. 아마 아빠가 혼수상태가 될 때까지 술을 마셔서 우리의 대화를 홀라당 까먹지만 않는다면, 그래서 리지 누나랑 통화를 한다면, 아빠는 진실을 알게 될 거다.

한나 엄마의 문자메시지는 공황 상태에 빠져 있었다. 한나 엄마는 제정신이 아닌 이야기와 제정신인 이야기를 왔다 갔다 했다.

'아직도 흰색 브라를 찾고 있다.' '다른 사람의 도움을 구해야겠다.' '너한테 이러면 안 되는데.' '스토브를 쓸 수 없어서 우린 시리얼만 먹고 있다.' '스토브가 걱정이다.' '다른 사람한테 도움을 구해야겠어. 역시나.' '우리가 미안하다.'

한나는 계속 문자메시지만 뚫어져라 봤다.

"진척이 되고 있어."

"어떻게?" 그녀가 물었다.

"우리 아빠는 우리의 요구사항을 전혀 진지하게 받아들이지 않아."

한나가 손가락을 내 머리에 넣어 귀 뒤로 말아 넘겼다. 나는 그 즉시 '마술'로 보내졌다. '마술'은 제럴드데이보다 백배는 더 좋다. 우선 이건 현실이다. 조 주니어의 집으로 출발하기 전에 우리는 다섯 번째 규칙을 몇 번이나 어겼다.

목적지로 가면서, 나는 조 주니어가 내가 가고 있다는 걸 전혀 모르고 있거나, 가는 걸 원치 않을 수도 있다는 걸 깨달았다. 하지만 신경 쓰지 않았다. 나는 완전히 망치고 있거나, 훨씬 잘 해내고 있거나, 둘 다일 수도 있다. 그건 이번 여행 전체의 내 모토가 될 거다.

● ● ●

한 시간 뒤, 조 주니어가 우리를 어떤 창고 구석으로 몰고 갔다. 트램펄린 사이에 설치된 공중그네와 그물, 줄, 벽에 10년의 서커스 역사를 보여주는 장식들이 있었다. 조가 소리쳤지만 나는 그것들을 보느라 정신이 없었다.

한나는 욕을 막 하는 조를 그리 좋아하는 것 같지 않았다. 하지만 나는 신경 쓰지 않았다. 조는 솔직해 보여서 좋았다.

"$%#* 여길 어떻게 찾아올 수 있다고 생각한 거냐? $%#* 네 일은? 새 가족? 저기 밖에 있는 인간들 봤지? 저 괴짜들이 새 가족이 돼도 괜찮단 말이야? 그리고 너희 둘 다, 여기서 무슨 일을 할 수 있을 거 같냐? 아무것도 못 해. 너넨 저런 거 못 한다구. 그리고 다음부턴 올 때 먼저 전화부터 해. 오는 걸 미리 알려줬으면 $%#* 그럼 좀 더 제정신인 상태로 손님을 맞았을 거 아냐."

"열두 번도 더 전화했어. $%#* 전화기 좀 켜두라구. 어쨌든, 난 너희 아빠 좋던데."

"너도 바보구나." 조가 말했다.

"누가 너희 아빠야?" 한나가 물었다.

"오늘 네가 본 제일 크고 멍청한 사람."

"그만해, 조. 너희 아빠는 생각보다 괜찮은 사람처럼 보여."

"뭐? $%#* 돈 버는 데 자기 가족을 부려먹는 거? 우리가 $%#* 동물처럼 일하는 거?"

그러면서도 조는 누가 엿듣기라도 할까 봐 두려운 듯이 문 쪽을 힐끔거렸다.

"잘 들어. 내가 너희라면 말이지, $%#* 당장 여기서 나갈 거야. 아빠가 너희한테 일을 주기 전에 말이야. 그럼 영영 못 나가."

"진정해, 조."

"어이, 친구. 나갈 수 있을 때 어서 나가. 넌 뉴욕에 으리으리한 집이 있잖아."

"펜실베이니아야."

"그래."

나는 한나를 봤다. 그녀는 내 친구가 내가 어디 사는지도 모르는 것쯤은 전혀 신경 쓰지 않았다.

"나, 저거 해봐도 될까?" 그녀가 트램펄린을 가리키며 물었다.

"안 돼. $%#* 절대." 조가 대답했다.

"그렇게 못되게 굴 필요는 없잖아. 젠장. 제럴드는 널 친구라고 생각해서 여기 온 거야." 그녀가 말했다.

나는 조를 보며 어깨를 으쓱했다.

조는 한숨을 쉬더니 팔짱을 꼈다.

"좋아. 하지만 서로 뭐가 어떤 건지 제대로 말해주는 게 친구잖아. 그래서 이러는 것뿐이야."

나는 조를 봤다. 내가 여기서 뭘 할 건지 생각해봤다. 내가 여기에 왜 왔는지, 왜 한나를 끌고 여기까지 왔는지, 앞으로 우리가 뭘 해야 하는지. 나는 공중그네를 쳐다봤다. 리지 누나와 나를 떠올려봤다. 아이스크림도 떠올려보려 했지만 그런 것은 다 사라지고 없었다. 모두 제럴드데이에서나 있는 것이었다. '마술'은 완벽하게 나를 현실에 있게 해줬다. 미래의 열아홉 살 제럴드도 없고 파랑새도 없었다.

조는 기분이 안 좋아 보였다.

"우리 오두막에서 머물 순 있어. 하룻밤 정도? 하지만 내가 너희를 초대했다고 생각하면 아빠는 날 죽일 거야."

57

조 가족은 제일 큰 건물에서 아주 큰 식탁에 둘러앉아 다 같이
식사를 했다. 좀 떨어진 곳에 네 개의 오두막이 둘러싸여 있었다.
헛간과 창고도 많았다.

조는 우리를 '뉴욕에서 온 친구들'이라고 소개했다. 우리는 다
른 방문객들에게 인사했다. 콜로라도에서 온 커플과 영국에서 온
커플이었다.

"영국에서 먼 길을 오셨네요." 조의 엄마가 말했다.

영국인 커플은 보모와 똑같은 억양을 갖고 있었다. 나는 나도
모르게 그들 접시를 화장실 휴지로 덮고 싶어졌다.

그때 한나가 식탁 아래 내 다리 위에 손을 얹었다. 그녀는 그 억
양이 나를 거슬리게 한다는 걸 알아챘다. 한나의 손이 닿자 내가
2002년 텔레비전이 아니라 2013년 플로리다에 와 있다는 걸 깨달
았다. 똥싸개에게도 가끔은 평범한 삶이 가능하다는 걸 기억하기
란 쉽지 않았다. 조의 가족은 나를 알아보지 못했다. 아직까지는.

"$%#* 프랑스 사람들 연기는 엉망이야. 죄다 번쩍번쩍 화려하
기만 하고 재능이 없어. $%#* 불붙은 고리에 점프해 들어가면
어떻게 될까? 하느님 맙소사. $%#*, 타 죽겠지."

조의 아빠가 말했다.

"사실이에요. 그래서 많이 죽었죠." 조의 형수가 말했다.

"글쎄요. 제 생각엔 동물 흉내 내는 기술은 사랑스러운 거 같아요. 공으로 하는 묘기도 그렇고요. 아주 귀여워요. 예술적이고."

영국인 부인이 말했다.

조의 형이 그 부인을 멍청하다는 듯이 힐끔 봤다가 다시 고기를 먹는 데 집중했다.

다 세어보니 조의 형제는 다섯 명이었다. 모두 결혼한 것 같았다. 한나와 나를 의식하는 사람은 옆방에서 밥을 먹으며 큰 소리로 떠드는 아이들뿐이었다. 네다섯 살쯤 된 남자애가 두 번씩이나 나한테 와서 찰흙을 주고 갔다.

어른들 식탁 주위로는 뭔가 알 수 없는 긴장이 흘렀다. 마치 서로를 막 죽이려 하는데 뭔가가 못 하게 하고 있는 것 같은 느낌. 어쩌면 객식구가 있어서일지 모른다. 영국에서 먼 길을 온 이들 말이다. 어쩌면 텔레비전이 켜져 있어서인지 모른다. 조의 엄마 뒤 벽에 부착된 평면 스크린 텔레비전에서 오늘의 지역 뉴스가 나오고 있었다. 악어에 대한 뉴스. 총기 사고에 관한 뉴스. 각종 사건 사고. 암에 걸린 대머리 아이에 대한 뉴스.

그다음에 오늘밤 마지막 회를 하는 〈댄스 온, 아메리카!〉에 대한 이야기가 나왔다. 리얼리티 쇼.

"아, 헬렌이 이번 쇼에서 못 이기면 화가 날 거 같아."

조의 엄마가 말했다.

"그 여자가 이길 만해요."

"난 제니퍼가 좋아. 그 여자가 일등 할 거 같은데."

"그래, 제니퍼."

"제니퍼는 똑바로 서질 못하던데. 당연히 헬렌이 우승이죠."

조 엄마는 쇼 장면에서 눈을 떼지 못했다. 무대 의상을 입은 두 여인이 회전하면서 최신 유행의 춤 동작을 선보였다.

"헬렌은 너무 늙었어." 조의 형 하나가 말했다.

그의 아내가 그의 팔을 때렸다.

"나이는 중요하지 않아. 멍청하기는."

"헬렌이 그렇게 늙진 않았어. 기껏해야 스물아홉 살 같은데?"

형수 하나가 말했다.

"당신도 스물아홉 살이잖아."

"닥쳐." 형수가 말했다.

"제니퍼는 섹시한 면에서 좀 더 낫지. 헬렌은 나이 든 부인들 쪽으로 좀 더 낫고."

"빌어먹을. 나이 든 부인들 쪽? 그게 무슨 뜻이야?"

"남자들은 제니퍼한테 표를 줄 거라는 뜻이지."

매형 하나가 골리듯 말했다.

"당연하지."

"남자들은 섹스 말고 다른 생각은 해본 적이나 있어?"

방 안에 있는 대부분의 남자들이 고개를 흔들었다.

"헬렌은 훨씬 재능이 있잖아. 헬렌이 진다면, 세상에 대한 믿음을 잃을 거 같아. 헬렌은 이길 자격이 충분해." 조 엄마가 말했다.

나는 생각했다. 와, 나야말로 세상에 대한 내 믿음의 근거를 리얼리티 텔레비전 쇼에 둔 유일한 사람이라고 생각했는데.

"그럼 제니퍼는 성을 파는 거네." 누나 하나가 말했다.

"그게 당신이 나랑 결혼한 이유야. 알아?" 그녀 남편이 말했다.

"우리 부모님 앞에서 그러지 좀 마."

"우리가 널 $%#* 낳은 걸 어쩌겠니?" 조 아빠가 말했다.

조 누나의 얼굴이 더 빨개졌다.

"오 마이 갓."

"난 그냥 헬렌이 더 춤을 잘 춘다고 말했을 뿐이야. 누가 최고의 춤꾼인지 뽑는 거잖아."

"난 제니퍼가 더 잘하는 거 같은데." 다른 형이 말했다.

"그건 당신이 남자라서 그래."

"당신이야말로 $%#* 멍청이야." 형이 발끈했다.

"넌 게을러터진 나쁜 놈이고." 누군가 말했다.

20대 초반쯤 된, 가장 어려 보이는 조 누나가 일어서서 빈 접시를 바닥에 던졌다. 우리 모두 그녀를 쳐다봤다.

"누가 〈댄스 온, 아메리카!〉 얘길 꺼낸 거야?" 그녀가 말했다.

모두들 그녀가 무슨 말을 하든지 간에 확 덤벼들 기세로 그녀를 쳐다봤다. 그러자 그녀가 씩 웃었다. 그리고 자기 옆에 앉아 있는 남자친구인지 남편인지를 봤다.

"우리가 빌어먹을 아기를 가졌다고요!"

357

다들 와자지껄 떠들면서 그녀의 등을 토닥여주고 껴안아줬다. 그런 뒤 여자들은 식탁을 치우기 시작했다. 나는 양해를 구하고 오두막으로 돌아갔다. 한나는 그대로 남았다.

노크 소리가 나더니 조가 문을 열고 들어왔다.

"미안해. 우리 가족, 괴상한 쇼 하는 거 같지?"

"아니, 안 그렇던데."

"우린 리얼리티 쇼의 후보들 같아. 〈댄스 온, 아메리카!〉에서 누가 일등을 할지를 놓고 광분해 싸우는 우리 가족을 보면 사람들은 엄청 좋아할 거야."

나는 킥킥 웃었다. 조가 내 기분을 눈치챘다.

"너 괜찮아?" 조가 물었다.

"응, 그냥 좀 쉬고 싶어. 아주 이상한 한 주였거든."

조는 담배를 꺼내 불을 붙인 뒤 재떨이를 찾느라 부엌을 뒤졌다. 나는 오늘은 무슨 요일인지 생각해내려고 애썼다. 월요일인 것 같았다.

"오늘 월요일이니?"

"응." 조가 대답했다.

"젠장."

"넌 꼭 딴 데 가 있는 거 같아."

"그래."

"내가 오늘 말한 거 정말 진지한 얘기였어, 제럴드."

"나도 알아."

"넌 선택권이 있잖아. 할 수 있는 것도 많고." 조가 팔을 펼치며 말했다. "아주 많지."

"너도 그래. 네가 여기에 묶여 있는 거 같아? 내 생각은 안 그래."

조는 조용히 담배 한 모금을 빨아들였다.

"너랑 친구 하자고 했던 건 네가 일상에서 벗어나 보여서였어. 집에서 열 받았을 때, 여기 와서 너랑 같이 지내면 얼마나 좋을까. 같이 버스를 청소하고 너희 아빠 욕도 같이 하고, 얼마나 좋아. 담배 피우는 법도 배우고 말이야."

"그게 바로 네가 여기 있으면 안 되는 이유야. 넌 나랑 달라. 나처럼 사는 걸 바라서도 안 돼." 조가 말했다. "넌 그렇게 태어났잖아. 아님 말고."

나는 내가 뭘로 태어났을지 생각해봤다.

"넌 내가 누군지 아니?"

내 입이 의지와 상관없이 말을 했다.

"그게 무슨 뜻이야? 내가 알아야 해?"

"아마도. 사람에 따라 달라."

조가 나를 좀 더 가까이 들여다봤다.

"〈아메리카 모스트 원티드〉나 뭐 그런 프로에서 널 본 적은 없는데. 넌 말썽을 일으키진 않잖아. 안 그래?"

"꼬마 이름 제럴드 기억해? 〈우리 아이가 달라졌어요〉 프로그램 말이야."

조가 고개를 한쪽으로 기울이며 생각에 잠겼다.

"아니. 그건 기억 안 나. 그게 언제 한 건데?"

"우리가 어릴 때. 아마 여섯 살이나 일곱 살 때쯤. 늘 아무 데나 똥을 싸던 꼬마."

조가 생글거리며 웃었다.

"아! 똥싸개! 얘긴 들었는데 한 번도 보진 못했어. 아빠가 가끔 기술을 잘못 할 때 두 번째 공연으로 똥싸개를 선보이는 게 더 낫 겠다는 농담을 하곤 했어."

조는 내가 똥싸개라는 걸 깨달을 때까지 마치 대단하다는 듯 고개를 끄덕였다.

"잠깐, 그게 바로 너야?" 조가 물었다.

나는 눈썹을 치켜 올리며 히죽 웃었다.

나는 똥싸개로서 똥싸개라는 걸 자랑스러워하기를 요구한다.

"젠장, 미안해."

"너만 서커스단에서 자라난 건 아니야. 그리고 내가 여기서 지내 는 게 네 생각만큼 나쁘지 않을 수도 있어. 안 그래?"

"네가 못 하겠다고만 안 하면 뭐 그럴 수도. 내 말은, 지금은 비 수기야. 우린 한 달 반 이상 어디 안 가. 단원들은 다 집으로 보냈 어. 공연을 새로 시작하기 전까지는 임금을 안 주거든."

"아."

나는 엉뚱하게도 안도감이 들었다.

조가 담배를 재떨이에 비벼 껐다.

어두워진 밖으로 나갔을 때 조가 말했다.

"와, 말도 안 돼. 네가 똥싸개라고?"

"응."

"난 널 텔레비전에서 본 적이 없어. 그냥 얘기만 들었지."

"그렇겠지."

"오두막에 똥을 싸진 않을 거지?"

나는 조의 팔을 툭 쳤다.

"친구, 난 열일곱 살이야!"

"그래서?"

"그래서, 안 한다고."

"근데 여긴 왜 온 거야?" 조가 물었다.

"우린 도망가고 싶었어. 여기가 다른 데보다 제일 좋은 곳 같았어. 게다가 난 이 비디오를 봤거든."

나는 멈춰 섰다.

"포르노?" 조가 물었다.

"아니! 젠장."

"포르노가 뭐 어때서?"

"공중그네 비디오야. 모나코에서 했던."

"그거 $%#* 엄청 멋지지, 그치? 중국 여자애들이 하는 거 맞지?"

"응. 엄청나게 멋져."

나는 고개를 끄덕였다.

우리는 가장 큰 건물로 걸어갔다. 더 이상 아무 말도 하지 않았다. 조 주니어와 평생 친구 해도 좋겠다는 느낌이 들었다. 조의 서커스에 내 아이를 데리고 가는 그림이 그려졌다. 우리 집 뒷마당에서 여름 밤 함께 맥주를 마시는 것도 그려졌다.

우리는 조의 집 뒷문 밖에 서서 조의 가족들이 말다툼하는 소리를 들었다. 엄청 시끄러웠다. 다들 지나치게 흥분했고 엄청 큰 소리로 웃어댔다.

"나의 지옥에 온 걸 환영해." 조가 말했다.

"우릴 보러 뉴욕에 언제든 와도 돼."

"너, 펜실베이니아에서 온 거 아냐?"

"네가 그렇게 생각하는 줄 알았지."

우리는 서로를 쳐다봤다. 나는 생각했다. 난 왜 뉴욕에서 왔다고 조한테 쉽게 말해버린 걸까?

나는 $%#* 만만한 사람이 되는 걸 그만두기를 요구한다.

우리는 왁자지껄 축하 파티가 벌어지고 있는 곳으로 들어갔다. 누군가 새로 태어날 아기를 축하하기 위해 샴페인 병을 가져왔다. 누군가는 제니퍼가 일등을 할 수 없는 이유를 여전히 주장하고 있었다. 그는 제니퍼 같은 사람들 때문에 세상은 성욕 과잉으로 엉망진창이라고 말했다.

한나는 가운데 앉아 특유의 미소를 짓고 있었다. 그녀는 우리가 들어오는 걸 보고 더 크게 웃었다. 나는 그녀 옆자리에 앉아 그녀의 손을 잡았다.

"난 늘 대가족을 원했어." 그녀가 말했다.

이게 우리의 미래와 아이에 대한 이상한 힌트를 뜻하는 건지 잘 모르겠다. 하지만 나는 신경 쓰지 않았다. 열일곱 살 먹은 보통의 남자애라면 이런 얘기에 놀랄 게 분명하다. 하지만 나는 놀라지 않았다. 우리가 대가족을 이루는 모습이 그려졌다. 어떻게 우리가 원하는 걸 할 것인지, 우리가 원하는 대로 될 것인지. 우리의 미래가 충분히 잘 그려졌다. 수족관에 둘러싸인 채 쿠키를 먹고 만만한 사람이 되지 않는 것.

58

보모에게.

이 편지가 당신을 실망시킬 거라는 거 알아요. 난 감옥에서 이 편지를 쓰고 있지 않아요. 여자친구 한나와 하나밖에 없는 친구 조와 함께 휴가를 보내고 있는 오두막에서 편지를 씁니다. 조가 내 유일한 친구인 이유는 당신의 텔레비전 프로그램이 나한테 한 짓 때문에 친구를 만드는 게 불가능해졌기 때문이죠.

난 한동안 분노 조절 상담선생님을 만나러 다녔어요. 그리고 난 당신에게 편지를 쓰곤 했어요. 하지만 내가 진짜로 당신에게 하고 싶은 이야기를 쓴 적은 없어요. 선생님이 내가 써야 한다고 생각하는 대로 썼을 뿐이죠. 대부분 나의 분노에 관한 거예요. 난 엄청난 분노를 가지고 있거든요. 당신은 제작진과 당신이 우리 집에 와서 집안일 표를 만들기 전부터 나한테 그런 분노가 있었다고 생각하겠죠. 하지만 당신이 온 뒤부터 난 화를 더 많이 내게 됐어요.

타샤 누나는 리지 누나와 나한테 끔찍한 짓을 했어요. 우리를 여러 번 죽이려고 했죠. 당신도 그 사실은 안다고 생각해요. 왜 그에 대해 더 알리거나 조치를 취하지 않았는지 모르겠어요. 어쨌든 이제 리지 누나는 괜찮아요. 누나는 지금 스코틀랜드에 있어요. 나도 괜찮고요.
내가 얼마나 재미있는 아이가 될 수 있었는지 당신이 기억했으면 좋
겠어요. 지난밤에 다섯 살짜리 애랑 놀았어요. 그리고 다섯 살이 얼
마나 재미있는 나이인지 기억났어요. 아무도 쫓아다니며 해치려고 하
지 않으니까요. 세상은 재미난 일로 가득하더군요. 나도 재미있었어요.
그들이 그 부분을 프로그램에서 편집했을 뿐이죠.
지난달에 나를 기억하는 아줌마를 만났어요. 그분은 나를 안아줬어요.
당신 프로그램이 방송됐을 때 나를 우리 집에서 데리고 나와서 돌봐
주고 싶었다고 말씀하시더라고요. 그랬으면 엄청 좋았을 거라고 그분에
게 말씀드렸어요. 하지만 난 지금 괜찮아요.
그게 바로 내가 편지를 쓰는 이유예요. 난 당신들이 프로그램에서 보여
준 대로 믿는 사람들, 깊게 생각하기엔 너무 얕은 사람들이 있는 동네
를 벗어날 만큼 충분히 나이를 먹었어요. 그 사람들이 왜 그렇게 생각
한다고 생각해요, 보모? 당신은 그 사람들이 내가 힘들어하는 모습을 보
는 걸 좋아한다고 생각해요? 그게 자신들의 고통에서 벗어나게 해준
다고 생각하나요? 그 사람들을 그저 멍청한 사디언프로이데라고 생각
하나요?
우리는 모두 고통받고 있어요.
리지 누나와 나는 당신에게 말합니다.
당신이 물었고 그래서 우리가 말하는 거예요.
당신은 다 알고 있었는데도 나를 도우려는 어떤 행동도 하지 않았어요.
하지만 난 괜찮아요. 난 당신이 내가 당신도 괜찮기를 바란다는 걸

알아줬으면 좋겠어요.

진심을 담아,
제럴드 파우스트

● ● ●
                                                        •

한나는 내가 편지를 쓰는 동안 자기 엄마한테 전화했다. 그녀
는 밖으로 나가 통화하면서 서성거렸다. 한나 엄마는 한나 이모
에게 집안일을 도와달라고 했다. 자신의 늘어만 가는 정신적 문
제까지 포함해서. 그리고 한나 이모는 몇 군데 찾아가서 해결책을
찾아주기로 했다. 어쨌든 한나 엄마는 더 이상 하루에 백여 개의
미친 문자메시지를 보내지 않았다.

나는 한나 앞에서 아빠한테 전화를 걸었다. 그녀가 들을 수 있게.

나: 네.

나: 좋아요.

나: 허, 좋아요.

나: 그런 거 같아요.

나: 네. 그렇게 할게요.

나: 아빠도요? 아빠도 그게 좋아요?

나: 엄마는 드라마에 개입하고 싶어 하지 않을 거예요. 걱정 마
세요.

나: 무슨 요일이에요?

나: 오늘 출발하면 금요일까지는 갈 거 같아요.

나: 고마워요.

내가 전화를 끊자, 그녀는 내가 말해주기를 기다리며 서 있었다. 하지만 나는 그녀한테 말하는 대신, 그녀를 안았다.

"조한테 창고에서 만나자고 말했어. 한 시간 뒤에 돌아갈 거야."

"우리, 떠나는 거야? 오늘? 넌 그런 말 한 적 없잖아."

"네가 원한다면 그렇게 할 거야. 네가 원하지 않으면 안 할 거고. 뭐든 우리가 원하는 걸 하면 돼."

59

"거기서 뛰어올라. 그리고 바를 잡아." 조가 말했다.

조는 링 옆에 임시변통으로 만든 의자에 앉아 있었다. 9미터 아래쯤에.

나는 바를 잡고 작은 플랫폼에 서 있었다. 나는 바를 옆에 있는 고리에 걸고, 50번쯤 손에 초크 가루를 뿌렸다.

"어서 해봐. 밑에 그물이 있잖아. 걱정할 거 없어." 조가 말했다.

나는 눈을 감고 맞은편에 리지 누나가 있는 걸 봤다. 누나는 내가 이걸 성공하면 나한테 아이스크림을 주기로 약속했다. 내가 좋아하는 맛으로.

손에 다시 땀이 차기 시작했다. 그래서 다시 바를 고리에 걸고 초크 가루를 뿌렸다. 그 뒤로도 네 번 이상 그걸 되풀이했다.

조는 더 이상 나를 격려하는 걸 포기하고 휴대폰으로 음악을 틀었다. 조가 저기 아래 아주 조그맣게 보였다. 의자는 더 작아 보였고 휴대폰은 개미처럼 보였다. 그물도 너무 멀었다.

나는 저 너머 반대편 플랫폼을 봤다. 백설공주가 파랑새와 함께 앉아 있었다. 백설공주도 작아 보였다. 조만큼은 아니었다. 백설공주는 겹쳐져 보였다. 비현실적이었다. 거기 진짜 있는 게 아니었다. 그저 투영된 이미지일 뿐이었다.

나는 플랫폼에 앉아 생각했다.

머릿속에 얘기가 떠올랐다. 타샤 누나를 다시는 보지 않게 해달라는 내용이었다. 내가 그걸 요구하니까.

나는 다시는 타샤 누나를 보지 않기를 요구한다.

타샤 누나는 제정신이 아니고 아무도 그에 관해 뭘 해야 하는지 모른다. 그래서 그들은 그걸 숨기고 그걸 키워서 결국 그 노예가 된 거다.

기분이 안 좋았다. 나와 리지 누나를 생각하니. 아빠와 심지어 엄마까지. 어쩌면 아주 약간, 제정신이 아닌 타샤 누나에 대해서도. 관련된 모든 사람들이 안쓰러워졌다.

그다음 머릿속에 떠오른 얘기는 한나에 대한 거였다. 내 인생에 그녀가 들어와서 모든 걸 변화시켰다. 한나를 만나기 전에는 아무도 나를 사랑하지 않았다. 나는 너무 화를 잘 냈다. 폭력적이었다. 나의 과거는 엉망진창이었다. 내 미래는 희망이 없었다.

아무도 그렇게 말하지 않았지만 다들 속으로는 이런 뜻이었다.

감옥에서 온 네 편지를 기대하마.

하지만 한나는 모든 것을 바꾸었다.

나는 그물을 내려다봤다. 주기적으로 내가 다시 일어서는지 확인하려고 올려다보는 조를 봤다. 백설공주 쪽을 다시 보니 파랑새만 남아 있었다. 파랑새가 말을 할 수 있다면 이렇게 말할 게 뻔했다. *겁쟁이!*

369

나는 일어섰다. 마지막으로 손에 초크 가루를 발랐다. 그리고 바를 잡았다. 그리고 뛰어올랐다. 모든 것이 한꺼번에 일어났다. 1초가 흐르는 순간. 마치 내가 도망친 것처럼. 다급한 결정. 성급한 행동. 머릿속에 떠오르는 대로. 의학 전문가의 처방 없이. 나는 그저 일어나서 바를 잡고 뛰어올랐다.

첫 번째 스윙에서 나는 모나코 비디오에 나오는 소녀들이 말보다 더 힘이 세다는 걸 깨달았다. 아무리 해도 링 스윙은 어려웠다. 사실 난 탄력이 전혀 없었다. 노력해봤지만 난 정신을 잃은 사람처럼 보였다. 금세 직설적이고 융통성 없는 열일곱 살이 되었다. 플로리다 서커스단 창고 한가운데 공중그네 끝에 매달린 채.

내 어깨가 빠질 것 같은 것만 아니면 아주 재미있었다. 조가 웃었다.

"네가 해냈구나. 너 같은 $%#* 겁쟁이가. 해냈어."

나도 웃음이 조금 나왔다. 하지만 바로 웃음을 멈췄다. 내가 여전히 땅에서 7~8미터 높이에 매달려 있다는 걸 깨달았기 때문이다.

나는 그물을 신뢰할 것을 요구한다.

하지만 나는 그물을 신뢰하지 않았다.

초크 가루 잔뜩 묻은 손이 바를 단단히 붙잡고 있었다. 사실 손이 바와 일체가 된 느낌이었다. 내 손은 점점 바가 되어갔다. 난 어디도 안 갈 거니까 괜찮았다.

"너, 안 내려올 거야?" 조가 물었다.

조는 이걸 수백 번도 더 해봤을 거다. 그러니 조에겐 식은 죽 먹기겠지. 거기 있을 것 같지 않은 그물에 뛰어내리기.

"응. 영원히 여기 있을까 싶어."

"어깨가 조만간 $%#* 빠질 듯이 아플 거야. 손목도."

"어떻게 알아?"

"그냥 알아." 조가 말했다. "손가락이 하나씩 하나씩 떨어질 거야. 그러다 넌 떨어지겠지. 중력을 거스를 순 없어, 친구. 그건 $%#* 과학이라구."

"입 좀 다물어."

"난 가서 네 여친이랑 놀아야겠다."

조가 일어나 문으로 걸어갔다.

"손을 놓기로 맘먹으면 엉덩이부터 떨어져. 그런 다음 모서리로 굴러가면 돼."

조의 말이 재미있어서 웃음이 나왔다. 그리고 그물이 끊어질까 두려웠다. 나는 지금 자진해서 추락사하기 직전이었다. 난생처음으로 이게 재미있지 않았다. 죽음 그까짓 것이 아니었다. 죽고 싶지 않았다. 하지만 방법은 하나였다.

나는 손을 놓았다.

떨어지는 건 제럴드데이 같은 느낌이 났다. 비명을 질렀던 것 같다. 확실히 모르겠다. 떨어지면서 나는 꽁꽁 감았던 랩을 풀었다. 그게 공기 중으로 스르륵 빠져나갔다. 조가 담배 연기로 만드는 고리처럼. 약간 튕겨 올랐지만 나는 그물에 떨어졌다.

그네 바를 올려다보면서 나는 한동안 그물 위에 누워 있었다.

잠시 뒤 바깥에서 무슨 소리가 들렸다. 트럭이나 트랙터 같은 소리였다. 조 아빠가 소리쳤다. "$%#* $%#* $%#*!"

그물 끝으로 굴러가서 몸을 휙 굴려 바닥에 내려갔다. 플랫폼으로 다시 올라갈까 생각해봤지만 바로 접었다. 오늘 집에 가야한다. 나는 오두막으로 향했다.

"때맞춰 왔네." 조가 말했다.

한나도 거기 있었다. 떠날 준비를 하면서 짐을 싸고 있었다.

"한나가 키스 안 해주더라. 친구, 넌 $%#* 보석을 가진 거야."

그래, 나는 $%#* 보석을 가질 자격이 있다.

60

놀랄 만큼 쉽게 모든 게 처리되었다. 아빠는 엄마와 타샤 누나를 4일 동안 멕시코로 여행 보냈다. 그리고 우리는 주말에 이사를 나갔다.

"이게 유일한 방법이다. 엄마는 내가 몇 년 동안 한 말을 하나도 듣지 않았어." 아빠가 말했다.

아빠와 나는 지난밤에 모든 걸 이야기했다. 그런 뒤 리지 누나한테 전화해서 무슨 일이 있었는지 말해줬다. 누나는 아빠와 내가 새 집에서 산다면 크리스마스 때 집에 올 수 있을 것 같다고 말했다. 전화를 끊고 나서 아빠와 나는 타샤 누나에 대해 이야기했다. 누나가 나랑 리지 누나를 얼마나 괴롭혔는지, 누나가 지금도 엄마를 때리고 있는지. 아빠는 망연자실해 보였다. 말없이 듣기만 했다. 마지막에 아빠는 나를 껴안으면서 눈물을 흘렸다. 그리고 미안하다고 말했다.

"엄마는 항상 너희 둘이 과장을 한다고 말했단다."

"엄마, 누나랑 다시는 말하고 싶지 않아요. 그래도 되죠?"

아빠는 괜찮다고 했다. 하지만 우리는 그 둘과 다시 말을 해야 할 때가 올 거라는 걸 잘 알았다. 엄마가 죽음을 눈앞에 두고 있고 나는 친절하지만 가슴 아픈 이야기를 하는 모습이 그려졌다. "엄마가 상처 주려고 일부러 그러시지 않은 거 잘 알아요. 엄마가 할 수 있는 최선을 다했다는 것도 잘 알아요."

어떤 엄마가 임신한 배를 내려다보며 사이코패스를 상상이나 하겠는가?

일요일 저녁에 새 집으로 갔다. 아빠는 단호했다. 아빠는 자기 것을 다 챙겼다. 차, 운동기구, 오디오 시스템, 탁구대. 우리는 아빠 작업실을 다 비워서 트럭에 실었다. 다락에 가서 할머니, 할아버지에게 받은 것들도 다 챙겼다. 아빠는 엄마 보석상자에서 할머니 약혼반지도 챙겼다.

나의 새 방은 풀장에서 가장 가까웠다. 아침에 몇 바퀴 수영을 했고 샤워 전에 따뜻한 욕조에서 15분이나 앉아 있었다. 그런 뒤 아침을 먹었다. 아빠는 냉동 와플과 베이컨을 사왔다. 아빠는 엄마라면 절대 사지 않을 것들로 냉장고를 꽉꽉 채웠다. 나는 와플 네 개와 베이컨 세 줄을 먹었다. 아빠도 나만큼 먹었다. 이렇게 먹다간 금세 살이 찔 것 같다. 아무렴 어때.

아빠와 나는 같이 집을 나서서 학교와 직장으로 갔다. 우리의 새 집은 한나네 집과도 가까웠다. 어딜 가도 가까웠다. 내가 지나갈 때마다 평가하듯 쳐다보는 보안요원도 없었다. 여기서는 아무도 우리를 몰랐다. 아무도 신경을 안 썼다. 〈우리 아이가 달라졌어요〉 이후 왜 그렇게 오랫동안 그 집에서 그대로 살았는지 정말 모르겠다. 그 집을 재빨리 나와 새 출발을 하는 게 얼마나 쉬운 건지 아무도 생각하지 않은 것 같다. 아니면 우리 중 누군가는 그걸 원치 않았거나.

●●●

한나가 차에 타면 우리는 굿모닝 키스를 했다. 한나한테서 딸기향이 났다. 나는 그 향 때문에 미친 듯이 웃었다.

한나는 물에 젖었던 예전 노트 말고 새 노트에 글을 썼다. 집으로 돌아오는 길에 버지니아에서 그녀를 위해 새 노트를 샀을 때, 한나는 자기 가족의 비밀을 말해주지 않아서 미안하다고 했다. 나는 무슨 말을 해야 할지 몰라서 그냥 그녀를 안아줬다.

우리 모두 비밀을 가지고 있어, 한나.

나는 6일 동안 학교를 빼먹었다. 하지만 메꿔야 할 게 그리 많지 않았다. 아빠는 오늘 오후 늦게 학교에 와서 생활지도 상담선생님, 플레처 선생님과 나랑 마지막 미팅을 할 거다. 나는 대학에 갈 거다. 그 첫발로 일반 반으로 돌아갈 거다. 최고의 월요일이다.

하지만 장애아 특별반에서, 가족을 떠나는 느낌이 들었다. 플레처 선생님이 내가 할 말이 있다고 운을 뗐다. 나는 일어나서 말했다.

"난 오늘 떠날 거야."

"지난주에 떠난 줄 알았는데." 켈리가 말했다.

"그러게." 제니가 말했다.

테일러는 의자를 앞뒤로 흔들었다.

"이 동네를 떠나는 건 아냐. 이 반을 떠나는 거지. 다른 반으로 갈 거야."

"빌어먹을 때가 됐나 보네." 데드리가 말했다.

제니는 기절이라도 할 것처럼 보였다.

"종종 들러 인사할 거야. 알지?"

"컵케이크 사와. 그 정도는 할 수 있지?"

"그럼." 누군가 맞장구를 쳤다.

"잘 가, 제럴드." 제니가 말했다.

데드리의 발이 발판에서 떨어졌다. 그래서 나는 무릎을 꿇고 앉아 발을 올려줬다. 다시 일어서자 더 이상 할 말이 없었다. 나는 내 가방을 챙겨 문으로 갔다.

플레처 선생님이 말했다.

"난 초콜릿 컵케이크를 좋아한다, 제럴드."

나는 고개를 끄덕이고 문을 닫았다. 밖으로 나오자 죽을 만큼 두려워졌다. 일반 반에서의 첫 번째 수업은 영어였다. 나는 로미오와 줄리엣에 대한 이야기를 해야 한다. 사람들이 원하는 것만큼 잘할 수 있을지 잘 모르겠다. 하지만 난 노력할 거다.

●●●

"괜찮아?"

한나가 점심시간에 물었다.

"좋아."

이렇게 말했지만 나는 미친 듯이 히죽히죽 웃었다. 한나도 되받아 히죽히죽 웃었다. 갑작스레 '나랑 결혼해줄래?'라고 말할 뻔했다.

천천히, 천천히, 천천히.

"찌질이 똥싸개한테 여친이 생겼네! 여친이랑 뭘 해야 하는지는 아냐?"

니콜스였다. 우리는 녀석을 무시했다. 서로 쳐다보며 여전히 웃기만 했다.

우리는 아침에 학교 오는 길에 마트에서 사온 샌드위치를 먹었다.

"어젯밤 잠을 잘 못 잤어. 너희 아빠한테 어떤 인상을 줄지 몰라 걱정했거든."

학교가 끝나고 우리는 새 집으로 가서 탁구를 두 게임 쳤다. 그러고 나서 다섯 번째 규칙을 깼다. 나는 한나를 발코니로 데리고 갔다.

나는 생각했다. *나는 우리가 결혼하길 요구한다.* 물론 청혼을 하려면 오랜 시간, 심사숙고가 필요할 거다. 하지만 목표를 가지고 그걸 향해 나아가는 기분이 좋았다. 생각해보면, 보모는 멍청한 표를 가지고 나를 가르쳤다. 그리고 한나는 그녀의 작은 노트로 나를 가르쳤다.

요구사항 리스트를 만드는 건 절대 나쁜 게 아니다.

61

PEC 센터는 1달러 밤 행사로 사람들이 바글바글했다. 한나와 나는 학교를 마치고 곧장 센터에 갔다. 우리가 일주일 넘게 자리를 비웠는데도 아주 쿨하게 받아준 베스한테 보답하고 싶어서였다. 베스는 한 번 더 이런 짓을 하면 우리를 가차 없이 자르겠다고 엄포를 놓았고, 우리는 베스한테 무슨 일이 있었는지 모두 이야기해줬다.

"모험이나 다름없었네."

창구 너머로 큰 케첩병을 건네주면서 베스가 말했다.

한나는 6번 계산대에 있었고 나는 여전히 7번 계산대였다. 아빠한테 오늘은 저녁 늦게 집에 갈 거라고 말해뒀다. 엄마가 멕시코 여행에서 돌아와 우리가 떠난 걸 알게 된 이후에도 아빠는 종횡무진이었다. 엄마는 아빠한테 음성메시지로 10여 분씩 흐느껴 울거나 협박을 하거나 했다. 나는 아빠가 이젠 엄마가 오락가락하는 걸 확실히 안다고 생각한다. 엄마는 아닌 척하면서 아주 오랫동안 정서적으로 불안정하게 살아왔다.

"제럴드는 공중그네를 탔어요. 오두막에서 지냈고요."

"오두막? 무지 멋지게 들리는걸." 베스가 말했다.

우리는 그게 조립식 건물을 뜻하는 서커스 용어라는 말은 하지 않았다.

"우린 알몸으로 수영도 했어요." 내가 말했다.

"그건 아니지. 구조 쪽에 더 가깝지." 한나가 말했다.

마치 '무분별한 십대들'이라는 생각을 떨쳐내려는 듯 베스가 머리를 흔들었다.

오늘 밤은 1달러 상품으로 혼란 그 자체였다. 맥주도 엄청 많이 팔렸다. 베스는 나더러 알아서 맥주를 따르라고 시켰다. 한나가 주문받은 맥주도 내가 따랐다. 한나는 오늘 진하게 검정 아이라인을 하고 왔지만 여전히 열여덟 살처럼 보이지 않았기 때문이다.

베스가 2피리어드 동안 밖에 나가 쉬어도 된다고 했다. 한나는 작은 노트를 챙겼고 흡연 통로에서 글을 쓰기 시작했다. 나는 주머니에 손을 찔러 넣고 가만히 서 있었다. 추운 기운을 느끼며. 크리스마스가 다가오고 있었다.

"뭐에 대해 쓰고 있어?"

"그냥 이것저것." 그녀가 말했다.

"좋아."

나는 그녀가 노트에 뭘 쓸 때가 좋았다.

나는 차가운 벽에 몸을 기대고는 깊이 숨을 들이마시고 복도의 안개 속으로 숨을 내쉬었다. 제럴드데이는 따뜻했다. 타이즈를 입은 리지 누나는 더 높이 공중그네를 타려 했고 나는 링에 매달려 그걸 지켜봤다. 한나는 내 옆에 있었다. 내 손을 잡고. 다섯 번째 규칙을 어기면서. 나는 여기서도 그게 보였다. 그래서 굳이 제럴 드데이로 들어갈 필요가 없었다. 지금은 제럴드데이가 그냥 쇼프로 같다.

"얼마나 더 오래 있을 수 있어?" 한나가 물었다.

나는 어깨를 으쓱했다.

"우리가 원하는 만큼. 사람들이 곧 몰려오겠지만 말이야. 그래서⋯."

한나가 내 목을 끌어안고 키스했다. 나도 한나의 허리를 끌어안고 그녀한테 키스했다. 우리는 한 사람이 되었다. 따뜻한 한 사람.

그때 문이 열렸다. 흡연자였다. 그런데 단순한 흡연자가 아니었다. 하키 팬 아줌마였다.

"제럴드!" 아줌마가 말했다.

한나는 나를 풀어주지 않았다. 나도 마찬가지였고.

"멋지다!" 아줌마가 말했다.

"2피리어드 끝났어요?"

"아니. 사람들이 몰려나오기 전에 나온 거야. 우리 팀이 아주 끔찍하게 지고 있거든."

아줌마는 담배에 불을 붙였다.

"전 한나예요."

한나의 말에 나는 고개를 끄덕였다.

"제 여자친구예요."

마치 그렇게 보이지 않을까 봐 걱정이라는 듯이.

"멋진걸." 아줌마가 말했다.

우리 셋 사이에 어색한 순간이 흘렀다. 한나가 키득키득 웃었다.

"처음 만났던 날 밤에 저한테 말 걸어주신 거 너무 고마웠다고 말씀드리고 싶었어요." 내가 먼저 말했다.

"천만에." 아줌마가 말했다.

"정말 도움이 됐어요."

내가 아줌마 어깨에 얼굴을 묻고 흐느꼈던 게 떠올랐다.

"도움이 됐다니 기쁘구나."

"이제 들어가봐야 할 거 같아요." 한나가 말했다.

"사람들이 쏟아져 나올 거예요." 내가 설명했다.

하키 팬 아줌마가 고개를 끄덕였다. 그리고 들어가는 나한테 윙크를 해줬다.

"누구야?"

돌아가는 길에 한나가 물었다.

"지난번에 만났던 시청자?!"

"아." 그녀가 말했다.

이렇게 말하는 내 목소리를 들으니 좋았다. *지난번에 만났던 시청자. 그냥 시청자.*

닭튀김과 감자튀김을 60개 이상 팔고 10잔 이상 맥주를 뽑고 두 꼬마한테 핫초코를 팔면서 나는 내내 사람들을 봤다.

절대 진실을 알 수 없는 시청자들. 전혀 상관없는 시청자들. 10년 전 금요일 밤보다 한 치도 나을 게 없는 시청자들.

나는 6번 계산대에 있는 한나를 봤다. 그녀는 그 어느 때보다도 아름다웠다. 그녀가 나를 쳐다봤을 때 그녀는 시청자의 반대편에 있었다. 그녀는 '내 안'을 볼 수 있다. 그녀는 나를 '미래까지' 보게 만들었다. 나는 내년에 졸업식을 할 것이다. 전투 분장을 하고 사람들이 만들어놓은 경사로를 올라가도록 데드리를 밀어주면서. 나는 앞으로의 10년도 볼 수 있다. 한나와 결혼해서 한나가 원한다면 아이를 하나 또는 둘 낳을 것이다. 그리고 핫도그를 세는 게 아닌 제대로 된 일자리를 가질 것이다. 내가 원치 않으면 엄마와 타샤 누나를 더 이상 만나지 않아도 된다.

제럴드데이 같다. 하지만 훨씬 더 좋다.

이건 현실이니까.

나는 진짜 딸기 아이스크림을 먹을 것이다. 나는 다른 곳에 있을 것이다. 모로코나 인도, 스코틀랜드 같은 곳에 갈 것이다.

사람들로 가득 찬 이 행성 안에서 다른 사람이 될 것이다. 나는 요구사항을 가지고 있기 때문에 더 나은 면을 갖춘 셈이다.

내 가족을 위해서.

내 인생을 위해서.

세상을 위해서.

나 자신을 위해서.

이 얼마나 용납할 만한 '횡동'인가!

다섯 살 때 〈트루먼 쇼〉를 경험한 아이가 있다. 수많은 사람들이 브라운관을 통해 일거수일투족을 지켜봤다. 아이의 눈에는 모든 것이 이상했다. 욕조 물에 빠뜨려 죽이려는 큰누나도 이상했고, 방송용으로 자꾸 이상한 것만 주문하는 보모나 피디도 이상했고, 방송 출연을 빌미로 받는 돈에 눈이 먼 엄마, 못된 큰누나 편만 드는 엄마도 이상했다.

그래서 이 아이, 제럴드는 세상 사람들이 다 보고 있다는 것이 어떤 결과를 초래할지 모른 채 식탁 위에 올라가 똥을 쌌다. 쇼핑몰 피팅룸에서도 똥을 쌌다. 엄마 신발에다가도 똥을 쌌다. 그 결과 열일곱 살이 다 된 지금까지 세상 사람들은 색안경을 쓰고 제럴드를 '똥싸개'라고 부른다. 사실 제럴드는 엄마에게, 보모에게, 세상 사람들에게 메시지를 전하고 싶었던 것뿐이다. 하지만 그 메시지를 이해한 사람은 거의 없고 오직 똥을 싼 행위만 기억했다. 그 바람에 제럴드는 학교에서 왕따를 당했고, 장애아 특별반에서 공부해야 했고, 분노 조절 상담을 받아야 했다.

거의 평생을 숨 막히는 삶을 살아야 했던 제럴드에게 유일한 탈출구는 상상의 공간뿐이었다. 스스로 '제럴드데이'라고 명명한 그

곳에서 제럴드는 꿈에 그리던 서커스단에서 공중그네를 타고, 보고 싶은 작은누나 리지를 만나고, 좋아하는 아이스크림을 마음껏 먹었다.

그러다 제럴드에게 새로운 탈출구가 나타난다. 여자친구 한나. 아르바이트를 하는 스포츠 센터에서 만난 한나와 친해지는 과정을 통해 제럴드는 그간 잃어버렸던 자존감을 되찾고 누나와 엄마의 지옥에서 벗어나게 된다. 더 이상 상상의 공간 '제럴드데이'에 안 가도 되고, 현실에 발붙여 살아갈 수 있게 된다. 나아가 자신이 살고 있는 현실에서 미래를 꿈꿀 수 있게 된다.

이 작품은 한 아이의 거칠디거친 성장담이다. 특히 요즘처럼 무의식적으로 흡수하게 되는 미디어의 다양한 악영향에 정면으로 비판적 시선을 던지는 작품이다. 리얼리티 텔레비전 쇼가 수도 없이 양산되는 요즘, 그 이면의 진실은 아무도 모른다는 것을 제럴드의 거친 삶을 통해 리얼하게 보여주고 있다. 겉으로 보이는 것만으로 모든 것을 판단하지 말아달라는 간절한 요구이기도 하다.

모든 아이들이 제럴드처럼 수많은 시청자(세상의 시선)들이 자기 인생에 결코 중요하지 않다는 걸 깨닫는 것은 아니다. 적어도 이 책을 읽는 아이들만은 그 진실을 깨닫기를 바란다.

2015년 5월
박찬석